Dieser magische Roman beginnt mit einer Beerdigung: Die 30-jährige Norma Ross hat soeben ihre Mutter Anita verloren. Während Norma auf ihr Taxi wartet, kondoliert ihr ein unbekannter Mann, der sich als Max Lambert, ein alter Freund ihrer Mutter, vorstellt. Doch Lambert ist kein alter Freund, sondern der Inhaber des Frisiersalons, in dem Anita arbeitete. Norma glaubt nicht daran, dass ihre Mutter Selbstmord begangen hat, und sucht in ihrer Wohnung nach Hinweisen auf das, was wirklich geschehen ist ...

Sofi Oksanen, geboren 1977, Tochter einer estnischen Mutter und eines finnischen Vaters, studierte Dramaturgie an der Theaterakademie von Helsinki. Mit ihrem dritten Roman »Fegefeuer« gelang ihr der literarische Durchbruch: Der Roman stand monatelang auf Platz eins der finnischen Bestsellerliste, wurde in 38 Länder verkauft und mit zahlreichen Preisen ausgezeichnet, u.a. dem Finladia-Preis, dem Nordischen Literaturpreis und dem Europäischen Buchpreis.

Sofi Oksanen bei btb
Fegefeuer. Roman (74212)
Als die Tauben verschwanden. Roman (74912)
Stalins Kühe. Roman (74364)

*sofi*oksanen

Die Sache mit Norma

Roman

*Aus dem Finnischen
von Stefan Moster*

btb

Die finnische Originalausgabe erschien 2015 unter dem Titel
»Norma« bei Like, Helsinki.

Sollte diese Publikation Links auf Webseiten Dritter enthalten,
so übernehmen wir für deren Inhalte keine Haftung, da wir uns
diese nicht zu eigen machen, sondern lediglich auf deren Stand
zum Zeitpunkt der Erstveröffentlichung verweisen.

Verlagsgruppe Random House FSC® N001967

1. Auflage
Genehmigte Taschenbuchausgabe Februar 2019,
btb Verlag in der Verlagsgruppe Random House GmbH,
Neumarkter Str. 28, 81673 München
Copyright © der Originalausgabe 2015 by Sofi Oksanen
All rights reserved
Copyright © der deutschsprachigen Ausgabe 2017 by
Kiepenheuer & Witsch GmbH & Co. KG, Köln
Covergestaltung: semper smile, München
nach einem Entwurf von Rudolf Linn, Köln nach dem
Coverdesign von Britt Urbla Keller
Druck und Einband: GGP Media GmbH, Pößneck
SL · Herstellung: sc
Printed in Germany
ISBN 978-3-442-71503-9

www.btb-verlag.de
www.facebook.com/btbverlag

Eins

Wenn alles gut geht, können wir uns im August darauf konzentrieren, gut zu essen, gut zu schlafen und die Anwendungen und die Ruhe zu genießen. Dann trinken wir auf deine Zukunft, in der du all das bekommen wirst, von dem du nicht einmal zu träumen gewagt hast. Dann ist meine Arbeit getan, und der Preis für dein neues Leben reut mich kein bisschen.

Nach der Beerdigung war nichts mehr wiedergutzumachen, auch wenn Norma sich noch in dem Moment, in dem sie sich hinter die Trauergäste zurückfallen ließ und auf den Weg stahl, der zum Tor führte, einreden wollte, dass es möglich wäre. Ihre Mutter würde es ihr nicht übel nehmen, dass sie bereits ein Taxi bestellt hatte, alles andere war Norma egal: die Verwandten, die sie nur flüchtig kannte, die Intrigen der Erben und das Schicksal des Naakka-Hauses, das irgendwann zwischen Karelischen Piroggen und Sandwichtorte zur Sprache käme, und die unzuverlässigen Bemerkungen der Großmutter dazu. Diese Farce würde Norma jetzt hinter sich lassen. Sie würde versuchen, in den Alltag zurückzukehren und sich allem, was mit dem Tod ihrer Mutter zu tun hatte, direkt zu stellen. Von jetzt an wäre Schluss mit dem Meiden von Orten, die an ihre Mutter erinnerten. Sie würde nicht mehr zu spät zur Arbeit kommen, würde notfalls ein Taxi nehmen und morgens nicht mehr in Tränen ausbrechen, wenn der Metallkamm an den Haaren riss. Sie würde daran denken, genug zu essen und zu trinken, und nicht zulassen, dass das gemeinsame Leben, das sie sich mit ihrer Mutter mühsam aufgebaut hatte, endgültig zerfiel. Morgen früh würde sie sich auf den Arbeitstag vorbereiten wie immer: die Fusseln vom Rücken der Bluse entfernen, Babyöl zum Bändigen der Locken, Diazepam und Postafen zum Beruhigen von Leib und Seele in die Handtasche packen und eine Reisespraydose Elnett dazuwerfen. Das roch nach normalem Werktag und wurde von Frauen benutzt, deren Leben in Ordnung war. Eine solche Frau wollte sie sein. Gewappnet für den Tag würde sie die U-Bahn-Station Sörnäinen betreten, sich vom Strom der Menschenmenge aufnehmen und per Rolltreppe zum Bahnsteig befördern lassen, wo sie sich auf die offenen Türen des U-Bahn-Zugs zubewegen würde wie an jedem anderen Tag. Der Luftstrom würde die Säume zum Flattern bringen, die Menschen würden in Gratiszeitungen blättern und auf ihren Smartphones scrollen und niemand würde sich an die Tragödie erinnern, die sich auf diesem Bahnsteig abgespielt hatte. Nur sie würde daran denken und sich darauf einstellen, der angespannten Atmosphäre am Arbeitsplatz zu begegnen, die wegen der drohenden Entlassungen schon seit Monaten herrschte, und sie würde begreifen, dass in ihrem Leben nichts stehen geblieben war außer dem Leben ihrer Mutter.

Vom Taxi war weit und breit nichts zu sehen. Norma lehnte sich an den Friedhofszaun und ließ ihre Erleichterung in der Blase aus Benzodiazepinen und Scopolamin dahintreiben. Sie hatte die Beerdigung überstanden. Sie hatte aus der Anteilnahme keinerlei Verlogenheit herausgelesen und keine Scheinheiligkeit aus empathisch gemeinten Worten. Sie war nicht ohnmächtig geworden, hatte sich nicht übergeben und war nicht in Panik geraten, obwohl einige Leute dicht an sie herangekommen waren und sie umarmt hatten. Sie hatte sich benommen wie eine mustergültige Tochter und war nun endlich in der Lage, die Sonnenbrille abzunehmen, die wegen der schweißtreibenden Hitze auf der Nase rutschte, aber gerade als sie die Brille in die Handtasche schieben wollte, trat ein Unbekannter auf sie zu, um ihr sein Beileid zu bekunden.

Norma setzte die Brille wieder auf. Sie wollte keine Gesellschaft.

»Die anderen sind schon dorthin gegangen.«

Sie zeigte auf das Restaurant, in dem die Gedenkfeier stattfand, und zog die Hutkrempe ein Stück weiter herab. Der Mann machte keine Anstalten zu gehen, sondern streckte die Hand aus. Norma wandte sich ab und erwiderte den Gruß nicht, sie hatte keine Lust, sich mit fremden Menschen abzugeben. Der Mann ließ sich jedoch nicht entmutigen. Er griff einfach nach Normas Hand.

»Lambert«, stellte er sich vor. »Max Lambert. Geschäftsführer. Ein alter Freund Ihrer Mutter.«

»Ich kann mich nicht erinnern, dass sie je von Ihnen gesprochen hätte.«

»Haben Sie Ihrer Mutter von allen Freunden erzählt?«, lachte der Mann. »Ich kannte sie früher. In unserer Jugend haben Anita und ich viel zusammen unternommen.«

Norma befreite ihre Hand mit einem Ruck. Sie spürte den Griff des Mannes an den Fingern wie einen gegen ihren Willen aufgedrückten Stempel. Außerdem sprach er in der Vergangenheitsform von ihrer Mutter. Das klang wie eine Beleidigung. Norma war noch nicht so weit, und der Mann sah auch nicht aus wie ein Freund ihrer Mutter. Norma und Anita Ross hatten zurückgezogen gelebt, ihr soziales Leben hatte sich auf die obligatorischen beruflichen Kontakte beschränkt. Ihr Bekanntenkreis war überschaubar. Dieser Mann gehörte nicht dazu.

Er trug die Haare nach hinten gekämmt, an den nur

schwach ausgeprägten Geheimratsecken sah man ihm sein Alter kaum an, was man von der Haut nicht behaupten konnte. Sie war durch starke Sonneneinstrahlung zerfurcht, die Tränensäcke hingen schwer dank des Alkohols, den er seinem Körper lange Jahre zugeführt hatte, und die Bräune konnte die geplatzten Äderchen nicht verbergen. Der Schweiß auf seiner Stirn roch nach dem Bier vom Vorabend. Auch der Anzug stammte noch vom Vortag: Die Knie waren ausgebeult, die ganze Erscheinung wirkte ungepflegt und passte schlecht zum Frieden der Nadelbäume ringsum, trotz der höflichen Redeweise und obwohl der Anzug schwarz war, wie es sich gehörte, und sein Stoff einen teuren Eindruck machte. Das Rasierwasser war von Kouros und frisch, keines, das jahrelang im Schrank gestanden hatte. Das Shampoo stammte vom Friseur. Damit endete Normas Bestandsaufnahme, ihre Nase war noch von den Medikamenten und der Trauer verstopft, die Übelkeitspflaster hinter den Ohren pumpten ihr gleichmäßig Scopolamin in die Adern, sie war einfach nicht fähig, den Mann genauer zu lesen. Als sie sah, dass sich aus ihrem Pferdeschwanz eine Locke gelöst hatte und sich wie ein Korkenzieher ringelte, geriet sie in Panik und blickte auf ihr Handy. Das Taxi müsste längst da sein. Der Mann zog eine verspiegelte Sonnenbrille aus der Tasche und setzte sie auf.

»Darf ich das Fräulein ein Stück mitnehmen?«

»Nein danke, das Taxi ist unterwegs.«

Das Lachen des Mannes war das eines alternden Playboys. Er rückte nah an Norma heran. Etwas an seiner Stimme erinnerte an eine Touristengruppe, in der über die Sprüche des Witzbolds auch dann gelacht wird, wenn sie gar nicht witzig sind.

»Sie sollten so schnell wie möglich Kontakt mit mir aufnehmen. Dann räumen wir alles Unschöne aus dem Weg, damit Sie Ihr Leben fortsetzen können.«

Der Mann nahm seine Visitenkarte aus einem Etui, dessen dunkle Stellen darauf hindeuteten, dass es aus Silber war, und drückte sie Norma in die Hand. Das Goldkettchen an seinem Handgelenk blitzte in der Sonne auf. Bestimmt hatte er das Etui beim Kartenspiel gewonnen oder gestohlen – an diesen Gedanken schlossen sich in Normas Vorstellung weitere Variationen an: Der Mann konnte nicht anstelle ihres richtigen Vaters Reijo Ross da sein und ihre Mutter war keine gewesen, die ihrer Tochter unbekannte Halbgeschwister verschwiegen hätte. Der Mann war zur falschen Beerdigung gekommen.

Margit rief an, als sich das Taxi bereits dem Stadtteil Kallio näherte. Norma meldete sich nach dem sechsten Läuten. Sie schnippte mit Lamberts Visitenkarte, während ihre Tante versuchte, sie zum Umkehren zu bewegen. Die Visitenkarte war aus festem und teurem Papier, hatte einen cremeweißen Ton und erhabene goldene Buchstaben. Der Titel vor dem Namen fehlte ebenso wie die Adresse. Aus einer spontanen Eingebung heraus fragte Norma ihre Tante, ob ein gewisser Max Lambert bei der Gedenkfeier erschienen sei.

Der Name sagte Margit nichts. Normas These von der falschen Beerdigung stimmte also, und sie wollte schon das Fenster öffnen, um die Visitenkarte dem Fahrtwind zu überlassen.

»Moment mal, meinst du den Exmann von Helena?«, fragte Margit nach.

Norma fuhr zusammen. Sie hatte sich für die Beerdigung zu sehr betäubt, darum war sie nicht in der Lage gewesen, offensichtliche Verbindungen zu erkennen: Die beste Freundin ihrer Mutter trug tatsächlich den gleichen Nachnamen wie der Mann, der sich Norma eben vorgestellt hatte.

»Warum, um Himmels willen, sollte Max Lambert an Anitas Beerdigungsfeier teilnehmen?«, fragte Margit. »Ein völlig abwegiger Gedanke.«

»Ich glaube, ich habe ihn gerade gesehen. Ist er nicht bei euch?«

»Nein.«

»Vielleicht ist er an Helenas Stelle gekommen.«

»Weißt du nicht mehr, unter welchen Umständen sich Helena und Lambert haben scheiden lassen? Deine Mutter hätte diesen Mann nie im Leben dabeihaben wollen.«

Im Hintergrund hörte man das ruhige Plaudern des Pfarrers und das Klappern der Teller. Bei der ersten Erwähnung von Lamberts Namen hatte Margits Stimme verbittert geklungen, jetzt klang sie eher verlegen. Sie sprach so respektvoll über Helena, als hörte Normas Mutter zu, und für einen Moment lebte die Mutter wieder, in diesem Telefongespräch. Niemand hatte wie sie über Helena gesprochen.

»Aus jenen Jahren sind ein paar gute Kinder hervorgegangen, ansonsten nichts als Kummer. Denk doch nur einmal daran, wie es Helena ergangen ist.«

Margit trank etwas, ein Glas klirrte leicht.

»Vergiss Lambert, du musst dich irren«, sagte sie.

Der Mann der verrückten Helena. Ihre Mutter hatte es nicht ertragen können, wenn Helena so genannt wurde, und über ihre Besuche bei Helena hatte sie so gut wie nie geredet. Im letzten Jahr war sie allerdings häufiger als früher bei ihr in Kuopio gewesen, und daraus hatte Norma geschlossen, dass es Helena entweder schlechter oder besser ging. Danach gefragt hatte sie nicht. Kliniken erinnerten sie immer an die Schicksale all derer, die sich von den anderen unterschieden, und davon hatte sie von ihrer Mutter genug gehört, es löste Beklemmung in ihr aus. Außerdem hatte sie Helena nicht persönlich gekannt, sie konnte sich kaum daran erinnern, sie jemals gesehen zu haben. Erst jetzt begriff Norma, dass sie Margit nicht gefragt hatte, ob man Helena den Tod der Mutter mitgeteilt hatte, ob Helena klar genug im Kopf war, um eine solche Nachricht zu begreifen.

»Die Kerle haben nur Ärger gemacht.«

»Die Kerle? Was für Kerle?«

Margit wollte sich erneut echauffieren, obwohl das Diazepam die Wortbildung verlangsamte und den Mund der Tante mit Watte füllte. Norma fragte sich, ob Margit diesen Lambert überhaupt noch erkannt hätte. Er war vor Jahrzehnten mit Reijo Ross nach Schweden gegangen, und seitdem hatte man das Gespann im Naakka-Dorf nicht mehr gesehen. Sie waren nicht einmal gekommen, um ihre Eltern zu beerdigen.

»Meinst du Reijo? Ist jemand aus der Verwandtschaft von Reijo Ross da? Vielleicht ist Lambert mit einem von ihnen gekommen.«

»Die Ross-Sippschaft? Hör mir auf. Vorbei ist vorbei, es lohnt sich nicht, in der Vergangenheit zu wühlen.«

Wahrscheinlich hatte die Tante recht, Normas Mutter wäre der gleichen Meinung gewesen und hätte die Kerle gelassen, wo sie hingehörten: in der Vergangenheit. Aber von wem hatte Lambert von dem Unfall erfahren, wenn niemand Kontakt zu Lamberts altem Freund Reijo oder zu

Helena gehabt hatte? Norma wusste nicht mehr, was in der Todesanzeige gestanden hatte, ob die Beerdigung darin erwähnt worden war. Auch darum hatte sich Margit gekümmert. Die Zeitungen hatten von dem Fall berichtet, ohne den Namen der Mutter zu nennen: *Frau an der Station Sörnäinen von U-Bahn erfasst. Laut Polizei liegt kein Fremdverschulden vor.*

Norma drückte eine weitere Tablette aus der Verpackung und ließ die Visitenkarte in die Handtasche fallen. Laut Auskunft war die Nummer des Mannes geheim oder gehörte zu einem Prepaid-Anschluss, eine Adresse gab es nicht. Mutter hätte gewusst, was zu tun wäre, ganz gleich, ob der Mann ein Bekannter von ihr war oder nicht, sie hatte immer für alle Probleme eine Lösung parat gehabt. Obwohl die künstliche Heiterkeit des Sommersenders nicht zu diesem Tag passte, bat Norma den Fahrer, das Radio lauter zu stellen. Es übertönte ihr Schluchzen. Ihre Hilflosigkeit. Sie war über dreißig und daran gewöhnt, dass ihre Mutter den größten Teil ihrer Schwierigkeiten löste.

Ihre Mutter hätte ihr keine dubiosen Geschäftsführer hinterlassen, die wie ein Stromschlag auf ihre Haare wirkten.

Marion warf einen fragenden Blick auf Alvar, der unmerklich den Kopf schüttelte. Die Kleine war also nicht bei der Gedenkfeier gewesen. Auch Lambert nicht. Marion fluchte innerlich, sie hätte als Erste mit Norma reden wollen.

»Noch Kaffee?«

Die Frau, die diese Frage stellte, war über fünfzig und wirkte leicht desorientiert. Sie hatte auch dann noch beherrscht gelächelt, als sie irrtümlich zur Herrentoilette gegangen und gegen die Tür geprallt war.

»Eine schöne Zeremonie. Genau so, wie es sich Anita gewünscht hätte.«

Sein vertraulicher Ton machte es Alvar überflüssig, sich vorzustellen. Er benahm sich, als wäre er ein alter Freund von Anita, und verließ sich darauf, dass die Frau es nicht wagen würde, nachzufragen, sondern insgeheim ihrem schwachen Gedächtnis die Schuld gäbe.

»Wir wussten nicht so recht, wie wir vorgehen sollten«, sagte sie. »Das Bestattungsinstitut hat gesagt, in solchen Fällen sei Feuerbestattung üblich. Wegen des Zustands meiner Mutter haben wir dann aber doch beschlossen, das Begräbnis so durchzuführen. Die Abweichung von den traditionellen Bräuchen hätte sie zu sehr verwirrt.«

Die Schwester. Das war also Anitas Schwester Margit. Sie hatte neben Anitas Mutter Elli Naakka am Grab gestanden. Die Greisin hatte zerbrechlich und abwesend und genauso verwirrt gewirkt, wie Anita es erzählt hatte. Als der Sand auf den Sarg prasselte, war sie beim Tränenausbruch der neben ihr stehenden, schwankenden Frau erschrocken und hatte ihr die Hand getätschelt, als wollte sie eine flüchtige Bekannte trösten. Sie hatte Margit nicht erkannt und auch nicht begriffen, dass ihre eigene Tochter beerdigt wurde. Das hatte Marion beruhigt, und doch hatte sie sich gewünscht, die alte Frau hätte erkannt, um welchen Anlass es sich handelte, denn sie wollte ihre Tränen sehen.

Alvar legte Margit die Hand auf die Schulter und nahm ihr die Kaffeekanne ab.

»Ich kann beim Ausschenken helfen. Das mit dem Begräbnis so zu lösen, war wirklich taktvoll.«

»Wir haben meiner Mutter natürlich nicht gesagt, was passiert ist. Wenn Sie mit ihr reden, wundern Sie sich nicht, wenn sie von einer Gehirnblutung spricht«, sagte Margit. »Sie beide sind sicher von der Post, Kollegen von Anita?«

Marion reichte ihrem Bruder die Kaffeetasse, um Zeit zu gewinnen, da sagte Alvar schon ja. Offensichtlich hatte Anita nichts von ihrem Hinauswurf und auch nichts von ihrer neuen Stelle bei *Haarzauber* erzählt. Das war nicht ungewöhnlich, viele Menschen schämten sich, wenn ihnen gekündigt wurde, sogar in Zeiten wie diesen. Dieser Bande hier hatte Anita bestimmt nicht auseinandersetzen wollen, was es mit ihrer neuen Arbeit auf sich hatte. In den Reden während des Leichenschmauses war an die Sommer im Naakka-Haus und sonstige Lappalien zurückgedacht worden, alles Mist, der sehr wenig mit Anitas wirklichem Leben zu tun hatte. Marion merkte, wie der schwelende Zorn in ihrer Brust wieder zunahm. Menschen, die Anita nicht gekannt hatten, hätten sie nicht ins Grab geleiten dürfen. Anita hätte eine solche Veranstaltung gehasst. Sie hätte gewollt, dass es für die Gäste Wein und Tanz und ABBA gab, und dass Helena hier wäre, nicht Lambert. Bei der Ansprache des Pfarrers am Grab hatte Lambert Marion zugeflüstert, sie hätten sich unnötig aufgeregt, alles sei doch gut gegangen. Niemand hatte den Fall Helena zur Sprache gebracht und niemand schien sich an Lambert zu erinnern, wohl auch kaum an Marion oder Alvar. Die Zeit hatte ihr Werk verrichtet.

»Wir konnten nicht ahnen, dass Anita so etwas mit sich herumträgt«, fuhr Margit fort.

»Depressionen können heimtückisch sein«, bestätigte Alvar.

»Sie haben auch nichts bemerkt?«

»Vielleicht war Anita in letzter Zeit ein bisschen zurückhaltender als sonst«, sagte Alvar und wandte sich Marion zu, um Bestätigung zu erhalten. Sie sollte etwas sagen, aber sie konnte es nicht. Sie suchte nach einem Taschentuch, fand jedoch kein frisches mehr, weshalb Alvar ihr eine Serviette gab. Marion drückte sie sich auf die Augen.

»Anita war nie sonderlich gesellig«, sagte Margit. »Trotzdem hätte man sie öfter anrufen und sie immer wieder fragen müssen, wie es ihr geht.«

»Wie verkraftet es Norma?«, fragte Alvar. »Für sie ist es sicher am schlimmsten.«

»Norma kommt nach ihrer Mutter, sie behält alles für sich.«

»Wenn wir irgendwie behilflich sein können …«

»Danke, ich komme darauf zurück. Es wäre schön, sich auch mit anderen Arbeitskollegen von Anita zu unterhalten, ich kenne nur keinen«, sagte Margit und erzählte, sie habe die Telefonzentrale der Post angerufen und darum gebeten, die Informationen über Anitas Beerdigung weiterzugeben, aber die Frau am Telefon habe Anita gar nicht gekannt.

»Bei der Post gibt es eine so hohe Fluktuation«, bedauerte Alvar.

Allmählich lief das Gespräch in eine unangenehme Richtung. Ihr Bruder durfte seine Märchenstunde allein zu Ende bringen, Marion schlich sich davon. Alvar nickte ihr unmerklich zu und schenkte weiter Kaffee aus. Margit schien die Suche nach Anitas Arbeitskollegen schon wieder vergessen zu haben, als sie bei einem Gast angekommen war, der sich schon zum zweiten Mal nachschenken ließ. Das mit der Kaffeekanne war ein raffinierter Schachzug von Alvar gewesen, so konnte er sich ganz natürlich in der Gästeschar bewegen.

Die männlichen Verwandten standen noch immer so steif beisammen wie auf dem Friedhof, in den ungewohnten Anzügen, die Hände hinter dem Rücken. Lambert tat es ihnen gleich. Das war die maskuline Art, Andacht zu demonstrieren. Sie passte nicht zu Lambert, schon gar nicht bei Anitas Beerdigung, es sah falsch aus. Während Marion zwischen den Gästen umherging, hörte sie, wie diese Bestürzung und Irritation äußerten, und das Lamento, warum niemand etwas geahnt hatte – gerade so, als wäre das möglich gewesen. Die Wenigsten hatten Anita nach ihrem Umzug nach Helsinki zu Gesicht bekommen. Marion verstand nicht, warum diese Leute überhaupt gekommen waren. Vielleicht um ihr schlechtes Gewissen wegen des abgebrochenen Kontakts zu beruhigen oder um mit anderen Dorfbewohnern über die Tragödie der Familie Naakka zu tratschen. Die Menschen reagierten immer auf die gleiche Weise auf gewaltsame Tode, scheinheilig und zugleich neugierig, sie zerrissen sich noch nach Jahrzehnten das Maul darüber, vor allem, wenn die Gründe nicht mit Vernunft zu erklären waren. Marion versuchte noch einmal, die Kleine zu erreichen. Danach wäre Schluss mit dem Zirkus, und sie würde gehen.

Norma stieg aus dem Taxi, riss die Scopolaminpflaster hinter den Ohren und in den Armbeugen ab und zündete sich eine Zigarette an. Bald würde sie ihre nach Friedhof riechenden Kleider in die Mülltonne im Hinterhof werfen, die Trauer dieses Tages abschneiden und den Rotweinkarton öffnen, den sie im Küchenschrank bereithielt, um sich das Warten auf den nächsten Morgen zu erleichtern. Sie musste nur das Tor aufmachen und die Hofeinfahrt betreten. In den letzten Wochen war das zu einem schwierigen Schritt geworden.

Vor zwölf Jahren war es anders gewesen. Da hatte dasselbe Tor sie und ihre Mutter willkommen geheißen und sich wie von selbst aufgetan. Der Umzug in diese Stadt war Norma wie die beste Entscheidung aller Zeiten erschienen. Der entscheidende Schritt war gemacht, nachdem sie ihre Abiturientenmütze erhalten und das Naakka-Haus samt der beklemmenden Dorfgemeinschaft hinter sich gelassen hatte. In diesem Haus in Kallio hatten sie zwei perfekte Wohnungen gefunden und das für einen Glücksfall gehalten, den sie gefeiert hatten, indem sie mit der U-Bahn hin und her gefahren waren.

Zwölf Jahre später hatte ebendiese Repräsentantin des urbanen Lebens Normas Mutter überfahren, einen Tag, nachdem sie aus dem Urlaub in Thailand zurückgekehrt war. Norma fragte sich immer wieder, ob sie es hätte verhindern können. Hätte sie die Anzeichen für den Gemütszustand ihrer Mutter lesen können, wenn sie noch am selben Abend angerufen hätte? Wenn sie aufgestanden und die wenigen Stufen zu ihr hinaufgegangen wäre?

Sie war nicht einmal auf einen Kaffee zu ihr gegangen, sondern hatte die Nacht mit einer Zufallsbekanntschaft verbracht. In diesen Stunden hatte die Mutter ihre letzte Mitteilung geschickt: *Morgen Abendessen? Ich habe Mitbringsel aus Thailand für dich.* Norma hatte die SMS erst am nächsten Morgen gelesen. Hätte ihre Mutter angerufen, wäre sie nicht ans Telefon gegangen. Sie hatte das Gefühl gehabt, die belastende Atmosphäre am Arbeitsplatz einmal vergessen zu müssen. Die ganze Woche hatte sie damit verbracht, darauf zu lauern, was die unmittelbaren Vorgesetzten und die im Treppenhaus vorbeihuschenden Führungskräfte für Gesichter machten. Der Hausmeister, der immer über alles Bescheid wusste, hatte einen Bogen um die Raucherecke gemacht, und das war als Zeichen für einen schlechten Verlauf der Verhandlungen gewertet worden. Die Vorstellung, mit ihrer Mutter gleich nach deren Rückkehr die angespannte Situation auf der Arbeit zu rekapitulieren, hatte Beklemmung ausgelöst. Sie hatte sich auf ihr Glas Wein konzentriert, auf den belanglosen Mann, auf die momentane Leere in ihrem Kopf. Sie würde ihre Mutter am nächsten Tag sehen.

Als Norma dann mitten am Arbeitstag gerufen worden war, hatte sie geglaubt, es gehe um die Stellenstreichungen, und war betont forsch in den Besprechungsraum gegangen, bereit, sich von ihrer besten Seite zu zeigen, aber dort wurde sie von zwei Polizisten empfangen. Eine davon war eine Frau, deren Haare nach Birkenshampoo und gesunden Lebensgewohnheiten rochen, nach hohem Vitamin-C-Gehalt. Normas Haare hatten sich gewellt, und schlagartig war ihr klar geworden, dass sie von einer Entlassung verschont bleiben würde. Später schämte sie sich dafür. Sie hätte in dem Moment einen anderen Gedanken haben müssen als den, dass man einen Menschen, der gerade auf tragische Weise seine Mutter verloren hatte, nicht auf die Straße setzen konnte.

Im Nu hatte sich die Neuigkeit im ganzen Haus verbreitet, und man hatte ihr Visitenkarten von Krisentelefonen in die Handtasche gesteckt. Die Kollegin, die ihr am nächsten stand, hatte ihr zugeflüstert, was sie in der Zeitung gelesen hatte. Demzufolge wurden nur solche Leute als U-Bahn-Fahrer eingestellt, die es verkrafteten, wenn sich jemand vor den Zug warf, denn früher oder später stand das jedem in diesem Beruf bevor. Die Sätze über den Fahrer erinnerten Norma daran, dass dieser der letzte Mensch war, der ihre Mutter lebendig gesehen hatte, bei ihrem letzten Atemzug. Wahrscheinlich war alles sehr schnell gegangen, sodass der Mann es nicht hatte registrieren können. Trotzdem hätte Norma dieser Mensch sein müssen, nicht der Fahrer, nicht wildfremde Leute in einer U-BahnStation.

Als der umherirrende Blick der alten Frau sie traf, begriff Marion, dass sie einen Fehler gemacht hatte. Die Verwirrung wich wie ein Vorhang, die Alte stand überraschend behände auf und versuchte Marion anzuspucken. Der Pfarrer, der danebensaß, zuckte zusammen, die Köpfe drehten sich nach Elli Naakka um. Nach einer kurzen Stille gingen alle dazu über, den peinlichen Zwischenfall zu überspielen, indem sie mit den Kaffeetassen klapperten und sich noch mehr Essen auf die Teller luden.

»Vielleicht hat sie dich für Helena gehalten«, sagte Alvar.

Ihr Bruder war unbemerkt neben ihr aufgetaucht und führte die erstarrte Marion auf den Ausgang zu. Ihr Mund war trocken, die Hände zitterten. Genau deswegen wollte sie niemanden sehen, der sich an Helena erinnerte.

»So ähnlich sehe ich ihr doch gar nicht«, flüsterte sie.

»Natürlich nicht, niemand sonst hier bringt dich mit Helena in Verbindung.«

Alvar strich ihr flüchtig übers Haar.

»Vergiss das Ganze. Anitas Mutter ist dement.«

Elli Naakkas Blick war scharf gewesen, es hatte ein Vorwurf darin gelegen. Sie begriff offenbar doch, dass sie sich auf der Beerdigung ihrer Tochter befand, und gab Helena dafür die Schuld, als wollte sie sagen, dass es Anita ohne die schwachköpfige Helena nicht so ergangen wäre. Aber das war Einbildung, Marion wusste es eigentlich, sie interpretierte zu viel hinein, Elli Naakka verstand nicht, was um sie herum vorging. Marion hatte sich der Alten nur genähert, damit sie Lambert sagen konnte, es wenigstens versucht zu haben. Sie war sich sicher gewesen, von Elli Naakka nichts zu erfahren, ja, von ihr nicht einmal erkannt zu werden.

»Versuche, dich zu beruhigen. Vergiss nicht, warum wir hergekommen sind. Gibt es hier irgendjemanden, den du einmal mit Anita zusammen gesehen hast?«, fragte Alvar.

Marion schüttelte den Kopf. Sie spionierten auf Anitas Beerdigung herum, und das war krank. Marion blickte auf die Pupillen ihres Bruders. Sie waren normal. Allein die kaum merklich zusammengekniffenen Falten in den Augenwinkeln verrieten, dass ihr Bruder jemanden erkannt hatte, mit dem er als Kind gerauft hatte, oder jemanden, der hämisch von der »geisteskranken Helena« geträllert hatte. Dennoch war er fähig, einen kühlen Kopf zu bewahren und sich höflich mit diesen Menschen zu unterhalten. Sobald das Taxi käme und Marion mitnähme, würde er sich zum Kreis der Raucher vor dem Eingang gesellen, seinen Flachmann herumgehen lassen, spielend Kontakt zu den männlichen Verwandten aufnehmen und vermutlich alles Nötige herausfinden. Lambert wäre zufrieden und würde ihm wieder einmal einen Bonus geben. Für Marion sprang nie einer heraus – wenn man den eigenen Friseursalon nicht dazurechnete.

Alvar merkte, wie seine Schwester die Serviette zerrupfte, und nahm ihr das zerfetzte Papier ab. Der Fußboden sah aus, als hätte sich dort ein Huhn gemausert.

»Brauchst du etwas?«

»Nein, mit mir ist alles so weit in Ordnung.«

»Du kannst meinetwegen später zu Hause eine eigene Rede auf Anita halten. Ich werde Lambert sagen, dass du hier dein Bestes getan hast.«

Das Fenster stand offen: Straßenstaub lag auf der Fensterbank, etwas davon war sogar bis auf die Kleidungsstücke, die auf der Couch lagen, geschwebt. Eine Woche lang hatten Margits Blusen den Stapel mit Mutters Kleidern verdeckt. Das Geschirr auf der Spüle hatte von Margit gestammt, nicht von Mutter. Im CD-Spieler schien noch immer ein Album von Suvi Teräsniskaa zu stecken, finnischer Pop, Margits Musik. Der Duft nach *Shalimar* war vom Imitatduft der Tante abgelöst worden. Die Wohnung wirkte nicht mehr wie Mutters Zuhause, und Norma ahnte allmählich, dass es ein Fehler gewesen war, der Tante zu erlauben, sich hier zu verschanzen und alles, was mit der Beerdigung zu tun hatte, zu organisieren. Sie hatte das Hilfsangebot angenommen, weil sie nicht fähig gewesen war, die Wohnung zu betreten. Sie hatte beim ersten Versuch den Anblick nicht ertragen: Die Wohnung hatte ausgesehen, als wäre ihre Mutter nur kurz weg und käme bald zurück. Darum hatte sie die Tante nach dem Lieblingskleid ihrer Mutter suchen, die Karte für das ABBA-Konzert vom Spiegelrahmen entfernen, das *Shalimar* vom Frisiertisch nehmen und all die Sachen einsammeln lassen, die Mutter gern im Sarg gehabt hätte. All das hatte Norma ihre Tante machen lassen, obwohl diese nichts von ihrer Mutter wusste. Nur Norma wusste, warum das *Shalimar* mitkommen sollte. Nur sie wusste, wie ihre Mutter nach der Geburt in der Klinik in einem Duft aus Bergamotte und Zitrone aufgewacht und sich plötzlich vollkommen sicher gewesen war, dass sich alles finden würde, dass sie schon zurechtkämen, irgendwie, zu zweit, dass sie weder Reijo noch sonst jemanden brauchten. Später hatte sie den Geruch in der Dorfdrogerie wiedererkannt und sich das Parfum trotz des hohen Preises gekauft. Es war der Duft des größten Wendepunkts in ihrem Leben. Norma steckte sich eine Zigarette an. Sie selbst hatte ihrer Tante erlaubt, am Tatort für Unordnung zu sorgen. In dem Moment, in dem sie an die Wohnung ihrer Mutter als Tatort eines Verbrechens dachte, zuckte sie zusammen und fuhr sich instinktiv durchs Haar, als wollte sie den Gedanken ausbürsten. Sie versuchte mit aller Macht, einen vernünftigen Grund für die Tat ihrer Mutter zu finden, sie wollte etwas Verdächtiges sehen, wo es nichts Verdächtiges gab. Auch Max Lamberts Annäherungsversuch war vermutlich völlig harmlos.

Norma klappte das Notebook auf und gleich wieder zu. Auf dem Gerät fand sich vermutlich nichts aus den Jugendjahren ihrer Mutter, und genau in diese Zeit musste sie sich bei der Suche hineingraben. Das alte Fotoalbum hatte Mutter im Schrank aufbewahrt, jetzt war das Fach leer. Schließlich fand sich das Album auf dem Schreibtisch, allerdings mit Lücken auf den früher vollen Seiten. Margit hatte sich als Erste darauf gestürzt. Ihr zufolge hatte Mutter keinen Brief an Norma hinterlassen, und Norma hatte den Worten ihrer Tante Glauben geschenkt. Inzwischen wusste sie nicht mehr, warum sie das getan hatte. Ihre Mutter hatte Margit nicht einmal von ihrem Rauswurf erzählt, geschweige denn von der neuen Arbeitsstelle. Margit kannte Mutter nicht, nicht so wie Norma, sie hatte nicht an den richtigen Stellen zu suchen gewusst und allmählich schien es, als hätte sie wegen Normas Schwäche Beweismaterial über Lambert vernichtet. Norma war nahe daran, ihre Tante anzurufen und sie nach den fehlenden Fotos zu fragen. Sie griff schon nach dem Handy, warf es dann aber in die Handtasche zurück. Margit hatte das Recht auf ein paar Bilder, Normas Zorn war unverhältnismäßig. Ihre Tante hatte sich so viel Mühe gemacht, sich um die Beerdigung gekümmert und um die Miete für Juni und Juli, damit es mit dem Ausräumen nicht so schnell gehen musste und damit sie einen Platz zum Übernachten hatte, falls Norma einmal für längere Zeit Unterstützung bräuchte.

Norma schob das Notebook in ihre Tasche, steckte die PINs für die Bank, die sie auf dem Tisch fand, ein, zündete sich eine weitere Zigarette an und fing an, sich das Album anzusehen. Ihre Tante hatte die Aufnahmen mitnehmen wollen, auf denen man sie selbst mit Oma und Mutter sah. Die Fotos von Mutter und Helena aus jungen Jahren hatte sie ebenso verschmäht wie das von Helena mit einem Kind, das Zuckerwatte in der Hand hielt. Im Hintergrund sah man einen Vergnügungspark. Norma erkannte Helenas Tochter Marion, die als Teenager ausgesehen hatte wie die junge Helena. Erst später hatte sich die Geisteskrankheit bei Helena bemerkbar gemacht. Die Helena im Album hatte einen geraden Blick und ein niedliches Lächeln. Als Norma bei der letzten Seite ankam und schon aufstehen wollte, entdeckte sie auf einem Bild zwei Paare, die gemeinsam einen heiteren Sommertag verbrachten: Mutter und Reijo Ross lehnten sich aneinander und schauten in die Kamera. Neben ihnen sah man die jüngere Version des Mannes, der ihr heute begegnet war. Er hatte einen Arm um Helena gelegt. Unter diesem Bild klebte eine Polaroidaufnahme. Darauf lächelte die ältere Ausgabe des Mannes gemeinsam mit Marion und hielt ein Baby auf dem Schoß. Auf der Rückseite stand ein Text in wackliger Handschrift. Alvar hatte ihn geschrieben. Er hatte das Foto gemacht und Mutter gebeten, bald zu kommen.

Marions Handy meldete eine SMS, aber es war eine Kundin, nicht die Kleine, wie sie gehofft hatte. Marions Textmitteilungen, Nachrichten auf der Mailbox und E-Mails hatten alle das gleiche Schicksal erfahren: Die Kleine blieb stumm.

»Ich habe in zwei Stunden eine Verabredung«, mahnte Alla.

Marion griff nach dem Klebstoffentferner und wandte den Blick vom Handy ab. Alla erkundigte sich nicht nach der Beerdigung, sondern spielte die Gleichgültige, seit sie den Salon betreten hatte. Gerade so, als wüsste sie, dass Marion nichts herausgefunden hatte. Das war ihre Art, Salz in die Wunde zu reiben und zu zeigen, wer wo stand.

»Ich habe die Haare bei so warmem Wetter noch nicht ausprobiert. Glaubst du, dass das eine Rolle spielt?«

»Die halten alles aus, Chlor, Tauchen, Vietnam«, antwortete Marion. »Von den Kundinnen, die in die Tropen gereist sind, hat sich noch keine beschwert. Manche haben beim Schwimmen nicht mal mehr eine Bademütze benutzt.«

Bis zur Reise nach Hanoi dauerte es noch eine Weile, und Allas Haar befand sich in gutem Zustand. Dennoch hatte sie ausgerechnet jetzt eine neue Verlängerung haben wollen, am Tag von Anitas Beerdigung. Das war nichts als Schikane, die vom unablässigen Reden über verschiedene

Haarqualitäten und Frisurtrends noch schmerzlich verstärkt wurde. Garantiert hatte Alla bereits mit ihrem geliebten Ehemann über die Beerdigung gesprochen, aber falls Lambert etwas aus Norma herausbekommen hätte, wäre Alla nicht so ruhig. Oder Lambert hatte Alla geschickt, um Marions Verhalten zu beobachten, um sich zu vergewissern, dass sie in der Spur blieb, dass sie fähig war, weiterhin ihre Arbeit zu machen. Vielleicht war es das, vielleicht war es gar keine gezielte Quälerei, sondern fühlte sich nur so an.

»Zeig mir mal den Kalender«, sagte Alla.

Marion gab ihr das Buch. Alla lächelte billigend. Alle waren verrückt nach den ukrainischen Haaren. Auch Allas Freundinnen waren deswegen zu Kundinnen von *Haarzauber* geworden. Marion hatte sich nicht getraut, an deren Anmeldungen zu rühren, und dadurch war es noch schwerer geworden, alles neu zu organisieren. Die Termine, die mit Hochzeiten zu tun hatten, hatte sie nicht verlegen wollen. *Haarzauber* war für das Gelingen des Festes verantwortlich, da wurden keine Kompromisse gemacht. Für die anderen Kundinnen hatte sie Ausweichtermine gesucht, für einige erst in mehreren Monaten. Trotzdem war es eng. An diesem Tag würde die letzte Kundin um einundzwanzig Uhr kommen und morgen früh die erste um sechs. Ohne Hilfe würde sie die Hochzeitssaison nicht überstehen.

Alla studierte weiterhin das Buch mit den Anmeldungen, als würde sie in der Bibel lesen. Für die Lamberts war der Umsatz des Salons nur Peanuts und das Schielen aufs Resultat purer Bluff. Sie scherten sich nicht um das Glück der Kundinnen, so wie Marion, und Marion würde nie mehr eine so begabte Anfängerin wie Anita finden, geschweige denn eine so kompetente Fachkraft. Niemand konnte eine Frau, die wegen ihrer Haare nervös war, so gut beruhigen wie Anita. Sie war die geborene Frisörin gewesen und hatte geahnt, über welche Themen nicht geredet werden durfte. Entgegen Marions Befürchtung hatte Anita an den ersten Arbeitstagen nicht mit Helena und der Vergangenheit angefangen und auch nicht darüber salbadert, was es zu bedeuten habe, dass sie das Schicksal wieder zusammengeführt hatte, nach fast dreißig Jahren. Als sie zum ersten Mal den Laden betreten hatte, hatte sie nicht ausgerufen, wie sehr Marion ihrer Mutter ähnelte, und sie hatte Marion mit keinem Wort vorgeworfen, dass sie Helena nicht besuchte. Marion spürte den Stich der Sehnsucht in der Brust. Nur Anita hatte sie verstanden.

Alla tippte mit dem Fingernagel auf einzelne Namen.

»Wie viel Ukrainische haben wir noch auf Lager?«

»Für eine Woche. Oder für zwei, wenn wir es mit Russischen mischen.«

Alla seufzte und blickte auf ihr Handy, das wieder lautlos blinkte, und sie tat es so, dass Marion auch bestimmt sah, wer sie zu erreichen versuchte. Der Japaner wieder. Alla ließ das Handy in den Schoß sinken. Vielleicht wollte sie deutlich machen, dass sie nicht mit wichtigen Kunden redete, wenn Marion dabei war. Oder sie wollte ihre Macht demonstrieren: Alla antwortete, wann es ihr gefiel, auch dem Japaner.

»Was willst du den Kundinnen danach anbieten? Ich habe mit Max darüber gesprochen. Du hast eine Woche. In der Zeit musst du das Chaos in den Griff kriegen.«

Marion hätte am liebsten die Schere geschnappt und Alla in den Hals gerammt. Der Wunsch war so stark, dass sie sich kurz am Frisierwagen festhalten und dessen Griff umklammern musste. Alla hatte in den Angelegenheiten des Klans das Sagen, aber auch bei der Frage, wie sich Marions Schicksal gestalten würde.

»Max war bei der Beerdigung wesentlich effektiver als du. Ich mag gar nicht erst fragen, was du erreicht hast, um die Situation zu bereinigen, aber die Uhr läuft, tick tack.«

Alla tippte auf ihre Rolex. Diese Geste hatte sie von Lambert gelernt. Marions Augen brannten. Blütenstaub. Oder die mit Anitas Tod verloren gegangenen Träume. Am Tag vor der Rückkehr nach Finnland hatten sie zusammen in einer Dachterrassenbar in Bangkok gesessen und sich Cocktails namens Sweet Dreams bestellt. Damit hatten sie auf die Zukunft angestoßen. Alles war klar gewesen, und Marion hatte gedacht, dass sie Helena doch besuchen würde, mit Anita, eines Tages.

Sie blickte durchs Schaufenster auf die Straße. Jener Tag würde nicht mehr kommen. Der Parkplatz war leer. Dort hatte sie Anita zuletzt gesehen. In aufrechter Haltung hatte sie im Auto gesessen, den Blick nach vorne gerichtet, das Kinn erhoben. Als sich Marion endlich auf die Straße getraut hatte, war Anita schon weg gewesen.

Um zehn vor acht war ihre Mutter zur U-Bahn-Station geeilt, obwohl sie auf dem Weg zum nahe gelegenen Friseursalon hätte sein sollen. Augenzeugen zufolge war sie fast gerannt, aber morgens hatten es viele eilig, deshalb hatte es keinen verwundert. Norma atmete den Duft der Kaffeerösterei ein, den gleichen, den ihre Mutter an ihrem letzten Morgen eingeatmet hatte, und überquerte den Vaasaplatz, so wie ihre Mutter es getan hatte. Rasch passierte sie die Typen, die vor dem Supermarkt warteten, bis der Bierverkauf losging, und versuchte etwas zu erkennen, das die Entscheidung ihrer Mutter beeinflusst haben könnte, etwas, das sie nachvollziehbar machen würde. Sie hatte sich für praktische Ballerinas, Caprihosen und eine Baumwollbluse entschieden, für gewöhnliche Arbeitskleidung, wie sie auch ihre Mutter an jenem Morgen getragen hatte, und eilte die Rolltreppe hinunter zum Bahnsteig, so wie es ihre Mutter getan hatte. Sie sagte mehrmals Entschuldigung zu den Provinzlern, die nicht kapierten, dass man rechts stand, sondern die Rolltreppe in voller Breite versperrten, genau wie sie und ihre Mutter es nach ihrem Umzug in die Stadt getan hatten. Am Bahnsteig setzte sie sich auf die Bank, auf der ihre Mutter nicht gesessen hatte, denn die U-Bahn war sofort in die Station gerast. Ihre Mutter hatte Schuhe und Handtasche unter die Bank geschleudert, dann war sie weg gewesen.

Norma legte ihre Handtasche an die Stelle, an der ihre Mutter ihre Tasche hinterlassen hatte, und ließ die Ballerinas auf die grauen Fliesen fallen. Die Schuhe und die Tasche ihrer Mutter waren ihr ohne Begleitschreiben zugestellt worden. Sie hatte das Innenfutter der Handtasche entfernt, für den Fall, dass sich dahinter etwas verbarg – aber da war nichts gewesen als alte Quittungen und das Zeug, das sich in der Handtasche jeder Frau fand. Friseurgerüche, Haarstaub. Mutters Arbeitshandtasche. Nicht die Urlaubstasche, die Arbeitstasche. Der Fleck von einem Haarfärbemittel. Zwei Haare, die am Reißverschluss festhingen, von einer indischen Verlängerung, und ein blondes Haar, vermutlich von einer Kundin. Das Handy hatte sie zu Hause vergessen gehabt. Als die Tante es Norma gebracht hatte, war sie sicher gewesen, dass sich darin eine Nachricht an sie verbarg. Vor Enttäuschung hatte sie das Ding an die Wand geworfen. Die letzten Anrufe stammten aus der Woche vor der Thailandreise, sie hatten mit Terminen zu tun, mit Verschiebungen und mit Frisuren für Abschlussfeiern. Sämtliche Nachrichten und Anrufe hatten mit *Haarzauber* zu tun. Ihre Mutter hatte sich um die Facebook-Seite des Salons gekümmert, und den letzten Eintrag hatte sie nur wenige Stunden vor ihrer Reise geschrieben: *Nach ihrem Urlaub ist Anita wieder bereit, unvergessliche Frisuren für eure Feste zu zaubern! Im Sonderangebot: Tape-in Extensions!*

Eine U-Bahn nach der anderen rauschte an Norma vorbei, der Luftstrom wischte ihr über die Knöchel. Wachleute kamen und gingen, Gummiknüppel, Splitterwesten und

Springerstiefel, auf, zu, hinein, heraus, Signaltöne warnten beim Schließen der Türen, das Mandarinenorange der Waggons, Reklame für Wurst, das Lächeln von Fernsehköchen, Bänke aus Birkenholz auf dem Bahnsteig, die dicken Samtröcke der finnischen Romafrauen, Wegebier, Methadonzähne, Leute, die aus dem Urlaub kamen oder in Urlaub fuhren, Rollkoffer, Bündel und verblichene Plastiktüten von Obdachlosen, praktische Aktentaschen bei denjenigen, die zur Arbeit eilten, forsche Schritte, waschpulverfrische Röcke, Jacken, frisch ausgepackte, rutschsichere Sommerstrumpfhosen ohne Spitzenverstärkung, neue Absatzflecken, Extensions aus indischen und russischen Haaren, auch einige malayische, Tressenkleber, Melatonintabletten, Hormonkuren, Lendensteak und teurere Haarnährstoffe.

Inzwischen war es nach Mittag. Mutter hatte das langsamere Gehen der Leute zur Mittagszeit nicht mehr gesehen, das Legere, und sie hatte die billigeren Parfums nicht gerochen, die vergessenen Deos, die unfrisierten Haare, die vom Schweiß hervorgebrachten Gerüche der Fertigmahlzeiten und Biere vom Vortag, von Cola und Senf, von Imovane und Antidepressiva, sie hatte nicht die somalischen Mädchen und das Blitzen der Nadeln an ihren kunstvoll gefalteten Kopftüchern gesehen, die schnelle Haarverlängerung der Immigranten, die Väter mit ihren Kinderwagen, die funkelnagelneuen Sneakers der Bärtigen, die aufgekrempelten Hosen und geckenhaften Mützen. Sie hatte die Räucherstäbchenfahne, wie sie diejenigen hinter sich herzogen, die im Winter nach Goa gehen würden, nicht gerochen, scharfes Chili, süßliche Blüte. Norma saß noch immer auf der Bank.

Die Löffel, die sie im Gefrierfach aufbewahrte, hatten

am Morgen ihre vom Weinen wie Vogeleier angeschwollenen Lider gekühlt, aber die Wirkung ließ bereits nach. Die Löffel gehörten zu den Schönheitstipps ihrer Mutter, sie und Helena hatten früher damit auch die Wimpern gebogen. Norma drückte mit den Fingern auf die Augen. All diese Menschen, das ganze Gewimmel. Alle U-Bahn-Fahrgäste hatten an jenem Morgen früher als sie gewusst, dass etwas passiert war, sie waren auf den Bahnsteig gekommen und hatten wieder nach oben fahren und eine Straßenbahn oder einen Bus nehmen müssen. Sie hatten über den Vorfall schon Bescheid gewusst, als Norma sich noch Elnett ins Haar sprühte und sich wünschte, die Verhandlungen über die Zukunft der Mitarbeiter wären vorbei. Hunderte Menschen hatten geflucht, weil sie den Weg ändern mussten, weil sie zu spät zur Arbeit oder zu einer Verabredung kamen, und alle hatten mehr gewusst als Norma.

Vor einigen Jahren hatte sie mit ihrer Mutter zusammen das Gleiche erlebt. Sie waren mit dem Zug nach Helsinki unterwegs gewesen, und plötzlich hatten sich Normas Haare gewellt. Sie hatten im Allergiker-Abteil gesessen, wo es keine unnötigen Reize gab, darum war sie erschrocken. Ihre Mutter hatte vorgeschlagen, einen Kognak zu trinken, und genau in dem Moment war der Zug stehen geblieben. Der Grund wurde nicht durchgesagt. Dennoch begriff jeder, dass man bald Leichenteile auf dem Gleis einsammeln würde. Alle Reisenden hatten es vor den Angehörigen desjenigen gewusst, der sich vor den Zug geworfen hatte. Normas Mutter hatte die Reaktion ihrer Tochter damals gesehen und sich dann trotzdem für diese brutale Methode entschieden – und ausgerechnet in einer U-Bahn-Station, die auf Normas Weg zur Arbeit lag. Hätte

Norma die Nacht nicht mit der Zufallsbekanntschaft verbracht, hätte sie durchaus genau dann die Station erreichen können, als es passierte.

Das Vibrieren des Telefons ließ sie zusammenzucken. Neben der Bank stand ein Wachmann, der sie zu beobachten schien. Norma begab sich zu den anderen Leuten, die am Bahnsteig warteten. Wieder ein Anruf von *Haarzauber*, von Marion. Norma meldete sich auch diesmal nicht. Sie würde sich Marion gegenüber nicht normal verhalten können, sie wollte nicht mit ihr reden, geschweige denn sich mit ihr treffen, auch wenn Marion womöglich wusste, welcher Stimmung die Mutter an ihren letzten Arbeitstagen gewesen war, und auch wenn sie eine Erklärung für das seltsame Verhalten ihres Vaters haben mochte. Norma war der Frau zweimal begegnet, als diese mit Mutter zusammen nach der Arbeit den Salon verlassen hatte. Eine Frisörgeruchswolke hatte sie umgeben, Norma war schlecht geworden davon, und sie hatte es vermieden, der anderen in die Augen zu sehen. Darum hatte sie sich auch bei der Beerdigung von ihr ferngehalten und hinter den Rücken der anderen versteckt. Helenas Tat hatte die ganze Familie für alle Zeiten stigmatisiert. Die Leute begegneten den Angehörigen einer solchen Familie entweder mit unnatürlicher Empathie oder mit unangenehmer Neugier, jedoch niemals so, wie man gewöhnlichen Menschen begegnete. Mutter hatte das gehasst, und Norma war in dasselbe Muster verfallen.

Alvar drehte den Schlüssel im Schloss, und sie traten ein. Marion zog die Sandalen im Flur aus, Alvar stiefelte weiter, ohne sich um den Korb zu scheren, aus dem sich Marion zwei von Anitas Gästepantoffeln schnappte. Der Staub, der sich auf der Fensterbank im Wohnzimmer angehäuft hatte, wirbelte im Luftzug auf. Marion wischte sich über die Wangen, und während sie noch ihr Niesen zu unterdrücken versuchte, zog Alvar bereits die Schubladen des Frisiertischs auf und überprüfte den Inhalt wie Geschäftsbücher, mit der gleichen Exaktheit, mit der gleichen Wachsamkeit, bereit, jeden Hinweis aufzunehmen. Er verließ sich mehr auf seine Augen als auf Lamberts Köter, die unmittelbar nach dem Unglück in der Wohnung gewesen waren und den Inhalt von Anitas Notebook kopiert hatten. Im Computer hatte sich nichts Wichtiges gefunden, und Alvar hatte auf diesen Moment gewartet, auf die leere Wohnung. Einer der Jungs, die das Haus überwachten, hatte ihn angerufen, sobald die Luft rein gewesen war.

»Zuerst Adressbuch, Postkarten, Notizzettel, Kreditkartenrechnungen, Flugtickets, Quittungen von Hotels, Mietwagen«, sagte Alvar. »Telefone, Speicherkarten.«

Marion sah Alvar an, was er dachte. Dass er sich selbst um alles hätte kümmern müssen. Dann wäre es nicht zu solchen Pannen gekommen. Dann wüssten sie, wer Anita die Ukrainischen geliefert hatte, Marion müsste sich nicht überlegen, womit sie sie ersetzen könnte, und Alvar bekäme wieder eine seiner zahlreichen Bonuszahlungen. Die den ganzen Klan erschütternde Episode wäre Geschichte, und sie wären in Sicherheit.

»Margit hat hier über eine Woche lang gewohnt, und wahrscheinlich sind noch jede Menge andere hier gewesen«, meinte Marion, obwohl sie wusste, dass mit der Observierung unmittelbar nach Anitas Tod begonnen worden war. Die Hunde des Klans kannten bereits alle Leute, die im Haus wohnten, ihre Angehörigen, ihre Haustiere und ihre täglichen Rituale, sodass ihnen Fremde sofort ins Auge gesprungen wären, und wahrscheinlich hatte Lambert einen von den Jungs zur Beerdigung geschickt, einen, der vor Anitas Haus Wache geschoben hatte. Ansonsten wäre der Bruder nicht so sicher, dass von den Trauergästen nur Margit die Wohnung genutzt hatte. Lamberts Kötern schlüpfte keiner durch die Maschen, niemals.

»Erzähl mir noch einmal, was du bei der Beerdigung gesehen hast.«

»Wie oft müssen wir das noch durchkauen? Frag deine Leute, warum sie hier nichts gefunden haben«, sagte Marion und blickte auf die Uhr. Norma war auf der Arbeit, Margit war weg, Alvar hätte den ganzen Tag Zeit. Marion wurde nicht gebraucht, sie wollte und sollte nicht hier sein. Ihr kamen die Tränen, und sie wischte sich erneut über die Wangen, wobei sie etwas von Blütenstaub murmelte. Der Klan wollte sie nur quälen. Darum hatte sie mitkommen sollen. Alvar wühlte noch immer im Frisiertisch, nahm Flaschen und Dosen in die Hand, öffnete Kästchen. In einer Schublade lag ein Foto von Anita und Helena vor langer Zeit, in langen Röcken mit Blumenmustern. Marion wandte den Blick ab.

»Denk genau nach«, verlangte Alvar und steckte das Foto ein. »Vielleicht hast du etwas vergessen.«

»Margit kann alles Mögliche mitgenommen haben.«

»Angeblich hatte sie wenig Gepäck. Sie hat lediglich einen kleinen Rollkoffer, einen Kleidersack, einige Tüten, ein paar Zimmerpflanzen und ein altes Röhrenradio ins Auto geladen. Norma half beim Tragen, sie umarmten sich zum Abschied, Margit hing an Norma, die eher genervt wirkte«, leierte Alvar herunter. »Du hast Anita am besten gekannt. Wenn jemand eine Spur findet, dann du.«

Marion ließ den Blick übers Bücherregal schweifen: Kunstbände, Haarratgeber, Medizinbücher, Vererbungslehre. Drei englischsprachige Biografien über Elizabeth Siddal, zwei über die Geschwister Sutherland, eine über Martha Harper, drei Anleitungen für Schnellverlängerungen. Kein Wunder, dass Anita so gut in ihrer Arbeit war, sie hatte alles Erdenkliche über Haare gelesen.

Alvar zog ein Buch mit dem Titel *Das goldene Zeitalter der Kokotten* aus dem Regal, blätterte es von Anfang bis Ende durch und stellte es wieder zurück.

»Die letzte Partie ging für fünftausend Dollar per Kilo weg.«

»Ich weiß!«

»Lambert soll jemanden in Margits Wohnung schicken. Wir hätten nach dem Unglück selbst herkommen müssen.«

Alvars Lamento war überflüssig. Anitas Tat ließ alle auf der Hut sein, und zuerst musste sichergestellt werden, dass niemand sonst die Wohnung überwachte. Das konnte man nicht gebrauchen, und die Oberhäupter des Klans sollten sich fernhalten. Als das Haus für sicher erachtet worden war, hatte sich Margit bereits in Anitas Wohnung verschanzt. Die Lichter hatten die ganze Nacht gebrannt, das Schreien war angeblich bis ins Treppenhaus zu hören gewesen. Laut Lamberts Köter hatte sie die Wohnung nur verlassen, um zum Bestattungsinstitut zu gehen, und auch das nur kurz. Norma war zu Hause geblieben, Besuch war keiner gekommen.

Alvar blieb vor der Kamera im Regal stehen. Sie war neu und teuer. Die Speicherkarte fehlte. Er legte die Kamera zurück und ging wieder zu Anitas Frisiertisch. Die Spiegelrahmen steckten voller Postkarten und Fotos von Teneriffa und Rhodos, aus Stockholm, Tallinn, Athen, Rom und Antalya. Von Gran Canaria. Von der spanischen Sonnenküste.

»Wenn Anita eine alte Kiew-Reisende war und entfernte Verwandte in der Ukraine hatte, warum gibt es hier dann keine einzige Karte von dort? Was, wenn die Haare doch anderswo herkommen?«, fragte Alvar. »Bei der Beerdigung hatte keiner etwas von ukrainischen Verwandten gehört, nicht einmal von ukrainischen Liebschaften oder Ehefrauen.«

»Woher sollten sie denn sonst stammen?«

»Anita muss sie über einen Zwischenhändler bekommen haben. Den müssen wir ausfindig machen.«

Marion blickte erneut auf die Uhr. Sie musste in den Salon zurück, die nächste Kundin kam in einer halben Stunde. Sie ließ sich von Alvar Anitas Ersatzschlüssel geben, für den Fall, dass die Kleine käme, um Sachen von Anita zu holen. Am Schlüsselbrett im Flur hingen die Schlüssel für Dachboden und Keller, darum durfte sich Alvar kümmern.

ZWEI

Im August werden wir über die alten Geschichten und über das Testament, das wir für dich gemacht haben, bereits lachen. Du musst keine Angst mehr vor Unfällen haben und ich keine schlaflosen Nächte mehr, weil ich mir Gedanken mache, ob du gerade von einem Auto angefahren wirst, wenn ich telefonisch nicht zu erreichen bin oder zu weit weg, um sofort zu dir ins Krankenhaus kommen zu können, oder noch schlimmer, in die Leichenhalle. Du kannst die Feuerbestattung vergessen.

An den hellen Stühlen haftete noch der Schweiß der zuvor Entlassenen, man sah Fingerabdrücke auf den Armlehnen, Fett von den Klammergriffen derjenigen, die hier auf ihr Schicksal gewartet hatten. Norma legte die Hände in den Schoß. Worte über schwierige Zeiten und notwendige Korrekturen huschten ihr durch den Kopf. Die Entscheidung über Norma Ross war angeblich schon lange getroffen worden. Die Worte wurden mehrmals wiederholt, als sollte betont werden, dass die Tragödie nichts mit dem Ende des Arbeitsverhältnisses zu tun habe, und man schob Norma die Visitenkarte eines Krisentelefons hin. Die Vorstellung von einem Therapeuten, der sich mit ihren Problemen beschäftigte, war lächerlich, aber Norma schluckte das Kichern, das ihre Kehle kitzelte. Sie musste sich normal verhalten.

Das Außergewöhnliche an diesem Arbeitsplatz war, dass es unter den Kunden viele sehbehinderte Menschen gab und sie sich über deren Blicke keine Gedanken machen musste. Die Blindenhunde waren geschult, sie beachteten sie nicht, wie es Tiere üblicherweise taten. Die Klimaanlage im Haus funktionierte gut, sie war gerade erst erneuert worden. Norma hatte geglaubt, ihre Stelle als Sekretärin behalten zu können, denn von früheren Rauswürfen gestählt hatte sie gelernt, die schlimmsten Untiefen zu umgehen: Arbeitsplatzromanzen und übertrieben soziales Verhalten, Einmischung in die internen Machtkämpfe und Kritik an der Chefetage. Sie wusste inzwischen, wie man Beziehungen schmiedete, die in freundschaftliche Gesten verpackt waren, und sie war mit ins Theater gegangen und hatte an anderen Teambuilding-Maßnahmen teilgenommen, um möglichst normal zu wirken. Hier könnte ich bleiben, hatte sie zu ihrer Mutter gesagt. Ihr Lebenslauf war mit Stellenverlusten in schneller Folge gespickt, und das war in Krisenzeiten kein Vorteil. Beim Zentralverband der Sehbehinderten einen Arbeitsplatz bekommen zu haben, war ein Glücksfall gewesen.

Ihr Vorgesetzter zählte mit Bedacht die Kündigungsgründe auf. Seine Stimme wurde lauter, als er Normas trockene Augen bemerkte. Der Rauswurf sei ihre eigene Schuld, das Resultat von Aufsässigkeit und Defätismus, vom Säen von Proteststimmung in Zeiten, die eine vollkommen andere Einstellung verlangten. Norma Ross sei ständig und trotz aller Warnungen zu spät gekommen, und in letzter Zeit habe ihr widerspenstiges Verhalten deutlich zugenommen. Das konnte Norma nicht bestreiten, sie gab nur insgeheim ihren Haaren die Schuld, weil sie die Beklemmung der anderen aufgesaugt hatten und während der Wochen der Entlassungen von Tag zu Tag störrischer geworden waren, mal wie schwer zu schneidender Stacheldraht, mal wie Hanfschnur. Sie hatten Norma morgens aufgehalten, hatten ihre Mittagspausen in die Länge gezogen, und sie waren schwerer geworden, als wappneten sie sich, Norma im Krieg zu verteidigen. Die Handgelenke hatten angefangen zu schmerzen, was sie auf die Idee brachte, über einen Mausarm zu klagen. Und dann war der Tod ihrer Mutter gekommen.

Der Vorgesetzte wartete eindeutig auf einen Wutausbruch, auf unausgeglichenes Verhalten, das die Gründe der Entlassung bestätigen und ihm Erleichterung verschaffen würde. Norma spürte, wie sich die Haarkutikula öffnete wie unter der heißen Dusche, weigerte sich aber, die Wünsche des Mannes zu erfüllen. Seine Schläfen und die Stirn waren so klebrig, dass ein Löffel daran haften würde, die Fettdrüsen hatten den ganzen Tag fleißig gearbeitet, und der Tischventilator schien ihm keine Erleichterung zu verschaffen. Norma stand auf, um zu gehen, nahm einen Stift vom Tisch ihres Vorgesetzten und schrieb »Ducray Sabal« auf einen Firmenblock.

»Das hilft bei Problemen mit der Kopfhaut. Ich glaube nicht, dass die Chefetage die nachlässige Hygiene ihrer Mitarbeiter für einen imagefördernden Faktor hält.«

Erst am Eingang zur Shopping Mall Ostzentrum blieb sie stehen und merkte, dass sie zitterte. Ihre Mutter wäre über den Rauswurf trauriger gewesen als sie, hätte die misslungenen Versuche ihrer Tochter, im Arbeitsleben Fuß zu fassen, als durchgängigen roten Faden gesehen, all die Male, in denen Norma hatte gehen müssen, und sich erinnert, wie sie im Nachhinein zusammen über die Situationen gewitzelt hatten, in die sie wegen ihrer Haare geraten war: Manchmal hatte nur jemand die Haare in der falschen Länge gesehen, manchmal hatte eine Kollegin die Haare dazu gebracht, sich zu locken, manchmal waren die Umstände des Schneidens unmöglich gewesen. Jetzt war es mit den Witzen vorbei.

Gerade als Norma aus dem Laden kam und den Weg nach Hause einschlug, hörte sie jemanden ihren Namen rufen. Intuitiv blieb sie stehen und bereute es sofort. Max Lamberts Zähne leuchteten unter der verblassten Markise der *Goldenen Palme*, durch die Bräune sahen sie aus wie auf amerikanische Art gebleacht. Norma sah keinen Grund, auch nur aus Höflichkeit stehen zu bleiben, sie kannte den Mann nicht, und sie versuchte weiterzugehen, aber Lambert war eindeutig anderer Ansicht, eilte flink an ihre Seite und passte seine Schritte ihrem Takt an.

»Was für ein Zufall«, sagte er. »Ich habe auf deinen Anruf gewartet.«

Obwohl die Plastiktüten mit Einkäufen, die Norma schleppte, auf nichts anderes als den Weg nach Hause hindeuteten, kam es ihr unmöglich vor, in Anwesenheit dieses Mannes die wenige Meter entfernte Haustür aufzuschließen. Sie ging daran vorbei. Die Tische vor dem *Strohhut* rückten näher, Lambert legte ein paar Laufschritte ein und überholte Norma.

»Darf ich dich zu einem Bier oder einem anderen Sommergetränk einladen?«

»Danke, nein. Ich bin nicht in Plauderstimmung.«

»Es gibt Dinge, über die muss man reden. Hast du niemanden, dem du dein Herz ausschütten kannst?«

Normas stetig schneller werdende Schritte schienen den Mann nicht zu stören. Sie rauschten an einer Reihe von Kneipen in einem Tempo vorbei, dass die Entgegenkommenden auswichen, die Hunde ihre Nasen hoben und die Kinder ihre Umhängetaschen schützend an sich drückten. Der Vorgang hätte in eine Sommerabendkomödie gepasst und wäre zum Lachen gewesen, wenn die Aufdringlichkeit des Mannes nicht zusehends wie eine Verfolgung gewirkt hätte. Norma verstand nicht, was er wollte. Lambert konnte ihr nichts zu sagen haben, in der Wohnung ihrer Mutter hatten sich keine Hinweise gefunden, die für ihn interessant sein könnten. Dennoch ermunterten ihre Haare sie, sich zu beeilen, sie wollten fort. Das Denkmal der Arbeitermutter rückte näher, die Sturenkatu, Norma horchte, ob eine Straßenbahn kam, in die sie springen könnte. Oder es ging um ihren Vater. Aber falls Reijo Ross vom Tod ihrer Mutter gehört hatte, warum hätte er dann Helenas ehemaligen Mann als Boten wählen sollen, eine Norma völlig unbekannte Person? Warum hätte er überhaupt Kontakt mit Norma aufnehmen sollen?

Die Hitze raubte ihr den Atem, Norma konnte nicht noch schneller gehen. Sie lehnte sich an einen Pfeiler der Straßenbahnhaltestelle und stellte die Plastiktüten ab. Sie fühlte sich bedrückt, an den Schläfen ringelten sich die Haare. Sie schob ihren doppelten Pferdeschwanz unter den Kragen.

»Ich dachte, du wohnst in der Vaasankatu, eine Etage über Anita. Oder war es darunter? Anita hatte eine schöne Wohnung«, sagte Lambert.

Das Hemd klebte an seiner Brust. Durch das schwere Atmen, die vor Schweiß triefenden Kleider und das eilige

Gehen zur Haltestelle im Gleichschritt sahen sie aus wie Vater und Tochter, die zu spät zu einer Familienfeier kamen, obwohl ihnen die Aufgabe zugefallen war, für die Getränke zu sorgen. Das junge Pärchen, das auf die Straßenbahn wartete, sah an der Situation nichts Seltsames, das Paar, das mit Nordic-Walking-Stöcken vorbeikam, würdigte sie keines Blickes. Nachdem sich ihr Atem etwas beruhigt hatte, begriff Norma, was Lambert gesagt hatte: Er war bei ihrer Mutter gewesen.

»Ich dachte, ihr wart nur in der Jugend befreundet gewesen.«

»Ja schon, auch das.«

Lambert zog eine Schachtel Zigarillos heraus und bot ihr davon an. Norma schüttelte den Kopf und blickte auf den Fahrplan. Acht Minuten bis zur nächsten Bahn. Ein Taxi wäre schneller, mit ein paar Wischbewegungen holte sie die Nummer aufs Display ihres Handys. Aber sie rief nicht an. Das Telefon verschwand wieder in der Handtasche.

»Was will er? Mein Vater. Darum geht es doch, oder?«

Lambert runzelte die Stirn.

»Seid so freundlich und lasst mich in Ruhe. Das können Sie ihm ausrichten«, sagte Norma.

Ihre Mutter hätte das so ausgedrückt. Nichts Persönliches. Möglichst neutral, möglichst korrekt. Die Formulierung im Stil ihrer Mutter war wie von selbst gekommen, und damit war es Norma offenbar gelungen, Lambert aus der Fassung zu bringen, wenigstens ein bisschen. Zufrieden nahm sie eine aufrechtere Haltung an. Hatte der Mann Tränen von ihr erwartet, gerührtes Stammeln, einen Begrüßungsschluck von dem Wein, der aus einer der Einkaufstaschen ragte?

»Reijo war sehr traurig darüber, dass euer Kontakt komplett abgebrochen ist. Er hatte große Sehnsucht nach dir.«

Norma biss sich auf die Lippe und schaffte es, die Frage herunterzuschlucken, die sie nicht einmal denken wollte. Sie schlich sich einfach ein. Was war ihr Vater für ein Mensch? Dieser Mann hier wusste es, sie nicht. Von ihrer Mutter würde sie keine Antworten mehr auf all die Fragen bekommen, die sie immer aufgeschoben hatte. Von Reijo Ross war Norma nur der Nachname geblieben.

»Wie gesagt, wir könnten über diese Dinge auch in etwas angenehmerer Umgebung reden«, sagte Lambert.

Sein Ton war tastend, und Norma erschrak über die Wirkung. Obwohl das Jucken der Kopfhaut sie daran erinnerte, dass dieser Mann eine Bedrohung darstellte, wollte sie hören, was er über Reijo Ross zu sagen hatte, und darum hatte sie Lust, Lamberts Angebot anzunehmen. Ein Glas würde nicht schaden. Aber kaum war ihr die Idee in den Sinn gekommen, spürte sie, wie sich die Haarwurzeln zusammenzogen, als wollten sie Norma zausen, und das brachte sie wieder zur Vernunft.

»Ich will nichts über meinen Vater hören.«

»Leider hat mein Anliegen nichts mit deinem Vater zu tun. Ich habe Reijo schon seit Jahren nicht mehr gesehen. Die letzte gemeinsame Tour dürften wir vor gut zehn Jahren unternommen haben.«

Normas Wangen liefen rot an. Das kam von der dummen, flüchtigen Vorstellung, dass es ihren Vater interessieren könnte, wie es ihr ging. Was sollte der Tod ihrer Mutter geändert haben, nachdem es dreißig Jahre lang keine Bedeutung für ihn gehabt hatte?

Plötzlich schlug sich Lambert an die Stirn, mit weit ausholender Gebärde, die in einen Stummfilm gepasst hätte.

»Aber nein! Hat dir das deine Mutter denn nicht erzählt? Ich bin gar nicht auf die Idee gekommen, mich näher vorzustellen. Anita war eine meiner Angestellten, mir gehört Marions Frisörsalon.«

Norma setzte sich auf die Bank, die sich in der Sonne aufgeheizt hatte, Lambert ließ sich neben ihr nieder. Davon hatte ihre Mutter nichts gesagt. Vielleicht hatte sie nicht gewusst, wem der Salon gehörte. Eine andere Erklärung gab es nicht. Ihre Mutter hätte das Helena nicht antun können. Das glühende Plastik der Bank verschlimmerte das Schwitzen nur, der Pferdeschwanz krümmte sich an den Spitzen, wölbte sich unter dem Kleid wie ein Geschwür, und Norma spürte, wie sich Speichel in ihrem Mund sammelte. Ihr war übel.

»Kein Wunder, dass wir uns nie begegnet sind. Ich bin viel auf Reisen. Hin und wieder lasse ich mich aber im Salon blicken«, fuhr Lambert fort. »Laut Marion war Anita an ihren letzten Tagen etwas abwesend, sogar traurig.«

»Inwiefern traurig?«

»Marion hat es als eine Art Abschied gedeutet.«

»Woran hat man es denn gemerkt?«

»An kleinen Gesten. Und Worten. Anita bat Marion, nach dir zu schauen, falls ihr etwas zustoßen sollte.«

Die Körpertemperatur des Mannes stieg an den Schläfen und am Haaransatz. Die Lüge war offensichtlich.

»Im Salon sind noch ein paar Sachen von Anita. Vielleicht willst du sie abholen.«

Das Rumpeln der Straßenbahn kam näher, und Norma stand auf. Bildete sie es sich nur ein, oder hatte sich der Tonfall des Mannes verändert? Sie fand zunächst nicht das passende Wort, dann begriff sie: Er war väterlicher geworden. Bevor Norma es verhindern konnte, griff er nach den Einkaufstüten.

»Das ist der falsche Moment«, sagte Lambert. »Trotzdem muss ich es sagen, da du es offenbar nicht weißt ...«

Die Straßenbahn hielt an. Die Falttüren gingen auf.

»Und man kann es nicht anders sagen als direkt. Reijo kam bei einem Bootsunfall in Thailand ums Leben. Das ist schon eine Weile her. Er war wie ein Bruder für mich, und ich kann viele Geschichten über ihn erzählen. Unsere Familie ist bereit, dir in jeder Hinsicht zu helfen. Wir kümmern uns immer um die eigenen Leute.«

Norma blieb so lange in der Straßenbahn sitzen, bis diese nach Kallio zurückkehrte. Lambert hatte nicht gelogen, was ihren Vater betraf. Die Nachricht weckte in Norma keinerlei Gefühle, und die Sentimentalität, die sie an der Haltestelle geplagt hatte, war verschwunden. Es kribbelte auf der Haut, aber das kam nicht von Reijo, sondern von der Umarmung, die ihr von Lambert aufgedrängt worden war, bevor er die Einkaufstüten in die Straßenbahn gestellt hatte. Erst jetzt fiel ihr ein, dass Lambert noch immer nicht gesagt hatte, was die unschönen Dinge waren, auf die er am Friedhofstor angespielt hatte, und im selben Moment begriff sie, dass sie die Hinweise auf das Verhältnis zwischen ihrer Mutter und Lambert im falschen Jahrzehnt gesucht hatte.

Das Notebook. Darin könnte sich etwas finden. Sie hatte übersehen, dass Lambert auch in letzter Zeit eine Rolle im Leben ihrer Mutter gespielt hatte.

Lamberts Blick klebte am Bildschirm. Er ließ erneut die Aufzeichnung der Überwachungskamera laufen, die ihm von der Klinik in Bangkok geschickt worden war. Diejenige, wegen der Anita entdeckt worden war, diejenige, auf der eine als Anita erkennbare Frau einem Mädchen, das mit Handschellen ans Bett gefesselt war, Fragen stellte. Das Video stammte aus der geschlossenen Abteilung, und man sah deutlich, dass Anita eine Kamera in der Hand hielt. Sie hatte das Gespräch gefilmt.

»Mach das aus«, sagte Alla. »Du wirst nichts Neues finden.«

»Wo, zum Teufel, ist diese Kamera?« Lambert schnipste gegen den Bildschirm. »Anitas Boss weiß, dass Anita aufgeflogen und gestorben ist. Warum reagiert niemand darauf?«

Alla sah den Kindern zu, die im Garten mit Ljuba spielten, und tupfte sich Gloss auf die Lippen, eine Schicht nach der anderen. Zwei von Lamberts Kötern standen am Rand des Grundstücks, bereit, auf jede Bewegung und jeden Laut zu reagieren: das aufheulende Moped des Jungen, der die Reklame austrug, das Tuckern der Rasenmäher, das Zischen, wenn auf dem Nachbargrundstück die Saunabiere aufgemacht wurden. Alla hatte für ihre Kinder eine Bewachung rund um die Uhr verlangt, als der Verdacht über Anitas Machenschaften aufkeimte, und sie selbst ging nirgendwo mehr allein hin. Das Auto war gegen ein Modell mit kugelsicheren Scheiben ausgetauscht, die Sicherheitsanlage im Haus erneuert worden. Alle diese Maßnahmen hatten Alla beruhigt, jedoch nicht ganz.

»Falls die Russen da mit drinstecken …«

Lambert hob beschwichtigend die Hand.

»Anitas Vorgehensweise entspricht nicht der traditionellen russischen Methode, Revierstreitigkeiten auszutragen. Die Russen hätten nach ihrem Tod von sich hören lassen.«

»Aber falls doch, muss das Spiel sofort abgepfiffen werden«, fuhr Alla fort. »Wir fangen keinen Krieg an. Das geht nicht.«

Der Applikator drückte mit aller Kraft auf die Unterlippe, Alla rieb sich damit den Mund, als würde sie ein Ekzem abkratzen. Allas Mittelsmänner hatten noch immer nichts Außergewöhnliches gehört. Die Geschäfte in der Ukraine gingen ungestört weiter, es wurden keine Verkäufer bedroht, keine Warenlager ausgeraubt oder angezündet, die Fenster der Immobilien blieben heil. Abgesehen von Anitas Enttarnung wies nichts auf einen Revierkampf hin, im Gegensatz zu damals, als Alla die Logistikkette im Handel mit russischen Haaren etabliert hatte. Lambert erinnerte sich immer noch, wie Alla einigen Amerikanern, die auf den ukrainischen Markt drängten, in die Quere geraten war.

Alla ließ den Lipgloss fallen und griff nach der Nagelfeile. Der Gedanke an Krieg ließ ihren Hochmut bröckeln wie ein Baiser, und für einen Augenblick lehnte da eine junge Frau am Fenster, die mit einem uralischen Haarmogul zusammen gewesen war und es plötzlich sehr eilig gehabt hatte wegzukommen. Der Machtkampf um die einzelnen Haarregionen war so heftig geworden, dass ihr Gefährte eine Kugel in den Kopf bekommen hatte. Der Mann, der hinter Alla her gewesen war, hatte selbst den Kopf verloren, und seine rechte Hand war in den Kongo geflohen. Jetzt kontrollierte Alla mithilfe vieler kleiner Helfer ihren Bereich von Finnland aus, aber ihr ursprünglich eiserner Griff hatte eindeutig nachgelassen. Zerbrechlich vor Sorge blickte sie auf die Kinder, die auf dem Rasen spielten, und ihre Hand umklammerte die Feile wie eine Waffe.

»Die Ukrainischen können nur ein Köder gewesen sein, ein Mittel, um Anita anzulocken«, meinte Alvar. »Niemand kann diesen Haaren widerstehen.«

Lambert knirschte mit den Zähnen. Die Wohnungen von Margit, Norma und Anita hatten nichts preisgegeben, und der Klan hatte noch immer nicht herausgefunden, woher die Haare stammten. Als er seine eigene Blindheit verwünscht hatte, hatte in Lamberts Worten eine Rüge mitgeschwungen. Der Klan hatte einen Fehler gemacht und die Vorsicht außer Acht gelassen. Sie hätten sofort begreifen müssen, dass etwas faul war, und es war etwas faul, wenn Allas Zwischenhändler in der Ukraine nicht wussten, woher die Haare kamen, in welches Revier sie gehörten und von wem Anita sie bekommen hatte. Der Klan war aus dem Häuschen gewesen wegen der Möglichkeiten, die die ukrainische Ware bot, und hatte einen Maulwurf an sich herangelassen.

»Wer auch immer diese Haare in Umlauf bringt, er wird die Zusammenarbeit mit uns fortsetzen. Die Ware ist zu gut, um sie anderen zu überlassen«, sagte Lambert.

»Klingt nach Krieg«, sagte Alvar.

»Wir nehmen uns lediglich, was uns gehört. Wir folgen den Spuren, bis wir die Instanz gefunden haben, von der die Haare stammen. Dann werden wir auch Anitas Boss finden und ihm die Spielregeln deutlich machen«, fuhr Lambert fort.

»Das ist Krieg.«

»Von mir aus!«

Lambert schlug mit der Faust auf den Tisch. Der Gegner war schlau, schlauer als alle Feinde von Lambert zuvor. Er war auf die Idee gekommen, einen geeigneten weiblichen Maulwurf in Lamberts Vergangenheit zu suchen, eine Frau, der seine Kinder vertrauten.

Folakes Salon war geschlossen, aber das Surren der Nähmaschinen drang bis an die Tür. Die Mädchen im Hinterzimmer arbeiteten noch, Marion würde die fertigen Haare bald mitnehmen können. Alles war vorhanden: auf Band genäht, auf Tresse, mit Tape, erstklassig, wie immer. Niemand würde merken, dass Russische untergemischt worden waren, da war sich Folake sicher.

»Bei überempfindlichen Kundinnen nehmen wir es trotzdem nicht«, stellte Marion sicher.

Folake nickte. Russisches Rohhaar wurde mit gewöhnlichen Chemikalien behandelt, beim Ukrainischen genügten Reinigung und allergikerfreundliche Färbung. Das war in Nigeria ein Hit geworden, weil es sich auch für diejenigen eignete, die gegen Echthaar allergisch waren. Früher hatten diese überempfindlichen Frauen zu Fasern greifen müssen, jetzt bekamen sie das Echte.

»When will you get more?«

»Soon, it's just a delay.«

Marion setzte ihr überzeugendstes Lächeln auf und griff nach dem Glas Saft, das Folake ihr reichte. Die durch Anitas Tod verursachte logistische Störung musste behoben werden, bevor bei Folake der Verdacht aufkam, alles habe an Anita gehangen. Wieder blickte Marion auf ihr Handy. Sie würde weiterhin versuchen, die Kleine anzurufen. Sie musste die Bekannten ihrer Mutter kennen. Es war unbedingt notwendig, die richtige Spur zu finden, auch wenn kein Mitglied des Klans zu glauben schien, dass Marion dazu in der Lage war. Im Familienrat hatte man sie bereits vom Gespräch ausgeschlossen, als hätte der Countdown für sie bereits begonnen. Sie war Luft, für den Klan war sie jetzt schon Luft.

Die Haarbänder brauchten noch einen Moment. Marion setzte sich und schaute aus dem Fenster. Das Glas mit dem Mangosaft in ihrer Hand war der Beweis dafür, dass man sie nicht verdächtigte, begriff sie. Ansonsten würde sie jetzt nicht in Folakes Salon sitzen, sondern Anitas Schicksal teilen. Man hätte sie wie Anita am Flughafen geschnappt. Zum Glück waren sie immer getrennt geflogen, für alle Fälle. Marion war zwei Stunden früher gelandet, sie hatte gewartet, sich bei Starbucks einen Kaffee geholt und dabei Lamberts Männer entdeckt. Zuerst war sie erstarrt, dann hatte sie vergeblich versucht, Anita anzurufen. Als die automatische Schiebetür aufging, war Anita von der Gepäckausgabe direkt Lambert in die Arme gelaufen, und seine Finger hatten sich wie Handschellen um Anitas Handgelenk gelegt. Später hatte Marion die Erstaunte gespielt: Sie habe keine Ahnung gehabt, dass Anita ihr nach Bangkok gefolgt war, sie habe geglaubt, Anita würde mit Freunden anderswo Urlaub machen. Der Klan hatte ihr Glauben geschenkt, weil er Marion für entsprechend dumm hielt.

Schließlich brach das Surren ab, und Marion bekam sauber verpackt die Haarbänder und die fertigen Tape-Extensions.

Die anderen Geschäfte in der Straße hatten bereits geschlossen, in der Ferne hörte man die Sommerstimmung auf den Terrassen zunehmen. Es waren weder Gruppen von ausländischen Jungen unterwegs noch Lamberts Köter. Entgegen Allas Rat hatte Marion zusätzlichen Schutz abgelehnt. Dennoch spürte sie Lamberts Blick im Rücken. In dem Moment, in dem sie zu dem Schluss gekommen war, dass Anita Beweise über die Geschäfte des Klans gesammelt hatte, um ihn zu erpressen, aus dem Weg zu räumen und sein Revier zu erobern, war er ihr wie der Blick eines Raubtiers erschienen, das die Zähne wetzte.

In der oberen Ecke des Bildschirms wurde der Eingang zahlloser E-Mails angezeigt, die aus mehreren Wochen stammten, allesamt von Kundinnen. Die Emoticons in der Betreffzeile kamen Norma unangemessen vor und versetzten ihr einen Stich. Sie hatte es vor sich hergeschoben, das Notebook ihrer Mutter anzurühren, weil sie wusste, dass ihr ein Schwall Frisörmist entgegenkäme, sobald sie das Gerät aufklappte. Trotzdem war sie nun zufrieden: Was sie auf dem Bildschirm sah, hatte ihrer Mutter gehört und niemandem sonst. Im Gegensatz zu Norma hatte die Tante das Passwort nicht gekannt: Elizabeth Siddal.

Norma loggte sich mit dem PIN-Code ihrer Mutter in deren Bankkonto ein. Die letzte Transaktion war ein Einkauf im Supermarkt gewesen, am Tag vor dem Flug nach Thailand. Die Miete für Mai war ebenfalls vor der Reise bezahlt worden, auf dem Konto befanden sich noch zweihundertfünfzig Euro. Es schien keine Auffälligkeiten zu geben, bis Norma begriff, dass trotz der Reisen, die ihre Mutter im Frühling gemacht hatte, seit Monaten keine Kreditkartenrechnungen vom Konto bezahlt worden waren, und große Summen in bar hatte ihre Mutter vor den Reisen ebenfalls nicht abgehoben. Norma rechnete. Die Reisekosten im Frühling überstiegen das Einkommen ihrer Mutter bei Weitem. Hatte sie einen Kredit aufgenommen, von dem sie nichts gesagt hatte? Die Kontobewegungen deuteten nicht darauf hin.

Der Browserverlauf war gelöscht. Unter den gesendeten Mails fanden sich mehrere an Marion, aber die hatten ausschließlich mit Terminen und Arbeitszeiten zu tun. Norma ging dazu über, die Facebook-Seite des Salons unter die Lupe zu nehmen, die ihre Mutter unter dem Namen Anita Elizabeth auf dem neuesten Stand gehalten hatte. Das Profil war im Frühling erstellt und ausschließlich für berufliche Angelegenheiten benutzt worden, sämtliche Facebook-Freundinnen waren Kundinnen, ausgenommen Marion. Norma zündete sich eine Zigarette an und dachte nach. Noch wenige Stunden vor dem Flug nach Thailand hatte sich ihre Mutter Kundentermine bestätigen lassen. Warum hätte sie das tun sollen, wenn sie geplant hatte, ihrem Leben ein Ende zu setzen?

Die Signaltöne der vielen ungelesenen Mails störten Norma beim Nachdenken. Sie schaltete die Internetverbindung aus, so wie sie es auch bei ihrem Handy getan hatte. Ihre Mutter würde nie mehr online sein, und ihre Zimmerpflanzen würde man nie mehr gießen müssen, trotz der einprogrammierten Erinnerung, die auf dem Bildschirm erschien.

Norma stellte die Bubiköpfe auf die Theke und sagte, sie mache sich nichts aus Grünpflanzen. Sie würden bei ihr nur eingehen.

»Die haben Anita gehört.«

Die Floristin hatte noch nichts vom Schicksal ihrer Stammkundin gehört. Sie wusste, dass sich jemand während ihres Urlaubs vor die U-Bahn geworfen hatte, aber nicht, dass es Anita gewesen war. Sie setzte sich hin und seufzte. Norma gab ihr Zeit, bevor sie ihr den Schössling zeigte, der auf dem Balkon ihrer Mutter gestanden hatte.

»Diesen Mandelstrauch wollte meine Mutter im Hinterhof einpflanzen.«

»Das kann man immer noch tun.«

»Pflanzen Sie ihn irgendwo ein.«

Die Frau untersuchte die Pflanze, sie war selten in diesen nördlichen Breiten. In den letzten Jahren hatte sich die Mutter begeistert um den kleinen Garten der Hausgemeinschaft im Hof gekümmert und dafür gesorgt, dass man sich dort wohlfühlte. Der Mandelstrauch war ein Geschenk, das ihr eine dankbare Kundin unmittelbar vor der Thailand-Reise gemacht hatte. Norma wollte schon gehen, als die Blumenhändlerin etwas unter der Theke hervorzog.

»Anita hat ihren Ersatzschlüssel hier deponiert.«

Sie reichte Norma einen gepolsterten Briefumschlag. Er war zugeklebt und nicht beschriftet.

»Hat sie das oft getan?«

»Immer wenn sie auf Reisen ging.«

Norma verstand das nicht. Ein Ersatzschlüssel ihrer Mutter lag bei ihr, ein zweiter wahrscheinlich an ihrem Arbeitsplatz. Sie riss den Umschlag auf. Er enthielt keinen Schlüssel. Er enthielt einen USB-Stick und eine Speicherkarte.

Auf dem Bildschirm sah man kurz einen offenen Koffer mit hineingeworfenen Kleidungsstücken. Anita hielt die Kamera in der Hand und konnte offenbar nicht ruhig stehen bleiben. Sie ging ständig umher und warf zwischendurch einen Blick auf den Herd. Norma entdeckte eine Packung mit Lammfilets. Garam masala, Mandeln. Die letzte gemeinsame Mahlzeit. Das Video, das sich auf der Speicherkarte befand, war davor aufgenommen worden, am Vortag der Reise. Der Bildschirm fing an zu zittern, die Beleuchtung blendete so sehr, dass es in den Augen schmerzte. Norma wandte den Kopf ab und spülte den Kloß in ihrem Hals mit Wein hinunter. Sie hatte an der falschen Stelle nach einer Nachricht gesucht, denn sie hatte sich vorgestellt, ihre Mutter habe ihr einen Brief hinterlassen, obwohl sie nicht der Typ dafür war. Sie klärte ihre Angelegenheiten, indem sie die Leute anrief oder sich mit ihnen traf. Indem sie redete. Norma hätte das wissen müssen.

Als ich letztes Jahr damit anfing, konnte ich nicht ahnen, wohin es führen würde. Zum ersten Mal nahm ich die Kamera mit der Vorstellung in die Hand, einfach für dich verschiedene Dinge zu dokumentieren, an die sich deine Oma erinnerte. Es kam aber anders. Ich geriet auf eine Expedition, die eine überraschende Wendung nahm. Hoffentlich bringe ich den Mut auf, alles selbst zu erzählen. Falls nicht, gebe ich dir in Bangkok diese Videos. Ich bin aufgeregt, das kann ich nicht leugnen. Ich bin so nah dran, ich fühle mich wie am Abend vor einem Feiertag.

Ihre Mutter war voller Eifer gewesen, sie hatte nicht vorgehabt, sich von Norma zu verabschieden. Das hier war keine letzte Nachricht. Norma hätte die Videos noch gar nicht sehen sollen. Norma drückte auf Pause und regulierte die Bildschirmhelligkeit noch weiter nach unten. Trotzdem schmerzten ihr die Augen weiterhin. Sie hatte jetzt den Geschmack von Mandeln im Mund und den Duft von garendem Lamm in der Nase. Das würgende Gefühl war in die Kehle zurückgekehrt und ließ sich vom Wein nicht auflösen, und es verschaffte ihr auch keine Erleichterung, sich die Haare zu bürsten. Sie starrte eine Weile auf das Papierkorbsymbol. Womöglich brachten die Videos etwas ans Tageslicht, das sie gar nicht wissen wollte. Sie verscheuchte die unangenehme Vorahnung, drehte den USB-Stick, auf dem ihre Mutter Sicherungskopien von der Speicherkarte gemacht hatte, zwischen den Fingern und klickte dann die erste, im Mai 2012 aufgenommene Datei an. Erst jetzt merkte sie, dass ihre Mutter innerhalb eines Jahres deutlich gealtert war. Es hatten sich neue Falten gebildet, die Augen waren tiefer in die Höhlen gesunken, woran auch die Wimpernverlängerung, die Marion gemacht hatte, nichts änderte, ebenso wenig wie die neuen Gel-Nägel und die von Marion gestylte Frisur. Sie warf erneut einen Blick auf den Inhalt. Jede Datei trug den gleichen Titel: »Für Norma«. Es würde zig Stunden dauern, sie alle anzusehen.

Drei

Als ich Lambert zum ersten Mal seit Jahren wiedersah, kamen schlagartig alle Erinnerungen zurück. Ich sah an seinem Blick, dass es ihm genauso ging. Trotzdem taten wir so, als gäbe es keine gemeinsame Vergangenheit, das Unrecht, das Helena erfahren hat, Marions Verlust. Es war leichter so, für uns beide und für Marion, die vor unserer Begegnung aufgeregt gewesen war. Eva hatte mir geraten, mich zu beherrschen, ganz gleich, was geschehen würde. Niemand dürfe misstrauisch werden.

9.5.2012

Omas Zustand bessert sich nicht, die Prognose verspricht keine Richtungsänderung. In lichten Momenten funktioniert ihr Verstand noch, und darum muss ich mit ihr über Eva sprechen, es lässt sich nicht mehr aufschieben. Mein erster Versuch hat einen Wutanfall ausgelöst, der zweite zornige Heulerei. Oma hat behauptet, sich an keine Eva erinnern zu können, oder sie hat sie absichtlich mit ihrer Nachbarin Eeva verwechselt. Stattdessen beschimpfte sie mich, mäkelte an meinen Augenbrauen oder meiner Frisur herum. Die Pflegerin hatte mich vor der Unruhe gewarnt, die meine Besuche auslösen. Ich werde trotzdem nicht aufgeben.

Heute habe ich ausprobiert, ob ein Bild hilft. Ich ging zu Omas Nachttisch und nahm die Familienbibel in die Hand. Das Bild steckte darin, ich hielt es Oma vor die Nase und sagte, dass ich diese Frau meinte. Sie erschrak und versuchte, mir das Bild aus der Hand zu reißen. Ich gab es ihr nicht. Da fing sie an, sich an den Schläfen zu kratzen, vergaß, wo wir waren, wurde wieder zum Kind und bat mich, ihr die Zöpfe besser zu flechten, damit Mama nicht böse wird.

Das Bild steckt in der Bibel, solange ich denken kann. Als ich klein war, sah ich es mir heimlich an. Einmal wurde ich erwischt, bekam eine Abreibung und musste die Nacht im Holzschuppen verbringen. Damals wusste ich nicht, wer die Frau auf dem Bild war. Dass es seinen Platz in der Bibel hatte, verriet jedoch, dass sie jemand

Wichtiges sein musste. Auch die Reaktion meiner Mutter sprach dafür. Ich brachte die Frau im Naakka-Haus dann nicht mehr zur Sprache und traute mich auch nicht, andere Leute nach ihr zu fragen. Ich teilte mein Geheimnis nur mit Helena, und sobald man mich aus den Augen ließ, betrachtete ich das Schwarz-Weiß-Foto vom Anfang des letzten Jahrhunderts. Die unnatürlich langen Haare ließen die Frau mehr wie ein Märchenwesen als wie ein echter Mensch aussehen. Erst nachdem ich lesen gelernt hatte, begriff ich dank des Textes auf der Karte und des Namens, der darin auftauchte, dass die Frau mit uns verwandt gewesen war. Ich hatte jedoch nie jemanden von einer Eva Naakka reden hören.

Nach deiner Geburt überprüfte ich alle Medikamente und Nahrungsmittel, die ich während der Schwangerschaft zu mir genommen hatte. Ich befürchtete, irgendwohin gereist zu sein, wo sich eine Frau in anderen Umständen nicht aufhalten sollte, oder ohne es zu wissen an einen mit geheim gehaltenen Umweltgiften verseuchten Ort geraten zu sein, versehentlich radioaktive Pilze gegessen zu haben oder auf Bauernhöfen gewesen zu sein, die DDT einsetzten. Es widersprach jeder Vernunft, eine Tochter zu haben, deren Haare innerhalb von vierundzwanzig Stunden mehr als einen Meter wuchsen. Ebenso absurd war die Vorstellung, dass es sich bei dem außergewöhnlichen Haarwachstum um eine rezessiv vererbbare Eigenschaft oder zumindest Anlage handeln sollte, aber das Bild von Eva Naakka deutete in diese Richtung. Wenn die Haarflut auf dem Foto echt war, dann war Eva genauso eine Ausnahmeerscheinung gewesen, wie du es warst, und in dem Fall hätte ich deine Andersartigkeit jedenfalls nicht verursacht, indem ich einen Fehler gemacht hatte.

Ich fing an, in Büchern nach Menschen wie dir zu suchen, und immer wieder kehrte ich zu Evas Bild zurück. Falls die Aufnahme nicht inszeniert war, könnte die Fixierung meiner Mutter auf Haare etwas damit zu tun haben. Als Kind flocht sie mir so straffe Zöpfe, dass die Augen schmal wurden. In der Schule musste ich sie lockern, und Helena machte sie vor dem Nachhauseweg wieder straff. Oma missbilligte offenes, wallendes Haar, sie hielt es für ein Zeichen von Leichtlebigkeit. Das musste irgendwo herkommen. Evas Besonderheit konnte Grund genug gewesen sein, falls Oma davon gewusst hatte. Ich habe allerdings den Verdacht, dass noch mehr dahintersteckt.

10.5.2012

Laut Poststempel wurde die Karte in New York abgeschickt, aber das Datum ist verwischt. Im Text berichtet ein Mann namens Antero, er habe in einem Perückengeschäft in Harlem ein Mädchen entdeckt, das ihm bekannt vorgekommen sei: »Das auf dem Bild ist doch Eva Naakka, oder? Es wäre mir nicht aufgefallen, hätte ich mir nicht vor dem Geschäft die Schuhe polieren lassen«, schrieb er.

Antero war ein unbekannter Mann für uns. Einige Jahre später erhielten wir zufällig Hinweise auf ihn. Seine Mutter Helmi war neunzig geworden, und beim Kaffee nach der Beerdigung wurde darüber spekuliert, ob Antero noch lebte und sich noch immer in Amerika aufhielt. Helenas Tanten erinnerten sich an den Konflikt innerhalb des finnischen Schutzkorps und daran, wie Karl Emil Berg, der designierte Oberkommandierende des rechten Schutzkorps, wegen des großen politischen Drucks Selbstmord begangen hatte. Die Kommunisten hatten nur auf eine Zuspitzung der Lage gelauert, denn sie hatten darin ihre Chance gesehen. Helmi hatte damals schlaflose Nächte gehabt, denn Antero hatte sich gern in genau solche Dinge eingemischt.

Als sie nach Bergs Selbstmord eine Karte von Antero bekam, war ihr ein Stein vom Herzen gefallen, denn die Karte hatte bewiesen, dass sich der Junge noch immer in Amerika aufhielt und sich nicht in Finnland in Schwierigkeiten brachte. Als hiervon die Rede war, beugten sich Helenas Tanten über ihre Kaffeetassen und tuschelten, ob das die besagte Karte sei.

Die Jahreszahl ließ sich leicht klären. Karl Emil Berg hatte sich 1921 erschossen. Im selben Jahr hatte Helmi die Postkarte von Antero bekommen. Damals oder davor musste Eva in Paris gewesen sein, um sich fotografieren zu lassen, denn dort war das Bild gemacht worden. Das habe ich erst verstanden, nachdem ich mit dem Kunsthändler Johansson gesprochen hatte.

Beim Abstauben fiel das Porträt meiner Großeltern von der Wand, und ich wurde zu Kunsthändler Johansson geschickt, dessen Laden eine Kombination aus Rahmenwerkstatt und Antiquitätenladen darstellte, um den Rahmen reparieren zu lassen. Während Johansson seine Arbeit machte, durfte ich zum Zeitvertreib in einer Schachtel mit alten Fotos blättern. Auf Evas Bild gab es eine Buchstabenkombination, die mich beschäftigte: PC Paris. Mir fiel auf, dass sich die gleiche Buchstabenfolge auch auf vielen anderen Aufnahmen in der Schachtel befand. Johansson erzählte, das sei ein Postkartenverlag, ein sehr angesehener. Die Postkartenserien von PC Paris seien weltberühmt gewesen. Sie hätten dort nicht jeden als Modell genommen, sagte Johansson und zeigte mir seine Sammlung, die vor allem aus Landschaften und Frauen bestand. Ich sah sofort, dass Eva die Schönheiten auf den anderen Fotos spielend überbot. Es waren auch kolorierte Karten darunter, und die mit Evas Bild war eine davon. Johansson erzählte, damals habe man nur in Paris und in Belgien Fotografien zu tönen gewusst. In Amerika sei man nicht einmal in der Lage gewesen, von den Filmstars des eigenen Landes solche Karten herzustellen, weshalb auch die in der alten Welt gemacht worden seien. »Alles Handarbeit. Das Kolorieren war die Arbeit von Frauen, viele bekamen eine Vergiftung, weil sie die Pinsel mit dem Mund anfeuchteten«, flüsterte Johansson.

3.6.2012

Helena und ich malten uns alle möglichen Abenteuer für Eva aus. Wir waren uns sicher, dass sie an Schönheitswettbewerben teilgenommen hatte, und wir überlegten uns, ob ihr zweifelhafter Ruf im Naakka-Haus etwas damit zu tun haben könnte. Die einzige sichere Tatsache bestand darin, dass sie in die Welt hinausgezogen und ein Star geworden war. Sie war diejenige aus unserem Dorf, die es zu etwas gebracht hatte. Unsere Eva, in einem Studio in Paris. Das blieb nicht ohne Wirkung auf mich und Helena. Wir beschlossen, ebenfalls wegzugehen. Zwar fehlte uns Evas Schönheit, aber wir würden etwas anderes finden. Helena träumte von einer Karriere als Sängerin, ich wollte einfach die Welt sehen. Für eine Reise nach Amerika oder nach Paris hatten wir kein Geld, doch man konnte immerhin nach Schweden trampen.

Als wir nach Göteborg abhauten und anfingen, in der Volvo-Fabrik zu arbeiten, verliehen wir unseren von der Stechkarte getakteten Tagen etwas Glanz, indem wir weiterhin versuchten, Evas Rätsel zu lösen. In der Bibliothek blätterten wir Kunst- und Fotobücher durch, und wir fuhren von Göteborg nach Stockholm, um uns mit dem Angebot der dortigen Antiquariate vertraut zu machen. In einem von ihnen wurden wir fündig. Eva war auf zwei Karten eindeutig zu identifizieren. Die eine war von Opatija nach Dinard geschickt worden, die andere von Brighton nach Boston. Der eine Poststempel stammte aus dem Jahr 1922, der andere von 1924. Die Bilder waren noch immer äußerst eindrucksvoll, auch wenn nirgendwo das Studio oder der Fotograf verzeichnet war: Auf dem einen breiteten sich Evas Haare auf einer Treppe aus, die zu einem Brunnen führte, und obwohl sie blond war, stellte sie eine Zigeunerin mit einer Mandoline im Arm dar. Auf der zweiten Aufnahme posierte sie mit einem Schoßhund, wobei die linke Hand einen Kamm hält, als wäre sie im Begriff, ihn ins Haar zu stecken. Ein ovaler Spiegel war so platziert, dass es möglich war, die Haarmasse auch von hinten zu sehen.

Ich fragte den Händler nach den Seriennummern, denn mir war aufgefallen, dass die Karten der meisten angesehenen französischen Verlage welche hatten. Sie fehlten jedoch auf dem Foto von PC Paris wie auch auf den Bildern, die wir gerade entdeckt hatten. Der Händler lachte. Seriennummern waren nicht obligatorisch, aber das Namenszeichen eines berühmten Verlegers trieb den Preis in die Höhe. Es war keineswegs immer echt. Diese Erklärung enttäuschte mich. Vielleicht war Eva gar nicht in Paris gewesen. Helena ließ sich von dem Rückschlag nicht entmutigen, sondern wollte wissen, ob der Händler noch mehr Karten hatte, die Modelle mit außergewöhnlich langen Haaren zeigten. Da zwinkerte der Mann und stellte eine Kiste voller französischer Postkarten vor uns hin. Seine eigene Lieblingskarte war die mit dem Bild einer Adelita, die lediglich von Patronengürteln und ihren Haaren bedeckt ist. Diese Adelitas, die Soldaderas der mexikanischen Revolution, die Symbole des Aufstands, kannten wir noch nicht. Die Karte war außergewöhnlich, weil das Modell blond war und weil man ihm das Gesicht wegradiert hatte. Der Händler tippte, dass die Frau ihre Identität verbergen wollte, handelte es sich doch um ein ziemlich gewagtes Bild. Haare und Pose ließen keinen Irrtum zu. Es war Eva. Die Haltung und Form der Arme waren die gleichen wie bei dem Mädchen mit der Mandoline. Oder wie auf dem Foto im Naakka-Haus.

Ich habe versucht, über das Internet weitere Bilder von Eva aufzuspüren. Dabei bin ich auf ein paar neue französische gestoßen, auf mehr aber nicht. Kopien von Bildern, die ich schon gefunden habe, gibt es hingegen jede Menge. Sie sind über die Jahrzehnte hinweg gesammelt und auf Konfettipackungen, Parfümflakons, Buchumschlägen und in der Werbung benutzt worden. Der Name Eva Naakka wird auf keinem einzigen genannt, obwohl die blonde exotische Eva das Zeug zum Star von PC Paris gehabt hätte, so wie Miss Fernande. So weit ist es jedoch nie gekommen. Etwas oder jemand hatte sich ihr in den Weg gestellt.

Erst von Schweden aus wagte ich es, per Ferngespräch in unserer Gemeinde anzurufen und nach den Einträgen zu Eva in den Kirchenbüchern zu fragen. Meine Mutter erfuhr von dem Anruf und trug den Vorfall jahrelang mit sich herum. Als ich nach deiner Geburt mit dir ins Naakka-Haus zurückkehrte, bekam ich ihre ganze Wut ab. Angeblich hatte ich absichtlich versucht, ihr Schande zu machen. Wieder diese Scham und Schande. Ich glaubte jetzt zu wissen, woher das kam und wer Eva war: die erste Frau meines Großvaters Juhani Naakka, die ihre Kinder, ihren Mann und das Naakka-Haus verlassen hatte. Eva war die richtige Mutter deiner Oma.

Den Kirchenbüchern zufolge wurden Eva Kuppari und Juhani Naakka 1917 getraut. In der Familie kamen zwei Kinder zur Welt. Das eine war meine Mutter Elli Naakka, das andere mein Onkel Erik, der dann im Winterkrieg fiel. Ende der Zwanzigerjahre wurde die Ehe annulliert, weil Eva Naakka seit Jahren nicht mehr bei ihrem Mann gewohnt hatte und ihr Aufenthaltsort unbekannt war. An den Rand hatte jemand mit Bleistift »Amerika« geschrieben und dahinter ein Fragezeichen gesetzt.

Juhani Naakka hatte später wieder geheiratet, und zwar Anna Heikkinen, mit der er einen Haufen Kinder bekam. Ich wuchs in der Vorstellung auf, dass Anna meine Großmutter war. Sie saß auch auf dem Familienporträt, das ich zum Reparieren in Johanssons Laden gebracht hatte, an Juhanis Seite. Ich rief einige Tanten an, die noch lebten, aber keine hatte von Eva oder von der ersten Ehe ihres Vaters gehört, so behaupteten sie jedenfalls. Das war verständlich, denn die Verarmung des Hofes hatte mit Juhanis Trinkerei angefangen, und aufgrund meiner neuen Informationen war klar, dass man diese der Anfangsphase von Juhanis zweiter Ehe zuordnen musste.

Nun verstand ich, warum Evas Bild in der Familienbibel versteckt wurde. Wie es dorthin geraten war, wusste ich allerdings nicht. Ich tippte darauf, dass Oma es Helmi stibitzt hatte. Oder Helmi hatte es ihr gegeben, weil sie gedacht hatte, es gehöre eher Evas Tochter als ihr selbst.

16.6.2012

Im Lauf der Jahre wechselten meine Vermutungen über Evas Schicksal. Die typischen Auswanderer nach Amerika waren ärmere Leute, Gesinde, jüngere Kinder von Hofeigentümern, die hier nur karge Zukunftsaussichten hatten. Eva war die Bäuerin auf dem damals noch relativ großen und reichen Naakka-Hof gewesen. Als junger Mensch schloss ich daraus, dass sie der Liebe ihres Lebens begegnet war und ihre Familie deshalb verlassen hatte. Das hätte auch die Reaktion meiner Mutter erklärt: Eva war eine sündige Frau.

Nach deiner Geburt verstand ich Evas Entscheidung nicht mehr so gut. Es war ihr gelungen, durch pures Glück zwei gesunde Kinder zu bekommen. Der Skandalgeruch, der ihr anhing, schien mit ihrem unmoralischen Handeln zu tun zu haben, nicht mit den entsetzlich wachsenden Zöpfen. Wenn ihr Geheimnis also nicht enthüllt worden war, warum hatte sie dann ihr gutes Leben hinter sich gelassen?

Ich fragte mich auch, warum sie bereit gewesen war, einem Fotografen Modell zu stehen. Früher hätte sich eine wie du mühelos als Muse von Künstlern ernähren können, denn auf Drucken und Gemälden waren die Modelle nicht zu identifizieren gewesen. Mit der Ansichtskarte hatte sich die Situation völlig verändert. Das Sammeln von Postkarten war in allen Gesellschaftsschichten als Hobby in Mode gekommen, das sich auch Arme leisten konnten, weil die technische Entwicklung die Preise gesenkt hatte. Plötzlich waren die Modelle Objekte der Blicke des ganzen Volkes geworden und ihre Gesten und Mienen wurden nachgeahmt. Ein Modell hatte sich in einem Interview darüber beklagt, dass wildfremde Menschen auf der Straße ihre Haare betasteten. Klugerweise hatte Eva auf den erotischen Aufnahmen ihr Gesicht unkenntlich gemacht, aber ich erkannte sie auch so, und die Person, die die Bilder gemacht hatte, wusste, wer sie war. Was hatte Eva dafür bekommen, was hatte sie so sehr gewollt, dass sie bereit gewesen war, ein solches Risiko einzugehen?

Nach deiner Geburt hasste ich Eva. Sie war die Heldin meiner Kindheit gewesen, die schönste und mutigste Frau des Dorfs. In Wirklichkeit war sie etwas ganz anderes gewesen, und es kam mir vor, als hätte sie mich betrogen. Ich verstand auch den Hass meiner Mutter auf Eva. Meine Mutter war die Tochter jener skandalösen Frau, sie war von ihr verstoßen worden, ohne dass man ihr gesagt hatte, warum. Der Grund für meine Wut war aber ein anderer: Ich hatte dich auf die Welt gebracht, ohne etwas über die Risiken zu wissen, und das war Evas Schuld. Es war reiner Zufall gewesen, dass Oma damals zwei gesunde Kinder bekommen hatte. Ich fragte mich, ob die geringe Kinderzahl in unserer Linie der Verwandtschaft damit zu tun haben könnte. Soweit ich wusste, hatte meine Mutter einige Fehlgeburten gehabt, meine Schwester Margit ebenso. Bei der ersten hatte ich mit ihr gelitten. Als Margit das zweite Mal ein Kind erwartete, warst du bereits auf der Welt, darum hoffte ich, Margits Schwangerschaft würde mit einer Fehlgeburt enden. So kam es dann auch. Mit zunehmendem Alter beweinte sie ihre verlorenen Möglichkeiten, während ich nur Erleichterung empfand. Dennoch befürchtete ich die ganze Zeit, es würde ihr so ergehen wie mir.

VIER

Lange mochte ich überhaupt nicht an Eva denken. Dann verstand ich, dass ich dir nur durch das Erzählen ihrer Geschichte wenigstens irgendeine Historie vererben kann, die dir gehört, in der du dich wiedererkennst. Du hast das Recht zu wissen, wie das Leben eines Menschen sein kann, der so ist wie du, und du hast das Recht, um die damit verbundenen Gefahren zu wissen. Ich würde nicht den gleichen Fehler wie Eva machen.

Im Flur der Wohnung ihrer Mutter hingen noch immer Ophelia und Regina Cordium, ihre Lieblingsbilder. Norma riss sie von der Wand und sah sich die Rücken an. Keine Fotografie, keine Eva. Sie löste das Glas aus den Rahmen. Nichts. Natürlich nicht, ihre Mutter hatte ja nicht wissen können, dass Norma vergessen würde, ihr die Lieblingsbilder in den Sarg zu legen. Diese Bilder hätte sie unbedingt bei sich haben wollen, wenn sie ihrem Leben aus freien Stücken ein Ende gesetzt hätte, was zusehends unwahrscheinlicher erschien.

Ihre Mutter war stets auf der Jagd nach Frauen gewesen, die wie Norma waren. Ihre Wohnung war mit Bildern von Rapunzel tapeziert gewesen, und die Regale bogen sich vor Büchern über sie. Sie hatte Norma, die wegen ihrer Haare oft bedrückt war, davon überzeugen wollen, dass die Schönheit von Frauen, die aussahen wie sie, seit jeher bewundert und in Kunstwerken verewigt worden war. Die Wohnung hätte ein Mausoleum von Rapunzel sein können. Sie bewies, dass es keinen Sinn gehabt hatte, Evas Existenz zu verheimlichen. Auch nachdem Norma mit ihren Haaren ins Reine gekommen und nicht mehr bereit gewesen war, in die private Haarschule ihrer Mutter zu gehen, hatte diese ihre Recherche fortgesetzt. Sie wollte eine Erklärung haben, eine Antwort, die ihr geholfen hätte, das alles zu verstehen. Darum konnte sie mit ihrer Jagd nicht aufhören und teilte ihr Wissen mit Norma, ob diese das wollte oder nicht. Darum stellte sich die Frage, warum sie Norma nicht einfach von Angesicht zu Angesicht von Eva erzählt hatte, sondern mithilfe von Videos. Warum hatte sie keine Bilder von Eva aufgehängt? Die Vorstellung, dass es in der Familie schon mal eine solche Frau gegeben hatte, war überwältigend.

Norma warf die Bilder auf den Boden und trat darauf. Das Glas brach, der Nacken knackte, und das schlechte Gewissen wegen der Bilder, die sie vergessen hatte, in den Sarg zu geben, verlagerte sich in die Haare. Sie schnappte sich die Schere ihrer Mutter, und nachdem sie das Schuldgefühl, das in die Haare gedrungen war, abgeschnitten hatte, fing sie an, die Biografien von Elizabeth Siddal und anderen Musen von Rossetti durchzusehen. Das Schneiden half für eine Weile, sie beruhigte sich, gewann Sicherheit. Sie kannte nichts Besseres als diese Bücher und diese Bilder. Das Modell für Ophelia und Regina Cordium, eben Elizabeth Siddal, war Mutters Lieblingsmuse gewesen, ein präraffaelitischer Engel, dessen Gesicht und üppige Haarwolke jeder schon einmal auf Karten, Postern, Büchern gesehen hat, und dennoch blieb ihr wahres Geheimnis im Verborgenen. Sie war eine wie Norma gewesen.

Elizabeths Mann, der Künstler Dante Gabriel Rossetti, hatte sechs Jahre nach dem Tod seiner an einer Überdosis Laudanum gestorbenen Frau das Grab öffnen lassen. Er hatte die Gedichtsammlung wiederhaben wollen, die mit seiner Frau bestattet worden war, als er den romantisch trauernden Witwer gegeben hatte. Die Karriere des Malers hatte sich damals im Niedergang befunden, die begrabenen Verse waren genau das, was er brauchte, um seinen

Stern wieder steigen zu lassen. Norma fand die Stelle über diesen Fall in der Siddal-Biografie leicht, denn die entsprechende Seite hatte ein Eselsohr. Eine Nachricht war nicht eingelegt, kein Bild, nicht einmal Unterstreichungen waren vorhanden. Das Gleiche wiederholte sich in den anderen Büchern, die über Siddal geschrieben worden waren. Eselsohren und Lesezeichen, sonst nichts.

Das Schicksal von Elizabeth Siddal hatte Norma das Selbstzerstörerische ausgetrieben. Sie hatte ihr gezeigt, dass Unglücksfälle und Selbstmorde nichts für eine wie sie waren, auch nicht in den Stunden tiefster Verzweiflung, denn als Rossetti den Sarg geöffnet hatte, war dieser von Elizabeths kupfernen Locken übergequollen. Im Gegensatz zu dem Gedichtband hatten sie die Zeit überdauert, vollkommen unversehrt füllten sie den Sarg aus. Sollte Norma unter Umständen sterben, die es mit sich brächten, dass ein Fremder die Leiche fände, wäre das nicht anders. Das hätte grelle Schlagzeilen zur Folge, Paparazzi, die durchs Fenster stiegen, und verdutzte Ärzte, die das Geheimnis bärtiger Frauen auf Hypotrichose und genetische Fehler reduziert hatten. Das wollte sie nicht. Sie wollte nicht in Labors aufgeschnitten werden. Darum trug sie stets einen Zettel mit sich herum, der dazu aufforderte, unverzüglich Anita Ross zu verständigen, falls ihr etwas zustoßen sollte. Darum hielt sie ihre Wohnung in einem Zustand, der überraschenden Besuch von Hausmeistern und Polizisten erlaubte. Im Haus wurden demnächst neue Fenster eingebaut, aber das damit verbundene Auftauchen fremder Leute in ihrer Wohnung bereitete Norma keine Sorgen. Bei ihr gab es keine sichtbaren Hinweise auf die sonderbare Frau, die darin lebte, nicht einmal Haarstaub.

Anitas Bücherregale brachten kein Resultat. Norma hatte allmählich genug und beschloss, später weiterzumachen. Dass sich ihre Haarspitzen bogen, hatte entweder mit der aufregenden neuen Verwandten oder mit den durchs Haus stampfenden Monteuren zu tun. Sie blickte sich kurz in der Wohnung um, in der alles normal aussah, und sammelte dann die abgeschnittenen Haare im Bad ein. Als sie wieder in ihre Ballerinas schlüpfte, fiel ihr Blick auf einen Stapel Zeitungen. Es dauerte einen Moment, ehe sie begriff, dass sie unangetastet waren. Ihre Mutter hatte das Abonnement für die Dauer ihres Thailand-Urlaubs nicht wie üblich unterbrochen. Im Korb für Altpapier lagen nur Zeitschriften von Margit aus der Zeit nach der Beerdigung. Ihre Mutter war ein ordentlicher Mensch gewesen. Die Gegenstände in den Regalen, auf den Tischen und in den Schränken waren der Größe nach oder in symmetrischen Formationen angeordnet, und die Tageszeitung ließ sie niemals ungelesen. Norma hatte schon wieder an der falschen Stelle gesucht. Sie musste Fehler finden, keine Nachrichten. Fehler wie die ungelesenen Zeitungen.

Die Post ihrer Mutter bestand aus Rechnungen und Reklame. Die gaben nichts her, und Norma beschloss, von vorne anzufangen. Sie würde noch einmal die Handtasche ihrer Mutter durchsuchen, ohne Gefühlswallung, mit kaltem Blick.

Sobald sie ihre Wohnung betreten hatte, breitete sie den Inhalt der Tasche auf dem Fußboden aus, las die Aufschrift auf den Kugelschreibern, die Quittungen und die Visitenkarten im Portemonnaie. Nichts sprang ihr ins Auge, bis sie nach den Schlüsseln griff. Es waren zwei Bunde. An dem einen hing der Hausschlüssel, an dem anderen ein Bild von Elizabeth Siddal als Ophelia, und darauf stand

»Dachboden«. Die Wohnung der Mutter hatte die Nummer 20, die Nummer des Dachbodens war die gleiche, aber auf der Rückseite des Ophelia-Bildes stand die Nummer 12. Norma war seit Jahren nicht in den Abstellräumen des Hauses gewesen, sie bewahrte dort nichts auf und konnte sich nicht erinnern, dass ihre Mutter je etwas hinaufgebracht hätte. Am Schlüsselbrett im Flur hingen mehrere selten benutzte Schlüssel, unter denen sich auch derjenige zum Dachbodenabteil mit der Nummer 20 fand.

Die Brandschutztür zum Dachboden war schwer zu öffnen. Durch die Sonne hatte sich das Stockwerk aufgeheizt, die Dachbalken glühten. Zuerst glaubte Norma, ihr Schwindelgefühl komme von der Temperatur, dem Rattengift oder der vom Staub säuerlichen Luft, dann begriff sie, dass sie sich irrte. In den Hühnerdrahtverschlägen lag ein Duft, den sie kannte, und das Schwindelgefühl wurde stärker, als sie sich dem Abteil mit der Nummer 12 näherte.

Hinter undefinierbarem Kram stand ein Karton. Bei dem Duft, der aus seinen Ritzen drang, war kein Irrtum möglich. Dennoch hoffte Norma, dass sie sich täuschte, sie hoffte es so sehr, dass sie zu atmen vergaß.

Sie stellte den Karton mitten in den Gang.

Er war voll von ihren Haaren, sauber gebündelt.

Das Treffen des Familienrats würde höllisch werden. Marion betete, dass ihr Name nicht auf der Liste stände. In den letzten Wochen hatte Lambert seine Feinde aufgezählt – mögliche, imaginäre oder wirkliche –, es war eine lange Liste geworden, die er in der inneren Jackentasche verbarg und die ständig wuchs.

»Und wenn wir es aus der ganz falschen Richtung betrachten?«, sagte Lambert. »Wenn Anita sich an mir rächen wollte? War es wirklich Zufall, dass sie dir in Kuopio begegnet ist, Alvar?«

Die unfreundliche Furche auf Lamberts Stirn wurde tiefer. Er schnappte sich eine Erdbeere aus der Schale und riss den Stiel so heftig ab, dass die Beere zerquetscht wurde. Auf der Tagesordnung standen außer dem Revierkampf auch die Wasserflaschenfabrik in Nigeria und die Vorbereitung der Vietnam-Reise, aber Lambert redete nur über Anita. Alvar goss Kaffee ein und versuchte, das Gespräch in andere Bahnen zu lenken. Man musste das gesamte Bild betrachten, durfte Lamberts Paranoia nicht freien Lauf lassen. Anita war nur ein Spielstein von vielen.

»Anita wäre nicht in der Lage gewesen, ihre Spuren zu verwischen wie ein Profi. Nicht allein«, meinte Alla.

»Und Anita hätte auch nicht dreißig Jahre lang Rachepläne gehegt, nicht einmal wegen Helena«, fügte Alvar hinzu.

»Nicht? Bist du dir sicher, dass Anita nicht zu Ende führen wollte, woran Helena gescheitert ist? Die Frau hat sich bewusst hier eingeschlichen«, sagte Lambert. »Um was könnte es sich sonst handeln als um Rache?«

»Vater«, sagte Alvar. »Jemand hat Anita ausfindig gemacht und sie in den inneren Kreis eingeschleust. Diesen Jemand müssen wir finden.«

Lambert zog wieder seine Liste hervor. Ihm war offensichtlich ein neuer Name eingefallen, jemand, der Grund hatte, ihm etwas nachzutragen, jemand, der bereit gewesen wäre, sich mit Anita zu verbünden oder diese für schmutzige Geschäfte anzuheuern, dafür, in den Geheimnissen des Klans zu wühlen.

»Vater, wir befinden uns im Krieg.«

Alvar breitete auf dem Tisch eine eigene Liste mit den Angestellten der Firma aus. Er würde sie alle abklappern. Irgendwo gab es eine undichte Stelle. Jemand hatte Anita gesteckt, dass es sich lohnen würde, die geschlossene Abteilung der Klinik in Bangkok aufzusuchen.

»Wem kann Anita die Kamera gegeben haben?«, fragte Alvar.

Marions Hand tastete wieder nach der rechten Tasche, in der sie das Prepaid-Handy für den Kontakt mit Anita aufbewahrte, das sie Projekthandy getauft hatten, aber die Tasche war leer. Sie hatte das Ding gleich nach Anitas Tod vernichtet. Es gab niemanden, mit dem sie reden, den sie um Rat fragen konnte.

Marion konzentrierte sich wieder darauf, Ljubas Kopfhaut zu massieren und auf die Holzmaserung der Wand im

Saunabereich zu starren. Lambert hatte getobt, weil sie keine Ergebnisse hatte vorweisen können, bis Alvar seinen Vater aufforderte, das Wesentliche im Auge zu behalten. Vater – Alvar setzte das Wort gekonnt ein, überlegt. Darum bekam er Boni wie die Villa, und ein Bonus hatte sicherlich darin bestanden, dass Anita eingestellt wurde, oder aber es war eine Wiedergutmachung wegen Albiino gewesen. Niemand machte Alvar Vorwürfe, obwohl er Anita ins Haus gebracht hatte und nicht etwa Alla, in deren Verantwortungsbereich die Ukraine lag. Nur Marion wurden Fehler vorgeworfen, immer ihr, und man schickte sie vom Tisch weg, wenn das Gespräch auf die künftige Strategie kam. Sie war gut genug, um Ljuba die Haare zu machen, zu mehr taugte sie nicht.

Ein Stockwerk höher schlug Lambert erneut mit der Faust auf den Tisch. Ljuba erschrak und legte eine Hand auf den Bauch. Niemand in der Nachbarschaft wunderte sich über das Kindermädchen, das Russisch sprach. Bald würde man aber sehen, dass Ljuba schwanger war, und dann würde sie gehen müssen. Die Scheidung der Eltern des Kindes war eingereicht, beide wollten kein Kind mehr. Wahrscheinlich würde das Kleine in ein Waisenhaus in Sankt Petersburg abgeschoben werden, oder Alla hatte einen Käufer dafür gefunden. Mit Ljuba konnte man ebenso einfach umspringen wie mit Marion, falls sie zur Belastung wurde.

»Alles gut«, sagte Marion. »Nur wird es eher nicht gut ausgehen.«

Ljuba erwiderte Marions Lächeln, ohne ein Wort zu verstehen. Hätten sie eine gemeinsame Sprache, würde Marion versuchen, Ljuba dazu zu bringen, ihr zu erzählen, worüber Alla und Lambert redeten, wenn sie zu zweit waren. Jetzt konnte sie nur Farbe auf Ljubas Haare streichen, ihr eine entspannende Gesichtsmaske auflegen und mit den Fingern auf der Uhr zeigen, wie lange die Einwirkzeit dauerte.

Marion nahm den dreißig Jahre alten Highland Park aus dem Barschrank der Saunaabteilung, Lamberts teuerste Flasche, ein Geschenk von einem dankbaren Kunden der Agentur. Sie goss sich und Ljuba ein Glas ein. Die Karte hing noch immer über dem Barschrank, und die wachsende Zahl der Stecknadeln, die darin steckten, dokumentierte, wie Lamberts und Allas Welteroberung voranschritt. Silberne Nadeln für den Haargroßhandel, bunte für die Agentur, für jedes Jahr eine eigene Farbe. Zehn Farben. Nur eine rote Nadel. Thailand. Dort hatte alles angefangen, als Lambert kapiert hatte, dass das Land voller illegaler Vietnamesen war. Arm, unkompliziert, billig. Im folgenden Jahr war das Geschäft nach Vietnam ausgeweitet worden, das rasch zu Lamberts Lieblingsland avancierte, und auf der Karte kam eine blaue Nadel hinzu. Der Klan besaß gute Beziehungen zu den örtlichen Haarproduktionsbetrieben, und allein von einer Firma wurden 50 bis 60 Tonnen Rohhaar an chinesische Haarfabriken geliefert. Die Haarmogule wurden Millionäre, 80 Prozent der Bevölkerung in den Dörfern leben vom Haarhandel. Als einziges Problem hatte sich erwiesen, dass die Haare langsamer wuchsen als die Nachfrage. Die Köpfe der Frauen in den umliegenden Dörfern waren bereits geschoren, und die Jungen mussten auf ihren Motorrädern Fahrten in immer weiter entferntere Gegenden unternehmen. Russland und die Ukraine – Allas Gebiete – waren mit grünen Nadeln markiert. Dann wurde nach Georgien expandiert, worauf der

Umsatz der Agentur explodierte, und über Mexiko hatte man auch die Amerikaner als Kunden erreicht. Sie kamen aus jenen Bundesstaaten nach Cancún, in denen eine komplizierte Gesetzeslage herrschte, oder weil sie hinter den niedrigen Preisen her waren. Aus Skandinavien, Großbritannien, den Vereinigten Staaten, Australien und neuerdings auch aus Japan strömten die Kunden herbei.

Die Nadel, die in Nigeria steckte, würde nach der Besprechung eventuell entfernt werden. Es war schon beschlossen gewesen, sich aus dem Land zurückzuziehen. Aber dann war Anita mit ihren zauberhaften Haarbündeln erschienen, um alles durcheinanderzubringen, und Lambert hatte beschlossen, dem Land, in dem sich die Haarbranche im rauschhaften Wachstum befand, noch eine Chance zu geben. Marion konnte sich vorstellen, was Lambert oben sagen würde. Er würde Nigeria mit Thailand, Georgien, der Ukraine und Russland vergleichen. Jedes Gebiet hatte seine Komplikationen, aber Schwierigkeiten waren dazu da, überwunden zu werden. Hosenscheißer nahmen Verluste ohne einen Mucks hin, ein Geschäftsführer wie Lambert würde das nie tun.

Marion hätte kein Bild von der Karte machen und Anita zeigen sollen. Anita war vom Umfang der Geschäfte überrascht gewesen, und nachdem sie sich von der Überraschung erholt hatte, war sie tollkühn geworden. Von der einen Woche, die man Marion gegeben hatte, waren nur noch zwei Tage übrig, und die Kleine reagierte noch immer nicht auf Nachrichten und Anrufe. In zwei Tagen würde der Klan mit seinen eigenen Methoden weitermachen.

Eva betrachtete Norma mit ihren blauen Augen. Ihr war so, als folgten sie ihr, während die Scopolaminpflaster die Übelkeit linderten und Norma allmählich wieder fest auf den Beinen stand. Der Inhalt der Haarkartons bedeckte noch immer den Fußboden im Wohnzimmer, aber die Bündel ringelten sich nicht mehr wie Schlangennester, und die Luft, die zum offenen Fenster hereinkam, milderte den strengen Geruch. Inmitten der Bündel lag das Foto von Eva. Ihre Haltung war majestätisch, und sie sah Norma so tadelnd an wie eine Mutter ihr Kind, das die Selbstbeherrschung verloren hatte, der Mund verschlossen wie eine Rosenknospe. Norma presste die Hand aufs Herz. Das ruhelose Trommeln in der Brust hörte nicht auf: Du bist eine andere, aber du bist wie ich. Eva schien den Kopf zu schütteln. Am wichtigsten war jetzt, herauszufinden, wo Norma von ihrer Mutter hineingezogen worden war. Evas Angelegenheiten konnten warten.

Zwei Kartons hatten sich auf dem Dachboden gefunden. Der eine war vor Haaren übergequollen, der andere hatte allerlei Papiere enthalten, zuoberst Bilder von Eva, auch das von Antero aus Amerika. Und es war das Foto von Eva als Adelita darunter, das die Mutter in Stockholm entdeckt hatte. Das Gesicht fehlte. Das Foto war als Umschlagfoto für das Buch *Rapunzels Bekenntnisse* verwendet worden, das die Mutter ausgedruckt hatte.

Norma raffte den Papierstapel im Schoß zusammen, schloss die Wohnzimmertür, um den Geruch des Haarschmutzes in einem Raum zu lassen, und breitete die Sammlung auf dem Teppich im Flur aus. Sie bestand aus alten Zeitungsausschnitten, Notizen in einer fremden Handschrift, Schwarz-Weiß-Fotos, auf denen langhaarige Frauen posierten, Haarelixierreklame der Geschwister Sutherland, einigen englischen Artikeln über Babyfarmen in Nigeria, Hotelbroschüren aus Tiflis und Cancún und einer ziemlich neuen Reportage aus der Monatsbeilage von *Helsingin Sanomat*, in der es um ein Paar in Sankt Petersburg ging, das eine Gebärmutter gemietet hatte. Ein Artikel über eine Amme aus viktorianischer Zeit, die als schlimmste Serienmörderin der Geschichte entlarvt worden war, war genau gelesen worden, es gab mit zwei verschiedenen Stiften gemachte Anmerkungen, Ausrufezeichen, energische Unterstreichungen und umkringelte Wörter. Ein Teil der Anmerkungen war in einer anderen Handschrift als der von Normas Mutter vorgenommen worden. Ein Artikel über die Babyfarm von Doktor Conde war durchgerissen und dann mit Tesafilm wieder zusammengeklebt worden. Eine Frau aus der besseren Gesellschaft New Yorks enthüllte in einem Interview aus dem Jahr 1921, dass alle ihre drei Töchter adoptiert waren. Ihr Mann hatte nichts davon gewusst. Zum Schluss wollte die Dame die frohe Botschaft der Mutterschaft durch Adoption verkünden. Das Gesamtbild ergab keinen Sinn, die Haarkollektion aus der anderen Kiste hingegen durchaus.

Norma erinnerte sich deutlich an den Abend vor dem Urlaub ihrer Mutter. Diese hatte bereits gepackt und war vor dem Schlafengehen zu Norma gekommen, um ihr die Haare zu schneiden. Sie hatte einzelne graue Haare ausgezupft und darüber lamentiert. Nichts hatte einen abweichenden Gemütszustand oder übermäßige Sorgen verraten. Sie war guter Laune gewesen und hatte sich auf den Urlaub gefreut. Sie hatte den Tablettenspender für die Nahrungsergänzungsmittel gefüllt und Norma ermahnt, nicht zu vergessen, sie jeden Tag einzunehmen. Die Gefahr von Osteoporose, mögliche Venenbeschwerden, alles war wieder einmal zur Sprache gekommen. Die Mutter wollte nur das Beste für ihre Tochter, und ihre Worte stachelten die Schuldgefühle in Normas Brust an.

Seitdem die Mutter bei *Haarzauber* angefangen hatte, waren Nahrungsergänzungsmittel und diverse Probepackungen zu Hause aufgetaucht. Ihrer Meinung nach war eventuelles zusätzliches Haarwachstum ein kleiner Preis für besseres Befinden. Norma hätte mehr Energie, die grauen Haare würden völlig verschwinden, die Nägel wüchsen normal. Um ihre Mutter zu beruhigen, hatte Norma angefangen, Tabletten mit Spurenelementen zu schlucken. Das Gewürzregal war zu klein geworden für all die Döschen mit Kieselsäure, Lycopin, Meerestierproteinen und Zinnkraut. Eines Morgens stand ein Tablettenspender auf dem Tisch, der mit Mangan, Kupfer, Kalzium, Zink und Folsäure gefüllt war. Die Haare waren weiter grau geworden, die Niednägel jedoch verschwanden.

Die Mitarbeitervergünstigungen im Frisiersalon mochten die leichte und billige Erhältlichkeit von Haarnährstoffen erklären, aber nicht den Umstand, dass nun plötzlich mitten in der Woche Fleisch auf den Tisch kam. Wo sie früher fast nur an Feiertagen Lendensteaks gegessen hatten, wurde nun auch mittwochs und am Wochenende Fleisch gebraten. Norma erinnerte sich an die Plastiktüte aus dem Supermarkt, in der sie eine Quittung gefunden hatte, auf deren Rückseite sie ihre eigene Einkaufsliste schrieb, bis sie die Endsumme auf der Quittung wahrnahm und zunächst glaubte, sie habe jemand anderem gehört. Die Waren auf der Quittung stimmten jedoch mit dem Inhalt des Kühlschranks und den Abendessen der laufenden Woche überein, und sie hatte ihre Mutter gefragt, ob sie ein Gewinnlos gerubbelt und vergessen hatte, es ihrer Tochter zu erzählen. Die Mutter hatte geantwortet, ihr Lohn sei zu Recht höher als bei der Post, denn die Tage im Salon seien lang. Die Einkünfte konnten aber nicht so hoch gewesen sein, dass sie die Thailandreise und den Kurzurlaub in Afrika zu Beginn des Winters erklärten. Vor Ostern hatte sie einen Abstecher nach Georgien gemacht. Von welchem Geld? Darüber hatte Norma damals nicht nachgedacht. Abend für Abend hatte sie über ihre eigenen Sorgen geredet, über die grauen Haare, die mit der drohenden Entlassung gekommen waren, und Steaks verdrückt, ohne daran zu denken, was gutes Fleisch kostete.

Als Norma die Kartons, die sie ins Wohnzimmer geschleppt hatte, und die Hinterlassenschaften betrachtete, wurde ihr klar, dass ihre Mutter in ihrem Müll gewühlt haben musste. Das Waschen der Haare hatte den Geruch von Kaffeesatz, Avocadokernen und Bananenschalen nicht tilgen können. Die künstliche Frische des Shampoos machte den Geruch nur noch schlimmer, es würde mindestens einen Tag in Anspruch nehmen, die Wohnung zu lüften. Die Bündel waren in Zellophan verpackt, goldenes Gummiband hielt das Zellophan zusammen, die Packungen raschelten wie Geburtstagsgeschenke.

Das sorgfältige Sortieren der losen Haare erzählte eine eigene Geschichte: Zuerst hatte die Mutter sie aufgehäuft, wie es gerade kam, dann war ihr der Wert des Remy-Haars bewusst geworden. Es war das Beste, es war das Teuerste und erforderte das Abschneiden eines ganzen Büschels in Wachstumsrichtung. Die Bündel aus der ersten Zeit hatten keine Remy-Qualität, die neueren hatten sie. Norma erinnerte sich an den Moment, als ihre Mutter anfing, ihr die Haare auf andere Art zu schneiden, sie vorher zum Pferdeschwanz zu binden. Sie hatte behauptet, so wäre es anschließend leichter sauber zu machen.

Als das Windspiel erklang, wäre Marion fast der Kolben aus der Hand gefallen. Sie zählte bis zehn, ließ die Gefühlswallung, die von der Erleichterung verursacht wurde, abklingen und schlug der Kundin eine Pause vor. Nachdem die Frau mit ihrem Umhang zum Rauchen in den Hinterhof geraschelt war, ging Marion auf die Kleine zu und streckte die Hand aus.

»Wir sind bei der Beerdigung nicht dazu gekommen, miteinander zu reden«, sagte sie.

Die Kleine war auf der Türschwelle erstarrt und trat unsicher von einem Bein aufs andere. Ihre Handfläche fühlte sich rau und klamm an, die Knochen waren deutlich zu spüren, der Griff war schwach. Eine Sonnenbrille verhüllte den Blick, die Nase bewegte sich, zitterte wie bei einem Tier. Vielleicht weinte sie.

»Deine Mutter war die beste Frisörin, die ich je gehabt habe.«

Die Kleine antwortete immer noch nicht. Marion musste die Zügel in die Hand nehmen, sie musste überlegen, wie sie mit dem Mädchen reden sollte. In der Kirche hatte sich die Kleine darauf konzentriert, lose Haare aus dem Pferdeschwanz zu reißen, eines nach dem anderen und nicht im Takt der Lieder. Marion hatte sich gefragt, warum die Kleine ihr Haar so dick trug, wenn sie es sich so deprimiert vom Kopf riss. Lamberts Köter folgten ihr die ganze Zeit, sie hatte sich mit niemandem getroffen. Nicht mit Männern, nicht mit Freundinnen. Nicht einmal Margit hatte sie gesehen. Niemand konnte in dem Alter so unsozial sein. Pfandflaschen brachte sie tütenweise weg, aber sie trank nicht in Gesellschaft. Alvar vermutete, dass der Zwischenhändler untergetaucht war und Norma versuchte, nicht aufzufallen. Beweise dafür, dass sie über die Geschäfte ihrer Mutter Bescheid wusste, existierten jedoch nicht.

Marion öffnete Anitas Schrank und trat zur Seite. Die Kleine machte keine Anstalten, etwas anzufassen. Auch von hinten wirkte sie schmächtig, um den Kopf hatte sie sich einen kompliziert mit den Haaren verknoteten Turban geschlungen. Das Haar war nicht gefärbt, sodass sie sich kaum für kostenlose Farbe begeistern würde, Marion konnte ihr also nicht einmal das anbieten. Sie fand einfach keinen Ansatzpunkt. Die Kleine war nicht gekommen, um ein Geschäft zu machen, nicht, um sich nach Anitas Schicksal zu erkundigen, nicht, um sich über Haarverlängerung zu unterhalten. Vielleicht glaubte sie an den Selbstmord. Aber warum fragte sie dann nicht nach Anitas Gemütsverfassung? Marion hätte das an ihrer Stelle getan.

Marion traf ihre Entscheidung schnell und umarmte die Kleine fest. Manche Kundinnen kamen nur in den Salon, weil sie angefasst werden wollten, damit ihnen jemand die Kopfhaut massierte. Manchen Kindern merkte man die gleiche Sehnsucht nach Berührung an, und die Kleine hatte gerade eben den Gesichtsausdruck eines solchen Kindes gehabt.

»Ich mache uns jetzt einen Kakao mit einem kleinen Schuss«, sagte Marion.

Die Kleine lehnte schlaff an ihrer Schulter, ihre Sonnenbrille war zu Boden gefallen. Die Kundin lugte durch den Türspalt und zog sich mit einem Stoß Frauenzeitschriften unter dem Arm wieder in den Hof zurück, als sie die Lage erkannte. Marion ließ die Kleine auf der Couch Platz nehmen.

»Wie geht es bei der Arbeit? Anita hat erzählt, dass ihr schwere Zeiten habt.«

»So schwer, dass ich keine Arbeit mehr habe.«

Sie redete. Das war ein Fortschritt. Marion schaltete den Wasserkocher ein und machte eine Kopfbewegung in Richtung Frisierstuhl.

»Was hältst du davon, wenn du ab und zu herkommen und mir ein bisschen helfen würdest? Bis du etwas gefunden hast. Die Hochzeitssaison kommt bald in die heiße Phase. Offen gesagt sitze ich in der Klemme, ich komme nicht mal dazu, ans Telefon zu gehen und Mails zu beantworten.«

Das klingelnde Telefon unterstrich ihre Worte.

»Ich bin keine Frisörin.«

»Anfragen beantworten und Termine machen kann jeder. Du hättest Anita in Aktion sehen sollen, sie liebte ihre Arbeit«, fuhr Marion fort und nahm den Keratinklebestift in die Hand. »Mit diesem Zauberstab machen wir Träume wahr. Wir sind Priesterinnen, Hebammen, Therapeutinnen, Ärztinnen, Vollzieherinnen von Übergangsriten, wir verhüllen die Frauen mit Folienstreifen, Handtüchern, Umhängen, waschen das alte Leben ab und schicken sie einem neuen entgegen. Es hängt von uns ab, ob die Wendepunkte des Lebens gelingen. Wir profitieren natürlich davon, dass die Frauen bereit sind, für gutes Haar jeden Preis zu zahlen, wenn sie erst mal auf den Geschmack gekommen sind.«

Der umherirrende Blick des Mädchens hielt inne, kurz, aber lange genug.

»Die Haarbranche spielt in den letzten Jahren total verrückt. Hat dir Anita davon erzählt? Hier ist es noch nicht so wild wie in Südamerika. In Kolumbien kommen die Haarräuber gerade erst in Fahrt, in Maracaibo in Venezuela verstecken die Frauen ihr Haar, wenn sie sich in die Öffentlichkeit begeben. Damit kein Piranha kommt und es ihnen raubt.«

Marion untermalte ihre Worte durch eine schwungvolle Geste mit dem Haarmesser. Die Kleine zuckte zusammen, erwiderte Marions prüfenden Blick aber nicht.

»Da kannst du jeden Frisör fragen, der Umsatz ist wie der mit Bananen. Die Diebstahlwelle hat die Situation in Amerika aufgeheizt. In Atlanta hat eine Bekannte gerade ihr gesamtes Lager eingebüßt. Für den neuen Flachbildfernseher und die Dollars haben sich die Diebe nicht interessiert, sie wollten nur das Virgin-Remy.«

Der Gesichtsausdruck des Mädchens blieb ungläubig.

»Man muss nur mit zuverlässigen Partnern arbeiten, damit man nicht in Gefahrensituationen gerät. Überleg es dir in Ruhe. Die Karrierechancen sind glänzend.«

Als Marion ging, um bei der Kundin mit der Tressenverlängerung weiterzumachen, goss sich Norma noch etwas Rum in die Kakaotasse und kramte eine Tablette gegen Übelkeit aus der Tasche. Der Geruch von Haarstaub war ihr gleich auf den Eingangsstufen entgegengeschlagen, überall gab es Spuren von ihren Locken: in den Ritzen der

Bodenleisten, an den Rädern des Frisierwagens, in der vor Haarnadelbeuteln überquellenden Schachtel. Sie erkannte unter den Gerüchen das letzte halbe Jahr ihres Lebens heraus, die Zufallsbekanntschaften und den Kater am Ersten Mai, die Veränderung durch die Nahrungsergänzungsspritze. Die Atmosphäre am Arbeitsplatz hatte die Haarqualität ungleichmäßiger werden lassen, aber seit März merkte man das kaum noch. Ihre Mutter war geschickt gewesen. Norma war eine gut veredelte Leghorn-Hybride geworden, die Veränderungen in der Ernährung hatten zu einer makellosen Haarproduktion geführt.

Sie wartete, dass die Wirkung der Tablette einsetzte, und goss sich noch einen Schuss Rum in den Kakao. Überall im Salon gab es Geruchsspuren von Lambert. Marion hatte den Mann gar nicht erwähnt, trotzdem hatte Norma keine bewusste Vermeidung des Themas wahrgenommen, denn die roch fast wie eine Lüge. Marions Umarmung hatte Trauer und Sehnsucht enthalten, in den Haaren waren Schlaflosigkeit und Wein gewesen, achtlose Mahlzeiten; das Haargeruchsgemisch, das sich in der Haut und den Kleidern festgesetzt hatte, war genauso ekelhaft gewesen, wie Norma es vermutet hatte. Der erhöhte Stresspegel konnte alle möglichen Gründe haben. Wahnsinn lag nicht darin, nichts, was darauf hindeutete, dass ihre Instabilität von der Sorte war wie Helenas.

Anitas Schrank war voller Kram: Ersatzschlüssel, ihre eigenen und die von Norma, Bürste, Lippenstift, ein Stoß gemischte Kundenkarten, Sicherheitsnadeln, Pfefferspray, zwei Paar Arbeitsschuhe, Halstuch und Strickjacke. Die Bürste trieb Norma Tränen in die Augen: das letzte Lammfleischgericht, Garam masala, Mandeln, Aprikosen, nachdem ihre Mutter in den Salon gegangen war. Norma versuchte, sich gegen die Sehnsucht zur Wehr zu setzen. Die Nahrungsergänzungsmittel, die sich ganz hinten im Schrank fanden, würde sie in den Müll werfen. Die Tage als kleines Mastferkel ihrer Mutter waren vorbei.

Das Öffnen der Schubfächer neben dem Schrank zögerte Norma hinaus. Deren Inhalt war ihr klar, noch bevor sie die erste Lade aufzog. Mit Verlängerungen aus diesen Haaren würden Frauen vor den Altar treten und mit ihren Kavalieren, Verlobten, Liebhabern, Ehegatten und Vätern ihrer Kinder zu Familienfeiern und Festivals fahren, zwischen Mittsommerbirken hindurch zum See laufen, sie würden ihre Haare aufschütteln und an die späten Streitereien am Johannisfeuer als eine Zeit denken, in der immerhin das Haar in Ordnung war. Ihre Haare würden zahlreiche glückliche Mittsommerfeste und gelungene Zauber entfachen, neue Lieben und weitere Mittsommerkinder hervorbringen, sie würden sich im Licht der Mitternachtssonne auf der Seeoberfläche zum Fächer öffnen und frei auf den Feldern der Johannisnacht schwingen. Mit ihren Haaren würden jene Frauen all das bekommen, was Norma nie bekommen würde. Sie konnte jederzeit an einer solchen Frau vorbeigehen, sogar in der Nähe ihrer Wohnung. Vielleicht hatte sie es auch schon getan, aber in so großem Abstand, dass sie nicht ihre eigenen Locken auf dem Kopf einer Fremden gerochen hatte. Warum war ihre Mutter ein solches Risiko eingegangen?

Plötzlich ergab der abrupte Eifer der Mutter, für sie beide neue Wohnungen zu suchen, einen Sinn. Norma hatte sich über den Elan gewundert, mit der ihre Mutter Anzeigen durchgesehen und ab Februar zu Besichtigungen gegangen war. Norma war nicht begeistert gewesen, und als sie dies geäußert hatte, war es zu einem kleinen Streit gekommen. Sie fühlte sich wohl in Kallio, das alle Extreme des Lebens akzeptierte und wo Anonymität erlaubt war. Hier spionierte einen niemand aus. Vielleicht befand sich Marions Salon gerade deshalb hier. Norma kam in den Sinn, dass ihre Mutter keinerlei Belege für den Ursprung der Ware, mit der sie gehandelt hatte, besessen hatte, falls sie nicht selbst welche fabriziert hatte.

Im Salon begutachtete die Kundin sorgfältig ihr neues Haar von allen Seiten im Spiegel. Leere Great-Lengths-Packungen lagen auf dem Frisierwagen. Die strikte Diät und der Proteinwahn der Frau deuteten auf Fitness hin.

»Nächstes Mal reservierst du mir welche von den Ukrainischen!«

»Du bist die Erste auf der Liste«, versicherte Marion.

»Ich brauche sie für den Wettbewerb. Angeblich verfilzt das überhaupt nicht.«

Als Marion kurz ins Hinterzimmer gesprungen kam, um nach Pflegeprodukten für die Kundin zu suchen, deutete sie auf die offenen Schubladen vor Norma.

»Die Ukrainischen da machen die Kundinnen total verrückt. Ich frage mich, was die Frauen dort eigentlich essen. In den reicheren Ländern machen sich die Frauen ihr Haar mit fertigen Nahrungsmitteln kaputt und stecken fürchterliche Summen in alle möglichen Behandlungen. In Rumänien waschen sich die Frauen auf dem Land die Haare höchstens mit Seife, benutzen zusätzlich vielleicht ein paar Kräuter und essen Tomaten aus dem eigenen Beet. Kein Wunder, dass die Rumänischen im Kommen sind. Aber das hier ist eine Klasse für sich.«

Alvar schob Marion außer einem neuen Prepaid-Handy eine Liste mit potenziellen Kundinnen hin und konzentrierte sich wieder auf den Bildschirm des Firmencomputers. Er machte keinerlei Anstalten zu gehen. In allem spiegelte sich das Misstrauen wider: im doppelten Überprüfen der Buchhaltung im Salon, darin, wie Alla ständig auf Marion herumhackte und wie Alvar immer wieder ins Buch mit den Terminen schaute. Nicht einmal mehr die Telefonate der Agentur ließ man Marion allein erledigen. Kameras gab es im Salon offenbar nur deshalb nicht, damit Marion sie nicht entdeckte und herunterriss, so wie damals, als es zuletzt Misstrauen in der Firma gegeben hatte. Es hatte mit Albiino zu tun gehabt, die als Wimperntechnikerin des Salons fungiert hatte, nicht mit Marion. Dennoch wurden sie und ihr Frisiersalon mit Argusaugen beobachtet.

»Hallo«, rief Alvar über den Bildschirm hinweg.

Marion griff nach der Liste und tat so, als würde sie lesen.

»Die Liste stammt von Lasse«, merkte Alvar an.

Marion nickte. Es gab alle Arten von Krankenpflegern, vor allem die Patientenlisten von Kristian waren ein einziges Chaos, aber Lasse war ein LGBTI-Aktivist. Er handelte aus reiner Berufung und erleichterte den anderen die Arbeit, indem er selbst die Vorauswahl traf. Broschüren der Agentur waren an fünfzehn Namen auf der Liste geschickt worden, sieben hatten eine Bitte um Kontaktaufnahme abgegeben. Marion würde sich auf die finnischen konzentrieren, die fremdsprachigen Personen mussten bis zum nächsten Mal warten. Wenn sie drei an den Haken bekäme, wäre Lambert zufrieden.

»Wie ist es mit der Down-Frau gelaufen?«, fragte Alvar.

Marion hatte sie vollkommen vergessen.

»Du wirst nachlässig. Ruf sie sofort an!«

»Warum kann Alla das nicht übernehmen? Alla war in Lwiw mit dabei«, erwiderte Marion.

Alla und sie waren mit der Down-Frau nach Lwiw gereist, um sich einige Leihmütter anzusehen. Aufgrund der Präsentationen hatte die Frau vorab einige Kandidatinnen ausgesucht, die vor dem Treffen eingekleidet und zum Frisör geschickt worden waren, damit sie gesunden Glanz im Haar hatten und zuverlässig wirkten, worauf eine Frau aus dem Westen immer achtete. Die Nageltechniker hatten sämtliche künstlichen pinken Fingernägel entfernt. Das Gleiche hatten sie schon einmal gemacht, vor der Aufnahme der Präsentationsvideos, aber danach waren die Frauen aus Donezk wieder schnell zu ihrem alten Stil zurückgekehrt.

Der Besuch war gut verlaufen, obwohl man der Down-Frau am Gesicht angesehen hatte, dass die Fassade und die Räumlichkeiten der Klinik nicht dem Bild entsprachen, das Homepage und Broschüren vermittelten. Marion war schon früher aufgefallen, dass die Frau eine Schwäche für Süßes hatte. Darum war der Zeitpunkt der Reise so gewählt worden, dass er mit dem Schokoladenfest von Lwiw zusammenfiel, und am Abend hatte sich die Frau der Atmosphäre von Lwiw hingegeben, die ein neues Leben verhieß.

Marion sah sich nicht in der Lage, nach dem Telefon zu greifen, das Alvar ihr hinhielt. Die gewählte Nummer leuchtete auf dem Display, und Marion graute es. Nach der Geburt des Kindes hatte sich herausgestellt, dass es das Down-Syndrom hatte, und die Frau hatte sich geweigert, das Kind anzunehmen. Sie hatte die Agentur mit Tränen, Verwünschungen und Androhung von Konkurs und Amtsgewalt bombardiert. Schließlich hatte Lambert Barmherzigkeit gezeigt, indem er das Baby zum reduzierten Preis anbot. Dennoch war die Frau kompliziert, man musste jederzeit mit neuen Forderungen von ihr rechnen, und die würde Marion nicht an Lambert weiterleiten können, nicht in dieser Situation.

Alvar legte das Handy auf den Tisch und drückte Marion erneut Lasses Liste in die Hand.

»Also gut, ich übernehme Down, du übernimmst die Liste«, sagte er.

Marion trank einen Schluck Wasser und wählte die erste Nummer. Lasse hatte unter die Namen eine kurze Zusammenfassung geschrieben: »Die 35-jährige unverheiratete Frau aus Lahti sucht seit einem Jahr nach einer Leihmutter. Sie ist Verkaufsleiterin in einem Exportunternehmen, war lange ohne Erfolg in Behandlung, ihre Kreditauskunft ist in Ordnung und sie wohnt in einer Eigentumswohnung. Der Weg zur Adoption dürfte versperrt sein, weil sie wegen Körperverletzung und Beleidigung zu einer Bewährungsstrafe verurteilt wurde.«

Als sich die Frau meldete, brachte Marion kein Wort heraus. Beim dritten Hallo riss ihr Alvar das Telefon aus der Hand und legte mit Vertrauen erweckender Verkäuferstimme los: »Agentur Die Quelle, Alvar Lambert, guten Abend. Vielleicht haben Sie sich schon mit unserer Broschüre vertraut gemacht ...«

Marion starrte in den Hof, wo die Mädchen aus dem Nagelstudio den Müll wegbrachten und wie immer nicht sortierten. Anita hatte Anweisungen auf Englisch über den Mülltonnen an die Wand genagelt und auch im Salon Recyclingbehälter aufgestellt. Das hatte Lambert zum Lachen gebracht, aber das Lachen war sofort abgebrochen, als Anita gemeint hatte, es wäre dumm, durch Nachlässigkeiten Aufmerksamkeit zu erregen.

Alvar beendete das Telefonat mit warmen Guten-Abend-Wünschen, beteuerte, es werde sich bald Verwendung für das geerbte Taufkleid der Frau finden, und sagte, er freue sich auf die persönliche Begegnung. Das Handy landete mit einem Knall auf dem Tisch, Alvars Gesicht war ganz nah an dem von Marion.

»Was ist los mit dir, verdammt?«
»Sag Lambert nichts!«, bat Marion.
»Du gefährdest alles.«
»Ich gebe mir Mühe!«
»Das reicht aber nicht.«

Alvars Geduldsfaden war nur noch nicht gerissen, weil er ihr Bruder war. Lambert war nicht so verständnisvoll, und Marion musste dankbar sein, dass man sie noch nicht nach Vietnam, Thailand oder Nigeria ausgeflogen hatte, zu einem passenden Reiseunfall. Oder nach Kolumbien.

»Brauchst du Urlaub?«
Marion schüttelte den Kopf.
»Es ist dir gelungen, Anitas Tochter hierherzubekommen. Das war ein guter Anfang, sonst nichts.«

»Ich brauche mehr Zeit.«

»Du bist dabei, die Frist zu überschreiten.«

Marion richtete den Blick aufs Fenster, auf den Namen *Haarzauber*, der auf der Scheibe glitzerte. Dies war der erste Salon, den sie führen durfte. Es würden weitere hinzukommen, sie musste nur durchhalten, eine Lösung finden. An den ersten Tagen nach Anitas Tod hatte sie jeden Moment erwartet, dass das Windspiel erklang, Anita hereinkam und den Zitronenduft ihres Parfums mitbrachte sowie ihre Vorschläge für die nächsten Schritte. Inzwischen rechnete sie nicht mehr damit, auch wenn sie manchmal die vertraute aufrechte Silhouette vor dem Schaufenster des Salons zu sehen glaubte. Kopf hoch, nach vorne schauen. So würde es Anita auch jetzt sagen. Nach vorne schauen. Prioritäten setzen. Es musste weitergehen, man durfte sich nicht unterkriegen lassen. Ein Lastenfahrrad mit Zwillingen an Bord sauste am Fenster vorbei, ein Rentner aus dem Haus gegenüber saß auf seinem Rollator und trank Bier, ein forsch joggendes Paar, eine Clique mit Tütenbier, Kundinnen, die das noch immer offene Nagelstudio betraten. Marion griff nach dem Telefon und wählte die nächste Nummer. Frauen vertraute man in diesen Dingen mehr. Darum übernahm Marion den größten Teil der einheimischen Kundentelefonate. Ihr Finnisch war perfekt, und sie war es gewohnt, Frauen zu beruhigen. Die Kundinnen der Firma vertrauten ihr wie die Kundinnen im Salon.

Nach dem fünfminütigen Gespräch war das Paar aus Vantaa bereit, seine familiäre Zukunft in Marions Hände zu legen, und für einen Moment empfand sie Freude. Sie war noch immer gut, trotz allem. Noch zwei, und Lambert wäre zufrieden. Außerdem würde sie es wagen, Lasse zu besuchen. Nach Anitas Tod war sie vorsichtig damit geworden, wen sie besuchte und wie oft. Man musste genauer sein als vorher. Sie hatte noch einen Tag Zeit und glaubte nicht, dass das reichte.

Norma ging vom Frisörsalon zum *Hilpeä hauki*, setzte sich draußen an einen Tisch und bestellte ein großes Glas Wein. Marions Aussagen über die Haarbranche hatten unwirklich geklungen. Das Wachstum der Branche war ihr allerdings auch aufgefallen, die Veränderung im Straßenbild. In der Nachbarschaft waren der auf die Verlängerung von Afrohaaren spezialisierte Angel Hair Saloon und daneben ein Importladen aufgetaucht. Sie hatte beim Vorbeigehen immer den Kopf abgewandt, wusste aber dennoch, was am Fenster stand: »*Virgin hair donors! Our agents find the best virgin hair donors of the world. Also Caucasian donors! Be like Beyoncé!*«

Nachdem ihre Mutter von der neuen Arbeitsstelle erzählt hatte, hatte Norma Türen schlagend die Wohnung verlassen, war völlig außer sich in diese Kneipe gekommen und hatte den gleichen Hauswein bestellt. Ihr Alltag war dermaßen von Haarproblemen erfüllt, dass die Neuigkeit ihrer Mutter Abscheu ausgelöst hatte. »Du hast also noch nicht genug von dieser Hölle«, hatte Norma gesagt. »Du willst bewusst deine ganze Zeit darauf verwenden? Ich will nichts mehr davon hören.« Sie hatte sich ans Fenster gesetzt, in die Winterdunkelheit gestarrt und versucht, mit Alkohol die Vorstellung aufzulösen, wie ihre Mutter jeden Tag eine Emissionswolke aus dem Frisörsalon mit nach Hause brächte. In ihrem Kopf hatte es Schreckensbilder gehagelt: Frauen, die krankhaft Angst hatten, eine Glatze zu bekommen, die Schuppen aus dem gesamten Großraum Helsinki, nässende Hautausschläge, Talg, Pilzinfektionen, die Sterblichkeit des menschlichen Fleischs, die mit Farben, Keratinkleber, Mikroringen versteckt wurden, und mit Pflegeprodukten, deren Geruchsstoffe reine Künstlichkeit repräsentierten. Als sie betrunken genug gewesen war, hatte sie ihrer Mutter eine SMS geschickt, mit der Aufforderung zu duschen, bevor sie nach der Arbeit in Normas Wohnung vorbeischauen würde. Jetzt konnte sie zugeben, dass ihre Reaktion auch auf Eifersucht zurückzuführen war. Die Hände ihrer Mutter waren nur für ihre Haare zuständig, so war es immer gewesen.

Marions Angebot anzunehmen war der einzige Weg, herauszufinden, was passiert war. Norma hatte vor, die letzten Monate im Leben ihrer Mutter zu rekonstruieren, so wie sie versucht hatte, die letzten Momente in der U-Bahn-Station nachzustellen. Das musste zu etwas führen. Wenn sie den Grund für die Tat ihrer Mutter nicht fand, würde sie wenigstens ihren Betrug besser verstehen können.

Norma warf einen Blick in die Handtasche. Eva nickte ihr zu.

FÜNF

Im Lauf dieses Frühlings habe ich täglich Beweise dafür erhalten, wozu Menschen bereit sind, wenn sie an jemanden wie dich herankommen, und die Welt ist voll von ihnen. Was ich gesehen habe, würde ich ohne Eva nicht ertragen, und ich kann darüber nur mit ihr reden, sonst habe ich niemanden.

Norma ging um die gleiche Uhrzeit zur Arbeit, wie ihre Mutter es getan hatte. Sie ging auf derselben Straßenseite wie sie, passierte denselben *Angel Hair Saloon*, denselben Street-Food-Imbiss und dieselben Massagestudios und Bars. Sie sah auf ihrem Weg zur Arbeit dieselben Baugerüste, dieselben üblichen Verdächtigen mit ihrem Tütenbier, das Tätowierstudio und den Sexshop, das Zentrum zur Unterstützung entlassener Strafgefangener. Und auch der altmodische Schriftzug der Aufkleber im Fenster von *Haarzauber* fiel ihr an derselben Stelle vor dem chinesischen Restaurant ins Auge wie ihrer Mutter. Das Schaufenster wirkte etwas bieder, auch wenn es gut mit der Umgebung harmonierte, mit der ganzjährigen Weihnachtsbeleuchtung der Massagestudios und der Reklame des Nagelstudios, die ein Leben als Star versprach. Die Goldlöckchen-Figur in der oberen rechten Ecke erinnerte an eine Shampooflasche aus den Achtzigerjahren. Das war kein Frisör, dessen Kundin ihre Mutter selbst hätte sein wollen, und doch war sie jeden Morgen voller Begeisterung hingegangen, immer pünktlich. Norma versuchte beim Eintreten den energischen Schritt ihrer Mutter nachzuahmen. Trotz der Müdigkeit, die auf die Augen drückte, begrüßte Marion sie munter und bat sie, die Wiener Stühle nach draußen zu stellen. Sie habe eine Verabredung und sei am Nachmittag wieder zurück.

Nachdem Marion gegangen war, setzte sich Norma kurz in die Sonne, um Atem zu holen und tief durchzuatmen. Sie hatte die abstumpfenden Scopolaminpflaster weggelassen. Sollte sie sich allzu unwohl fühlen, würde sie Hilfe bei ihren Pillen finden. Besonders das Echthaarlager löste Beklemmung bei ihr aus, obwohl die Chemikalien fast alles vernichtet hatten, was Normas Gehirn hätte deuten können. Der Juli rückte näher, und das machte ihr Angst. Es wurde heißer, und je drückender das Wetter, desto mehr machten ihr der Vitaminmangel und die Hormonstörungen der Menschen zu schaffen, von der schwarzen Haarlawine ganz zu schweigen. Ihren ersten Arbeitsplatz hatte sie in der Hitzeperiode verloren. Sie war Aushilfe in einem Kleidergeschäft im Ostzentrum gewesen und hatte begriffen, dass eine Kundin, die Sommerkleider anprobierte, innerhalb des nächsten halben Jahres sterben würde. Es war nichts mehr zu machen, es wäre sinnlos, zum Arzt zu gehen. Im letzten Moment vor dem Erbrechen hatte sie den Kopf hinterm Vorhang der Umkleidekabine verborgen. Die Frau war nur noch eine schwarze Wolke gewesen. Norma wusste nicht, wie sie es verkraften würde, sollte eine solche Kundin den Salon betreten.

Das Klingen des Festnetztelefons zwang sie, sich wieder auf den Laden zu besinnen. Die nuschelnde Frau am anderen Ende der Leitung wollte ihr Problem noch vor dem Aufbruch in den Urlaub lösen, denn vom Ferienhaus aus wäre es schwierig wegzukommen, und die verfilzten Haare verfolgten sie bis in den Schlaf, hielten sie wach.

»Anita hat gesagt, ich soll es mit ukrainischem Haar versuchen. Was meinen Sie? Soll ich wechseln?«

Eine von Mutters Kundinnen. Marion hatte Norma keine Anweisungen gegeben, wie sie auf solche Fragen reagieren sollte. Intuitiv holte sie sich Marions persönliche Handynummer aufs Display. Sie war nur für sie gedacht, falls Problemsituationen auftraten. Nicht für Kundinnen, auf keinen Fall. Frauen in Haarnot riefen zu jeder Tages- und Nachtzeit an und gaben nicht eher auf, bis man ranging, und diese Frau gehörte genau zu dieser Kategorie. Norma musste das Problem allein lösen, Marion beweisen, dass sie dazu fähig war.

»Hallo? Sind Sie noch dran?«

»Ich bin der gleichen Meinung«, sagte Norma. »Ich glaube, dass die Ukrainischen zu Ihnen passen würden. Virgin Remy, beste Qualität.«

Nach dem Gespräch blieb sie regungslos stehen. Unmerklich waren ihr die Worte über die Lippen gekommen. Ihr auf Kallioer Art nachlässig gebundener Turban drückte nicht, und die Strähne, die sie an einem Ohr absichtlich herabhängen ließ, reagierte kein bisschen, sondern behielt ihre normale Welle. Würde sie mit der nächsten Kundin ihrer Mutter ebenso leicht fertigwerden? Und wenn sich jemand erkundigte, wie es Anita ging? Zur Kundschaft gehörten garantiert klassische Geier, die jede Tragödie endlos zerfledderten, bis alle Aromen und Säfte aufgebraucht waren, sie würden an den möglichen Hintergrundfaktoren mit der gleichen Inbrunst knabbern wie Leute, die durch langsames Kauen Gewicht verlieren wollten. Ein Frisörsalon sollte eine Oase der Träume sein, und nicht der Angst. Norma beschloss, potenziellen Anruferinnen zu sagen, Anita habe gekündigt und sei ins Ausland gezogen.

Die Blume roch nach Tulpe, war aber keine, und die Kleider rochen nach feuchtem Keller. Marion öffnete die Augen. Das Kopfkissen war klamm vor Schweiß und stank wie der Koffer in Cartagena, nach einem benutzten, in der Ecke vergessenen Handtuch. Sie war also doch eingeschlafen und im Traum zu Albiino am Swimmingpool zurückgekehrt. Albiino hatte den Zweig eines Gummibaums aus Marions Haaren gelöst und sie aufgefordert, sich zu entspannen und einen Margarita zu bestellen. Am Abend würden sie feiern – und so wie Albiino damals nicht wissen konnte, dass es der letzte Tag in ihrem Leben sein sollte, so konnte Marion heute nicht wissen, ob für sie an diesem Tag das Gleiche galt. Eine Woche war vergangen.

Beim Aufstehen redete sie sich ein, dass man ihr das nicht antun konnte, nicht einmal Lambert würde das fertigbringen, doch während sie dem Kaffee in der Maschine beim Tropfen zusah, dachte sie, dass gerade Lambert es fertigbringen würde. Sie rieb sich die Ohren, in denen der Tinnitus der Baumfrösche von Cartagena tönte. Der würde nicht weggehen, der würde immer wiederkommen.

Marion war nicht besser als Albiino. Im Gegenteil. Sie war auch viel zu alt, Albiino hingegen war noch jung gewesen. Im Gegensatz zu Albiino war sie wertlos. Man würde sie nicht von Kolumbien nach Maracaibo chauffieren, wo Haardiebe vielfältige Serviceleistungen anboten, und auch nicht nach Cancun in Mexiko, wo jede Menge Ärzte warteten, die an ihr interessiert waren. Vielleicht würde man sie ins Meer werfen.

Als sie mit Alla ins Hotel zurückgekehrt war, waren die ganz in Weiß gekleideten Mitarbeiter wie Engel über die Gänge gelaufen, so makellos wie immer, aber vor der Tür zu Albiinos Zimmer hatte bereits der Putzwagen gestanden. Marion ging daran vorbei, als wäre alles gut, sie verlangsamte nicht einmal ihren Schritt, sondern eilte in ihr Zimmer, in die grabkühle Feuchtigkeit. Albiinos Apartment in Helsinki war unverzüglich ausgeräumt worden, einen Monat später zog der neue Mieter ein. Würde mit Marions Wohnung das Gleiche geschehen? Wer würde sauber machen, wer die Sachen packen? Würde man alle Kundinnen anrufen, die Termine stornieren, oder würde man jemanden suchen, der den Salon übernahm? Sie wusste nicht, wer aus Anitas Wohnung die Arbeitskleidung geholt hatte, damit die Person, die hervorgelockt werden sollte, keinen Verdacht schöpfte, wenn sie Anita vor dem Frisiersalon sah. Als sie erwischt wurde, hatte Anita lediglich Kleider bei sich gehabt, die für das Wetter in Thailand geeignet waren. Vielleicht hatte derselbe Jemand, einer der Köter, diesen Koffer und das Handy, das sich als nutzlos erwiesen hatte, in Anitas Wohnung gebracht, damit es so aussah, als hätte Anita das Telefon zu Hause vergessen. Alvar konnte es nicht gewesen sein. Auch wenn er von Anitas Handy eine Nachricht an die Kleine geschickt hatte, damit diese sich nicht über das Verschwinden ihrer Mutter gleich nach der Reise wunderte und der Klan Zeit gewann. Schwer vorstellbar, dass Alvar sich zu dieser Zeit selbst in Anitas Gegend hatte blicken lassen wollen. Später hatte Alvar die SMS bereut, die nicht so klang, als wäre sie von einer Frau verfasst, die mit dem Gedanken an Selbstmord spielt. Als man die Nachricht schrieb, hatte der Klan noch geglaubt, Anita wäre zur Vernunft gekommen und hätte angefangen zu kooperieren. Die Zuspitzung der Lage war im Gegenteil jedoch so schnell vor sich gegangen, dass es nicht mehr möglich gewesen war, einen Abschiedsbrief zu organisieren. Bei Marion würde dieser Fehler nicht passieren. Was sie betraf, wäre es leichter als bei jedem anderen, sich etwas auszudenken. Man musste nur auf Helena anspielen, dann würde niemand misstrauisch werden.

Beim Auftragen der Wimperntusche und beim Anziehen behielt Marion das Telefon im Auge und blickte ab und zu aus dem Fenster, so wie an jenem Abend in Cartagena, als sie gehofft hatte, Alvar würde anrufen. Sie hätte gern seine vertraute Stimme gehört, nachdem sie ohne Albiino ins Hotel zurückgekehrt war, eine Stimme, die sagt, alles wird gut. Alvar hatte nicht auf ihre Anrufe reagiert. Die ganze, von Stromausfällen durchzogene Nacht hindurch hatte sie allein den Baumfröschen und dem Wasser, das von der Klimaanlage im Hotelzimmer tropfte, gelauscht, den Palmen, die geraschelt hatten wie tote Blätter. Als sie wieder in Finnland waren, hatte Alvar nur gefragt, ob sie es auch nach Cancun geschafft hätten.

Im Treppenhaus horchte Marion auf außergewöhnliche Geräusche, und während sie die Treppe hinunterging, rechnete sie damit, draußen von einem von Lamberts Kötern attackiert zu werden. Anita war am Flughafen überrascht worden. Genauso könnte Marion am helllichten Tag mitgenommen werden, wenn sie es am wenigsten erwartete, wenn sie gerade eine Braut hinausbegleitete, die sich über ihre Probefrisur freute. Oder nein, die Lamberts nahmen es mit der Pünktlichkeit genau. Wenn die Uhr mit einem Klingeln anzeigte, dass eine Woche um war, würde sie in Urlaub fahren. Albiino war vor der Entscheidung einen Monat lang beobachtet worden. Exakt einen Monat. Ihr gab man eine Frist von einer Woche.

Vor der Haustür war niemand. Keine Köter auf der Straße, keine dubiosen Autos auf den Parkplätzen. Auf dem Weg zum Salon schwankte der Asphalt unter Marions Füßen wie ein Schiffsdeck, und ihre Gliedmaßen fühlten sich totenstarr an, aber es geschah nichts Verdächtiges. Eine Stunde später holte Alvar sie wie vereinbart zum Kundengespräch ab und wählte eine Route, die in die richtige Richtung führte.

»Ist irgendwas?«, fragte der Bruder vor dem Palace.

»Nein, nichts«, erwiderte Marion und lächelte.

Im Lift war Marion ganz ruhig. Niemand würde sie aus einem Kundengespräch herausreißen und in Urlaub schicken. Vielleicht bestand Lamberts Strafe genau darin. Er wusste, wie er Marion dazu bringen konnte, sich alles Mögliche vorzustellen.

Die Haare hatten schon im Lift angefangen zu bitzeln, und als sich Norma den Turban vom Kopf riss, sah sie, dass sie sich in schlängelnde Tentakel verwandelt hatten. Sie schimpfte laut, sie wusste, was los war, denn sie hatte das Haar auf dem Teppich im Flur bemerkt. Es gehörte einem Mann, der schon mal durchs Treppenhaus gelaufen war, und daran war nichts außergewöhnlich. Es hatte mit dem Einbau der neuen Fenster zu tun. Sie brauchte Hilfe für ihre wirklichen Probleme, nicht für eingebildete. Sie warf das Tuch mit solcher Kraft in den Wäschekorb, dass dieser umfiel. Als sie ihren eigenen Schrei hörte, hielt sie sich die Hand vor den Mund. Sie benahm sich doch sonst nicht so. Sie redete doch nicht mit ihren Haaren. Ihre Nerven ließen sie im Stich.

Während sie ein Glas Wein aus dem Karton trank, senkten sich die Locken. Norma schenkte sich noch ein zweites Glas ein und wartete ab, bis sich die Haare so weit beruhigt hatten, dass sie zur Schere greifen konnte. Ihr Kopf fühlte sich wie Blei an. Im Laufe des Tages waren außergewöhnlich viele graue Strähnen hinzugekommen, und daran war der Frisiersalon schuld.

Ihre Mutter war aus der Fassung geraten, als sie bei Norma das erste graue Haar entdeckt hatte, und Norma hatte sich vorgestellt, die Reaktion habe mit ihrem Vater zu tun.

Die stahlgraue Farbe würde bei einer so jungen Frau ins Auge stechen, und Tönen würde nichts nützen, denn im Nu käme der Haaransatz zum Vorschein. Dann wäre nicht mehr zu verheimlichen, dass sie anders war als die anderen. Sie hatte ihre Mutter getröstet, alles würde sich normalisieren, wenn die Verhandlungen über Stellenstreichungen und die dadurch ausgelöste Beklemmung vorbei wären, aber sie selbst hatte das Ergrauen für ein Zeichen vorzeitigen Alterns gehalten. Es war ein Problem der Launen der Natur. Darum war ihre Wohnung bereit, Polizisten und Sanitäter zu empfangen, denn Beweise für die Andersartigkeit der Bewohnerin würden sich kaum finden. Die Videos und die Haarkartons ihrer Mutter bewahrte sie im Dachbodenverschlag Nummer 12 auf, für alle Fälle.

Während sie auf das Knäuel starrte, das sie aus Abfallhaaren gedreht hatte, fiel Norma eine Koinzidenz ein: Die grauen Strähnen waren aufgetaucht, als ihre Mutter die Arbeit bei *Haarzauber* aufgenommen hatte. Vielleicht lag der Grund gar nicht in der drohenden Entlassung oder den ungesunden Lebensgewohnheiten, sondern im Betrug ihrer Mutter. Womöglich hatten die Haare versucht, ihr das zu vermitteln. Weil sie nicht die Köpfe fremder Menschen zieren wollten.

Norma stürzte an den Computer. Dank ihrer Mutter wusste sie bereits alles über das Färben von älterem Haar. Trotzdem suchte sie jetzt noch einmal nach den Hausmitteln: grüner Tee und Knoblauch, um dem Ergrauen vorzubeugen, Ingwer, den sich die Inder in die Kopfhaut einmassierten, Mangan, Kalzium, Folsäure und Kupfer bei der Ernährung.

Norma las die Ratschläge wie ein Mantra, es beruhigte, wenn man es vor sich her sagte und sorgte dafür, dass die

Probleme in ihre wahren Proportionen zurückfanden. Oder sie hoffte vielleicht, einen Tipp zu finden, den sie aus den Augen verloren hatte, einen Zauber, der zwischen die Zeilen geraten war. Aber sie fand keinen. Und das Mantra beruhigte auch nicht. Ihre Zeit im Frisiersalon war begrenzt.

Ihre Mutter hatte möglicherweise ähnlich gedacht. In den grauen Haaren hatte sie das Versiegen des Geldstroms gesehen, und das hatte ihren Gram hervorgerufen.

Das Paar aus Espoo hielt die Kaffeetassen mit beiden Händen, wie um sich die Finger zu wärmen, obwohl draußen die Hitze glühte. Das Kabinett im Palace war eine wohlüberlegte Wahl bei solchen Kundenterminen. Aufgrund der Lage war es leicht, durch blau-weiße Atmosphäre zu überzeugen, durch den Blick aufs Meer und moderne finnische Architektur. Das Paar bewunderte jedoch nicht die Aussicht, sondern starrte auf die weiße Wand. Die Schultern hochgezogen, die Ellbogen am Bauch, die Tassen im Schutz der Handflächen. Sie waren viel zu früh da, so war das bei solchen Leuten immer.

»Alvar kommt gleich.« Marion sprach mit tiefer, beruhigender Stimme und merkte, dass auch an ihren verkrampften Händen die Knöchel weiß hervortraten, allerdings aus anderen Gründen als bei dem Paar, und sie versteckte sie im Schoß. Die nervösen Kunden neigten zu Überinterpretationen. Schon der Anblick eines Taschentuchs konnte einen Tränenstrom auslösen, und kaum war ihr das eingefallen, erkannte sie, dass ihre Handtasche offen stand und eine Packung Taschentücher hervorlugte. Verstohlen schob sie die Tasche unter den Tisch. Diesmal gab es keinen Grund zum Weinen, dieser Termin war der leichteste der Woche. Alles war gut verlaufen. Die erste In-vitro-Fertilisation hatte sofort angeschlagen, und das Paar hatte, nachdem es die Nachricht erhalten hatte, gewitzelt, sie hätten damit gerechnet, für mindestens zehn künstliche Befruchtungen zahlen zu müssen, bevor es klappte, es seien ja Gerüchte über allerlei betrügerische Agenturen im Umlauf. Die rasche Erfolgsmeldung hatte sie ebenso erstaunt wie der günstige Preis. Dreitausend Dollar war eine bescheidene Summe für die Erfüllung eines lebenslangen Traums, und der Mann hatte lachend gemeint, sogar sein Boot sei wesentlich teurer gewesen.

Marion hatte sich nach dem Ablauf ihrer Frist bereits um vier Kunden der Agentur gekümmert. Die Unsicherheit hatte nicht ganz nachgelassen, aber der Tinnitus der Baumfrösche war verstummt, und es kam wieder Hoffnung auf, Norma arbeitete im Salon, und es sah so aus, als könnten sie sich miteinander anfreunden. Beim Blick auf das Paar musste sie unweigerlich denken, dass die Frau genau die Gruppe von Kundinnen repräsentierte, die sie und Anita in ihrem neuen Frisörsalon haben wollten. Ihr federartiges Haar war zum Pagenkopf geschnitten und hatte Sommersträhnchen aus kundigen Händen bekommen. Sie trug ihr eigenes Haar, ihre eigenen Wimpern, ihre eigenen Nägel. Sie war eine Kundin, die nie zu spät käme und nicht um Ratenzahlung betteln würde. Wenn es ans Zahlen ginge, würde sie nie feststellen, dass sie gerade ihre Kreditkarte verloren hatte. Der Gedanke an eine Haarverlängerung wäre ihr zunächst fremd, und Marion müsste sich überlegen, wen die Frau bewundern könnte. Dann würde sie staunen und sich weigern zu glauben, dass Frauen, die sie schätzte, süchtig nach Extensions waren. Darum würde Marion sie erweichen, in dem sie zunächst eine Haarverdichtung vorschlüge. Das klänge natürlicher, und niemand würde die wenigen Tressen in der Frisur bemerken. Von Mal zu Mal würde die Frau dann mutiger werden und radikalere Schritte wagen. Mit der jüngeren Generation war es einfach, Beyoncé, Rihanna und Victoria Beckham, deren Haare am einen Tag lang und am nächsten wieder kurz waren, hatten ihre Wirkung getan. In Finnland hatte Big Brother entsprechend gewirkt. Die Zuschauer starrten täglich Mädchen auf dem Bildschirm an, die ihr Haar ablegten, wenn sie schlafen gingen, und es morgens wieder aufsetzten, und bald kam einem nichts natürlicher vor, als es selbst auch zu tun. Früher oder später hatte man die Nase voll von dem ewigen Gefummel mit Clip-in-Extensions, und dann fand man eine dauerhafte Lösung beim Frisör.

Alvar kam exakt um zwei Uhr zur Tür herein. Die Köpfe des Paares drehten sich, und auf den Gesichtern breitete sich ein seliges Lächeln aus, als er die Ultraschallaufnahme vor ihnen auf den Tisch legte. Marion sah auf die Uhr. In zwei Minuten würde Alvar den Computer einschalten und die Begrüßung der werdenden Eltern durch die Klinik abspielen. Ein gedolmetschtes Videotelefonat mit der Frau, die das Kind des Paares erwartete, würde folgen, und im Anschluss daran würde man die juristischen Fragen und die Reisezeiten abklären. Solche Paare waren die besten, denn sie hatten selbst rechtzeitig damit begonnen, eine Geschichte über die Herkunft ihres Kindes zu konstruieren. Die Frau hatte ihren Bekannten erzählt, sie lasse eine künstliche Befruchtung vornehmen, die Reisen nach Georgien gingen als Urlaub durch, und der Beruf des Mannes führte ihn ohnehin oft ins Ausland. Diesmal würde seine Frau mitkommen. Ein halbes Jahr später würde sie mit ihrem biologischen Kind nach Finnland zurückkehren und auf der Geburtsurkunde wären sie als Eltern eingetragen. Für die Wahl des Ziellandes war neben der einfachen Gesetzeslage ausschlaggebend gewesen, dass die Finnen so gut wie nichts über das Leihmutterbusiness wussten. Niemand würde das Überraschungskind eines Paares, das unter Kinderlosigkeit gelitten hatte, und Urlaube in Tiflis mit Gebärmuttertourismus in Verbindung bringen. Georgien hatte nicht den Ruf einer Kinderfabrik, es gab keine Skandale, jedenfalls keine, die die internationale Nachrichtenschwelle überschritten hätten. Der Krieg war vergessen, ebenso die anderen Unruhen in der Region, und niemand würde sich Gedanken darüber machen, dass es infolge dieser Auseinandersetzung viele Frauen im Land gab, die unter Geldmangel litten und ihre Familie ernähren mussten.

Das Paar wollte sich noch einmal das Video ansehen. Alvar ließ es laufen und reichte ihnen zugleich den jüngsten Gesundheitsbericht der Leihmutter, die aktualisierte Diät und einen Prospekt über die Übernachtungsmöglichkeiten in Tiflis, falls die werdenden Eltern für das Warten auf den berechneten Termin lieber eine gemütliche Familienwohnung mieten wollten, anstatt die Zeit im Hotel zu verbringen. Das war ein schlauer Schachzug von Alvar. Kaum hörte die Frau das Wort Familienwohnung, machte sich eine selige Miene auf ihrem Gesicht breit.

»Jemand von uns, entweder Marion oder ich, kommt selbstverständlich mit, um sicherzustellen, dass alles wie vereinbart vonstattengeht. Gerade letzte Woche erst ist eine glückliche Familie nach Schweden zurückgekehrt. Sie hat für das Kind nicht einmal bei der Botschaft einen Pass beantragt, sondern ist bloß mit der Geburtsurkunde gereist.«

Alvar zeigte ein Foto. Auf dem Familienporträt hielt ein Paar zwei Kinder auf dem Schoß, das eine war neugeboren und trug ein Taufkleid, das andere war zwei Jahre alt.

»Der Junge sieht aus wie sein Vater.«

»Selbstverständlich, denn das Kind ist ja ein biologischer Nachkomme«, sagte Alvar.

»Natürlich.« Die Erleichterung der Frau war offensichtlich. Viele befürchteten, dass von der Frau, die das Kind gebar, Merkmale zurückblieben, die Haut- oder Haarfarbe, die Form der Augen, obwohl für solche Befürchtungen keine vernünftige Grundlage bestand. Diesen Leuten zeigte Alvar ein Foto, auf dem eine Leihmutter ein Neugeborenes auf dem Arm hielt, das vollkommen anders aussah als sie. Das überzeugte.

Der Mann räusperte sich.

»Da war noch eine dritte Frau, über die wir nachgedacht haben«, sagte er. »Es wäre gut, wenn das Kleine Gesellschaft hätte. Was meinen Sie, wäre das möglich?«

»Sie kann unverzüglich mit der Einnahme der Medikamente beginnen. Die Ei- und Samenzellen sind im Gefrierschrank.«

»Und da Ihr Erstgeborenes nun ein Mädchen wird, können Sie sich auch überlegen, ob es schön wäre, als Nächstes einen Jungen zu bekommen«, fügte Marion hinzu.

Das Paar drehte sich zu ihr um.

»Ist das möglich?«

»Heutzutage ist alles möglich. Dafür muss man nur in die Ukraine gehen, da dauern auch die Flüge nicht so lang«, fuhr Marion fort. »Die Ei- und Samenzellen können wir von Georgien nach dort transferieren, das ist kein Problem, und Sie müssen die Spende nicht noch einmal machen.«

Der Mann fasste als Erstes Interesse, die Frau zögerte noch. Sie blickten sich an.

»Uns ist jedes Kind willkommen«, sagte die Frau, aber der Mann stellte sich offenbar bereits Eishockeytrainings und Computerspiele mit seinem Sohn vor. Die Möglichkeit, das Geschlecht zu wählen, brachte das Denken durcheinander. Manchmal sah man einem Paar an, dass es zu Hause darüber gestritten hatte. Er hatte vor seinem inneren Auge Gokart und Eishockey gesehen, sie hübsche Kleider und Zopfbänder.

Marion gefiel es immer sehr, diese Frage aufzubringen, sie sorglos in die Luft zu werfen. Sie kam sich dabei vor wie die gute Fee. Kurz sah man den Gesichtern der Betroffenen an, wie sie innehielten, dann fingen auch schon die Gedanken an zu galoppieren, und nichts konnte sie mehr aufhalten.

Alvar zog die Ukraine-Mappe aus seiner Aktentasche und reichte sie dem Mann.

»Machen Sie sich in Ruhe damit vertraut. Wenn Sie so weit sind, entscheiden wir über die geeignete Alternative. Sind Sie bereit für das Telefonat?«

Das Paar nahm vor Alvars Computer Platz. Marion vermutete, dass schon die Reisevorbereitungen für Lwiw getroffen werden konnten. Die Ukraine gehörte zu den starken Gebieten des Klans. Die Grenze zu Russland war offen, allerlei Handel wurde getrieben, das Gebärmuttergeschäft wuchs stetig, der Papierkram war leicht zu erledigen, die Gesetzeslage stellte kein Problem dar, und selbst wenn, ließ sich auch das leicht regeln. Kein einziger Leihmutterskandal hatte das Ansehen des Landes befleckt, und das machte es in den Augen von Leuten, die Eltern werden wollten, vertrauenswürdig. Sie machten sich höchstens

Sorgen um die Nahrungsmittelproduktion nach dem Atomkraftwerksunfall von Tschernobyl, weshalb in der Broschüre der Agentur die westlichen Essgewohnheiten in der Ukraine und die Sauberkeit der Lebensmittel hervorgehoben wurden. Lwiw war eine hervorragende Wahl für den Standort der Klinik gewesen, die Stadt wirkte europäisch, trotz der kyrillischen Buchstaben.

Nachdem das Paar gegangen war, blieb Alvar am Tisch sitzen und spielte mit seinem Handy.
»Das lief gut. Geht es dir besser?«
Marion nickte, obwohl sie wenig geschlafen hatte. Die Frist war abgelaufen, und trotzdem saß sie hier. Der Salon gehörte noch immer ihr, und man ließ sie auch weiterhin die Angelegenheiten der Agentur erledigen. Das war ein Erfolg an sich. Das Verhältnis zu Norma wurde besser, und dank dieses Umstands hatte Lambert ihr zusätzliche Zeit gegeben. Anita würde sagen, sie solle weitermachen, sie habe ein Ziel, und nichts dürfe sie auf dem Weg dorthin aufhalten. Heute würde sie in den Salon zurückkehren, um Verfilzungen zu lösen, aber bald wäre ihre Kundschaft eine andere. Im neuen Salon würde es keine Tussen geben, die ihren Urlaub damit verbrachten, dass sie Bilder von sich und ihrem Bikinihintern machen ließen, wahlweise auf der Motorhaube eines Ferraris, der einem fremden Menschen gehörte, neben einer Yacht in Marbella oder vor einem Versace-Geschäft. Keine der neuen Kundinnen würde ihr solche Bilder wie eine große Errungenschaft unter die Nase halten. Ihre neuen Kundinnen hätten echte Meriten vorzuweisen, solche, um die alle wussten, über die man nicht zu reden brauchte, und das würde man an der Art sehen, wie sie sich gaben. Sie würden sich nicht

einbilden, jemand zu sein, bloß weil es ein Foto gab, das ihr Gesicht mit dem Logo einer teuren Marke zeigte. Die neuen Kundinnen würden nicht glauben, dass es sie selbst zu Stars machte, wenn sie vor einem Club posierten, in den auch Stars gingen, dass es sie näher an Hollywood heranführte, an Traumhochzeiten, filmreife Liebesgeschichten und reiche Männer. Die neuen Kundinnen würden nicht VIP-Einladungen für irgendwelche Läden hinterherrennen, davon überzeugt, sich auf der Überholspur in bessere Jagdreviere zu befinden, in denen sich Männer bewegten, die wichtige Leute kannten. Sie würden nicht glauben, dass sie auf diesem Weg einem Prinzen begegneten, sie wüssten, dass sie so nur auf einschlägige Zuhälter stießen, künftige Lamberts, die sich von den unbegabten Mädels holten, was sie hergaben, und die Hülle dann den Krähen vorwarfen.

Eine gewisse Zeit lang würde Marion es noch schaffen, gegenüber den kleinen dummen Zicken am Telefon die Entzückte zu spielen, eine Weile könnte sie sich noch von deren gefakten Markenhandtaschen beeindrucken lassen, lügen, dass sie das Zeug zum Model hätten und zur Madonna, dass sie schon so gut wie sicher Stars wären und Hollywood hinter der nächsten Ecke auf sie wartete und dass man für Probeaufnahmen für den Playboy nicht mehr brauchte als gute Haare und große Titten.

Als eine Pause im Kundenstrom entstand, packte Norma das Entsetzen. Der ukrainische Vorrat hätte für die besten Kundinnen aufgespart werden sollen, aber heute war die Lage außer Kontrolle geraten. Sie hatte Hausfrauen, die über verfilzte Strähnen klagten, Alopecia-Problemfällen, stillenden Müttern, die ihren Haarausfall beweinten, und Modebloggerinnen Termine gegeben. Sie hatte einer Tanzformation auf dem Weg zu den Sternen und einer Fitnessfanatikerin, die ihre Fettverbrennungsperiode intensivierte, Ukrainische versprochen. Sie hatte die richtigen Worte gefunden, auch wenn sie nicht die Sicherheit ihrer Mutter besaß und diese Haare für sie Abfall waren. Sie fühlte sich wie in einem leichten Schwips, der Turban drückte noch immer nicht. War ihrer Mutter das auch so leicht von der Hand gegangen? Ihr hatte ihre Mutter nicht helfen können und sich hilflos gefühlt. Hier aber hatten ihre Hände aus grauen Mäuschen Prinzessinnen gezaubert, und sie war vielen eine Hilfe gewesen. Allmählich verstand Norma die gute Laune ihrer Mutter nach Feierabend. Sie selbst stellte dasselbe jetzt bei sich fest. Der Vorrat war komplett reserviert gewesen, bevor sie auch nur begriffen hatte, was sie tat.

Sie hatte den ganzen Tag Termine eingetragen und somit die Einträge ihrer Mutter fortgeführt. Die Hand, die den Stift gehalten hatte, war fest geblieben. Inzwischen konnte sie bereits die Handschrift ihrer Mutter ansehen wie die einer beliebigen anderen Person und las die von ihr notierten Termine nicht mehr wie Todesanzeigen. Von Weihnachten an zierte der Stift ihrer Mutter das Buch, und ab Februar waren immer mehr Frauen auf die Straßen Helsinkis geströmt, die Normas Haare trugen, Frauen wie die, mit denen sie heute gesprochen hatte. Keine hatte gefragt, woher die Haare kamen. Sie wollten nur den Preis wissen und ob die Haare, die mit Tape oder Kleber befestigt werden sollten, ukrainische waren.

Norma hatte sich die Kundinnen wie Paten vom Plan Kinderhilfswerk vorgestellt, die sich von ihren Patenkindern Schulfotos und Briefe über Lernfortschritte wünschten und wussten, für welchen Zweck und für wen ihr Geld verwendet wurde, aber nein. Für diese Frauen war das Haar, das man ihnen an den Kopf klebte, eine unpersönliche, gesichtslose Masse, und sie wollten nicht wissen, wem sie gehört hatten. Sie wollten nicht wissen, dass eine andere Frau mit diesen Locken geliebt, getobt, gehofft, geweint und geträumt hatte, sie machten sich höchstens Sorgen über Läuse oder Krankheiten. Marion hatte das hervorgehoben, als sie Norma in die Geheimnisse des Frisiersalons eingeweiht und damit Bestürzung bei ihr ausgelöst hatte. Kein einziges Insekt würde die Behandlung der Haare überleben, bei der die Fabrikarbeiterinnen Atemschutzmasken tragen mussten, und trotzdem bereiteten den Kundinnen nur die Läuse Sorgen, nicht die Herkunft der Haare. Dabei achteten diese Frauen darauf, dass ihr Rührei von frei laufenden Hühnern stammte, und lasen jede Packungsbeilage ganz genau. Diese Logik verstand Norma nicht, und sie hatte nicht übel Lust gehabt, entsprechend zu kontern, als die erste Kundin ihre Besorgnis über die Hygiene der Haare geäußert hatte. Es war ihr wie eine persönliche Beleidigung vorgekommen, es hatte Selbstdisziplin gekostet, das zu schlucken, und Norma hielt es für einen Erfolg, darüber hinweggegangen zu sein. Sie war zu dieser Arbeit fähig und erläuterte inzwischen bereits souverän nach Marions Anweisungen, dass Haarzauber sein Rohmaterial nur von Händlern bezog, die einen Hygienenachweis vorlegen konnten.

Norma erschrak auch nicht mehr vor Frauen, deren Blicke sich auf das Schaufenster des Salons hefteten. Marion hatte dort Ukrainische drapiert, und die Mädchen, die sie anstarrten, sahen sich selbst schon als die hottesten Schönheiten im Club aufschlagen, sahen die Likes in den sozialen Medien, die neuen Follower. Mittlerweile schmeichelten Norma die verzückten Blicke, sie zählte, wie viele Passanten ihr jeden Tag in die Falle gingen, und war enttäuscht, wenn zu große Unterbrechungen im Strom der Fans entstanden. Vielleicht hatte Elizabeth Siddal das Gleiche empfunden, als sie vor den Künstlern, die um sie wetteiferten, posierte. Vor ihrer Karriere als Model war sie im Hutladen von Mary Totzer angestellt gewesen. Ms Totzer wollte Verkäuferinnen haben, die Kundschaft anzogen, und Elizabeth mit ihren kupfernen Locken hatte genau das getan.

Alvars Telefon klingelte. Sein Gesicht blieb ausdruckslos, aber er ging sofort dran, stand auf und trat ans Fenster des Kabinetts. Marion packte weiter die Unterlagen ein und versuchte zuzuhören. Alvars Gemurmel verriet nichts. Das Telefonat endete mit einer Grimasse, die an einen Hund erinnerte, der einen Hasen witterte und auf die Erlaubnis wartete, sich auf die Beute zu stürzen.

»In Normas Wohnung ist etwas gefunden worden«, sagte Alvar.

Marion legte die Mappen auf den Tisch zurück. Die Köter hatten die Wohnung der Kleinen schon einmal durchsucht, und das war vergebens gewesen, ahnte sie. Man teilte ihr nicht mehr alles mit und würde ihr so eine wichtige Sache nicht ohne Hintergedanken verraten. Entweder war es dem Klan egal, wie glaubwürdig sie in den Augen der Kleinen war, wie gut sie in der Lage wäre, sie anzulügen, oder er hoffte, die Neuigkeit werde sie nervös machen, die Kleine würde es merken und selbst nervös werden. Menschen, die nervös waren, machten Fehler.

»Du hast beim letzten Mal nicht erzählt, was in der Wohnung gefunden wurde.«

»Nichts Wesentliches im Vergleich zu dem Salat, den wir hier haben.«

»Wie soll ich etwas herausfinden, wenn man mir ständig Informationen vorenthält? Wie stellt ihr euch das vor?«

Das Meer vor dem Fenster geriet in Marions Augen ins Schwanken. Sie hatte verloren. Die Gewissheit breitete sich in den Gliedern aus wie das Wasser, das sie sich auf die Manschette geschüttet hatte. Sie stellte das Glas wieder hin. Die Bluse hatte sie am Morgen gebügelt, jetzt fühlte sie sich an wie ein schmutziger Putzlappen und sah auch so aus. Einer der Köter hatte sich an etwas vergriffen, das sie als Erste in die Hände hätte bekommen sollen, und das nur, weil sie sich in dem Glauben gewiegt hatte, dass es bei Norma ebenso wenig zu holen gab wie bei Anita. Sie hätte der Kleinen selbst während des Tages den Schlüssel stibitzen und sich in der Wohnung umsehen sollen. Oder sie hätte sich gleich nach Anitas Tod bei ihr den Ersatzschlüssel für Normas Wohnung schnappen können. Sie hatte zahlreiche Gelegenheiten gehabt, das zu erledigen, und dann wäre sie den anderen einen Schritt voraus gewesen. Sie hatte aber nichts getan, weil sie Angst gehabt hatte, erwischt zu werden. Die Kleine hätte überraschend nach Hause kommen oder mitten am Tag ihren Schlüssel suchen können. Einer der Köter hätte in der Wohnung sein können, als sie versuchte, hineinzuschleichen. Sie war eine fürchterliche Memme, und zwar bei den falschesten Gelegenheiten.

»Die Wohnung ist billig eingerichtet und sauber, zu sauber. Geschrubbt. In den Schränken steht Bleichmittel und sonst nicht viel. Das Gegenteil zu Anitas Wohnung. Ein fürchterlicher Haufen Scopoderm und Cyclizin. Marzine. Scopolamin«, sagte Alvar.

Es wirkte wie ein Schlag in Marions Magengrube.

»Für die Klärung dieser Katastrophe hat das Tablettensortiment des Mädchens wahrscheinlich keine Bedeutung. Für den Spaßgebrauch ist die Auswahl allerdings ungewöhnlich, oder die Kleine ist eine multiple Substanzkonsumentin der härten Sorte, aber dann müssten auch noch andere Sachen zum Arsenal gehören.«

»Alles frei verkäuflich?«

»Ja, hauptsächlich gegen Reiseübelkeit. Nicht das gleiche Zeug wie der gute ›alte Hauch des Teufels‹ aus dem Engelstrompetenbaum. Darum habe ich nichts erzählt. Ich dachte nur an dich.«

Nach dem Cartagena-Urlaub oder eigentlich seit der Besprechung, bei der über Albiinos Schicksal befunden worden war, hatten sie nicht mehr über Albiino gesprochen. Alla hatte die Umsetzung des Plans gemanagt, und Marion hatte Allas Anweisungen befolgt. Sie war sich nicht einmal sicher gewesen, ob Alvar die Einzelheiten gekannt hatte, jetzt wusste sie, dass er informiert gewesen war. Lambert fand den »Hauch des Teufels« genial. Es war der einzige Stoff, der jeden zum willenlosen Zombie machte, bereit, jedem Befehl zu gehorchen, und dennoch sah der Mensch nach außen hin vollkommen normal aus. Als Albiino mitten in den Beratungen ihre Margarita auf dem Tisch abgestellt hatte und mit einem unbekannten Mann davongegangen war, hatte Marion nicht verstanden, was passierte. Albiino war einfach mitgegangen, scheinbar freiwillig. Die Pillen, die in Normas Wohnung gefunden worden waren, hatten natürlich nichts mit Albiino zu tun. Sie musste Albiino vergessen. Ihre Schwäche, ihre Unfähigkeit zu vergessen, hatte Alvar veranlasst, ihr Dinge zu verschweigen. Ihr Bruder hatte geglaubt, der seltsame Zufall mit dem Scopolamin würde bei ihr die Vorstellung auslösen, dass er wie Lambert wäre, ein heimtückisch stichelnder Tyrann.

»Bestimmt kann man damit auch jemanden k.o. setzen. Das Bewusstsein kriegst du mit allem Möglichen weg, wenn die Menge stimmt. Aber warum sollte Norma jemanden k.o. setzen wollen? Oder Anita. Vielleicht gehören sie Anita? Warum hätte sie nicht üblicheren Stoff wählen sollen? Es gibt ja genug«, sagte Alvar. »Fällt dir ein Grund ein?«

Marion füllte ihr Glas. Das Wasser hatte einen sonderbaren Beigeschmack. Blut. Sie hatte sich auf die Zunge gebissen.

»Du konzentrierst dich nicht. Fürs Erste reicht es Lambert, dass du einen gewissen Kontakt zu der Kleinen hergestellt hast. Noch müssen alle Möglichkeiten offen, alle Fallen bereit, alle Haken unter der Wasseroberfläche gehalten werden. Früher oder später schnappt die Kleine nach einem Köder, wir wissen nur noch nicht, nach welchem. Darum hast du noch Zeit, geborgte Zeit, und du musst auf dem Laufenden bleiben, denn wir haben einen kleinen Durchbruch geschafft. Rate mal, was im Biomüll der Kleinen war? Ein halbes Bündel zottiges Haar, ukrainisches. Länge und Farbe stimmen, die Qualität ebenfalls.«

Die Baumfrösche zirpten dermaßen in Marions Ohren, dass sie Alvars Stimme kaum hörte. Die Kleine wusste von Anitas Business, die Kleine wusste, woher das Haar kam.

SECHS

Wir haben Reijo und Lambert beim Tanzen kennengelernt. Helena hatte gerade aufgehört zu singen und kam von der Bühne, als Lambert schwungvoll vor sie trat. Auf Helenas Wangen zeigten sich Pfingstrosen, und Lambert nannte sie Stern. Bis zu Marions Geburt nannte er sie so. Dann hörte es auf, wie auch Helenas Engagements aufhörten.

2.3.2013

In Schweden fehlte uns der Mut, die Fabrik und die Gemeinschaft der finnischen Gastarbeiter zu verlassen, obwohl wir es hätten tun sollen, und der gleiche Mangel an Mut sorgte dafür, dass wir uns bei Reijo und Lambert einhakten. Die beiden stammten aus derselben Gemeinde wie wir, sie erinnerten sich an Helenas Eltern und an den Naakka-Hof, aber zu Hause waren sie uns nicht aufgefallen, sie waren Söhne von Trunkenbolden aus armen Verhältnissen. In Schweden hatten sie eine Metamorphose durchlaufen, waren zu Welteroberern geworden, zu aufregenden Geschäftsmännern. Markku hatte seinen Namen gegen die internationale Variante Max getauscht, die Welt stand ihnen offen, und wenn wir mitkämen, würde das auch für uns gelten.

Unsere Hochzeiten waren klein, wie damals üblich, und ohne Verwandte. Unsere Eltern hätten die Männer, für die wir uns entschieden hatten, ebenso wenig akzeptiert wie unseren Entschluss, nach Schweden zu gehen. Für Helena und mich waren es große Schritte, mit denen wir uns vom Dorf Naakka loslösten. Dass die Geschäfte unserer frisch angetrauten Ehemänner auf zwielichtigen Machenschaften beruhten, durchschauten wir nicht, wir waren blauäugig und verliebt. Als uns schließlich dämmerte, was da vor sich ging, war Helena bereits Mutter eines Kindes. Wir bildeten uns ein, Reijo und Lambert hätten wegen ihres schlechten Umgangs Dummheiten gemacht, und gaben ihren falschen Freunden die Schuld. Wir würden unsere Männer schon wieder auf den rechten Weg führen, und die Gründung einer Familie würde uns dabei helfen. So sah es zunächst auch aus. Wenige Jahre später erwartete Helena ihr zweites Kind, und Lambert sprach von einer Rückkehr nach Finnland. Er wollte seinem Leben eine neue Richtung geben, und Helena glaubte ihm. Eine Zeit lang benahm sich Lambert mustergültig, besorgte Helena und den Kindern eine Wohnung im Helsinkier Stadtteil Laajasalo, half beim Umzug und versprach nachzukommen. Mit seinen Worten steckte er Reijo an. Das Gespann versicherte uns, es sei nicht gut, Kinder in einer Umgebung großzuziehen, in der die Finnen einen schlechten Ruf hätten und man sich schämen müsse, Finnisch zu sprechen. Im Nachhinein betrachtet war das geschwindelt. Sie hatten einfach geschäftliche Probleme in Schweden, die Gläubiger waren hinter ihnen her, sie wollten ihre Angelegenheiten ohne lamentierende Frauen und quengelnde Kinder regeln. Wir waren zum Klotz am Bein für sie geworden.

Helena ermunterte mich, auch nach Helsinki zu kommen. Sie wirkte zufrieden mit ihrem Leben dort. Die Aussicht auf eine Familie in friedlicherer Umgebung, ohne Reijos und Lamberts dubiose Bekannte, gefiel mir. Ich nahm mir vor, mir ein paar Wohnungen anzusehen, wenn ich Helena das nächste Mal besuchte. Überraschenderweise kündigtest du während dieser Reise dein Kommen an.

4.3.2013

Als du geboren wurdest, war klar, dass ich Reijo Ross loswerden musste. Von der Klinik aus rief ich Helena an und erfand eine Geschichte über Reijos neues Flittchen. Das genügte. Helena brachte mir Geld, begleitete uns zum Bahnhof und versprach, unser Reiseziel nicht zu verraten. Ich hatte keine andere Wahl als das Naakka-Haus, wohin ich ohne Mann und ohne Geld, nur mit einem Bündel auf dem Arm zurückkehrte. Meine Mutter begrüßte uns mit den Worten, aha, der Fluch von Naakka kehrt zurück.

Im Lauf der Jahre war ich oft nah daran, wieder wegzugehen. Ich sparte sogar dafür. Doch ein ums andere Mal kniff ich. Die abgelegene, waldreiche Gegend war sicher, tagsüber konnte ich auf dich aufpassen, es waren keine Beobachter in der Nähe, nur meine Mutter, und an ihrer Aufmerksamkeit hatte die Zeit bereits genagt. Erst als du aufs Gymnasium gingst, fing ich ernsthaft an, den Umzug zu planen. Ich dachte, dass du nun stark genug wärst, dass du die Vorsichtsmaßnahmen gut genug beherrschtest und von den Gefahren dieser Welt mehr verstandst als ich damals bei meinem Umzug nach Schweden. Ich hatte dort aus reiner Dummheit und Unerfahrenheit schlechte Entscheidungen getroffen. Reijo war eine davon. Ich hoffe, du eiferst mir darin nicht nach.

Reijo ist vor zehn Jahren in Thailand bei einem Bootsunfall ums Leben gekommen, und als ich das hörte, seufzte ich vor Erleichterung auf. Was immer mir auch zustieße, du würdest diesen Mann nicht mehr auf eigene Faust suchen können. Das wäre nämlich der Anfang deines Untergangs gewesen. Reijo hatte eindeutig Ähnlichkeit mit dem Vater der Geschwister Sutherland. Dieser war auf die Idee gekommen, Konzerte seiner Töchter zu vermarkten, wodurch sie plötzlich zum Phänomen wurden, aber nicht wegen der Musik, sondern wegen ihrer Haare. Alle wollten sie und ihre Locken sehen, die man die Niagarafälle nannte, sie sollten im Theater auftreten, mit dem Zirkus auf Tournee gehen und sich in die Schaufenster von Kaufhäusern setzen. Hurrarufe, Applaus, Bewunderung, Titelfoto der Cosmopolitan und die erste Seite der New York Times.

Ich bin nicht sicher, ob du der Verzückung widerstehen könntest, die den Sutherlands entgegenschlug, dem plötzlichen Reichtum und den damit verbundenen Begleiterscheinungen. Wenn eine meiner Kundinnen beim Betrachten ihrer Haare, die von dir stammen, begeistert aufseufzt, muss ich immer an jene Geschwister denken. Ihre Kindheit erinnert mich an unsere Jahre im Naakka-Haus. Ihre Mutter massierte ihnen übel riechendes Liniment in die Kopfhaut, wahrscheinlich in der Hoffnung, es würde das Haarwachstum verlangsamen, und die Mädchen wurden wegen des schlechten Geruchs geärgert. Vielleicht inspirierte das ihren Papa zu weiteren Heldentaten: Er erfand Haarwuchsmittel, die mit den Bildern seiner Töchter teuer verkauft wurden. Damit sprengte er die Bank. Mit den Elixieren und dem Kopfhautreiniger der Geschwister Sutherland baute er sich ein Gutshaus mit Marmorbädern und europäischen Möbeln.

Auf Tournee blieben sie unter sich und konnten ihre Andersartigkeit abseits der Bühne gut verheimlichen, abgesehen von kleinen Zwischenfällen. Mary Sutherland bekam Wahnsinnsanfälle, weswegen sie zwischenzeitlich weggesperrt wurde, und ich hatte den Verdacht, dass ihre Haare die Ursache waren. Nach Naomi Sutherlands Tod wollten die Geschwister ihren Leichnam daheim aufbewahren und weckten damit die Aufmerksamkeit der Behörden. Also behaupteten sie, dass die Errichtung des Familienmausoleums so lange dauern würde. Nur zwei von ihnen heirateten, und das auch erst, nachdem sie das fruchtbarste Alter überschritten hatten. Das war klug, aber die auserkorenen Ehemänner waren fürchterlich: Morphinisten, Abenteurer und Zirkusgesellen. Sie stürzten die Schwestern dann auch ins Verderben. Ihre letzten Lebensjahre verbrachten die Sutherlands abgeschieden in ihrem verfallenen Gutshaus, in Armut und heulend vor Liebeskummer. Sie hätten glücklicher sein können, wenn sie in ihrem alten Holzhaus geblieben wären. Das Schicksal von Elizabeth Siddal war nicht viel besser, auch wenn die Künstler, die sie als Muse unterhielten, nicht solche Schwindler waren wie die Kanaillen, die sich um die Sutherland-Geschwister scharten. Eine wie du kann sich nicht auf ehrliche Liebe verlassen.

Bei den Sutherlands wie bei Elizabeth zogen die Männer aus den Haaren ihren Nutzen, und darum bin ich schockiert über all das, was Marion mir über die Haarbranche erzählt hat. Die Evolution hat die Frauen kein bisschen vorangebracht. Die Geschwister Sutherland lebten in einer Zeit, in der der Wirkungsbereich der Frauen auf ihr Zuhause beschränkt war. Für ihren Erfolg brauchten sie Männer aus dem Zirkusgeschäft. Heute haben wir Frauen die gleichen Rechte, die gleichen Möglichkeiten wie die Männer und streichen trotzdem keine Gewinne ein. Wir liefern nur das Material für die verschiedenen Zweige des Schönheitsgewerbes, wir geben unsere Arbeitskraft, unser Gesicht, unsere Haare, unsere Gebärmutter, unsere Brüste, und nach wie vor stecken sich Männer die Scheine, die sie dafür bekommen, in die eigenen Taschen. Sie führen, sie besitzen oder kaufen sofort jedes Unternehmen, das auch nur den geringsten Erfolg aufweist. Lambert und Reijo haben immer nur

Geschäfte gemacht, die auf dem beruhten, was Frauen zu bieten haben. In Schweden brachten sie Starlets auf die Bühne und machten damit später auf den Kanaren weiter. Danach verkauften sie in Thailand Junggesellenreisen und billige Potenzmittel. Nach Reijos Bootsunfall hatte Lambert von Thailand wohl die Nase voll, er ging nach Russland und fand dort Alla sowie eine Branche, die auf neuen Träumen beruhte. Was für eine Ironie des Schicksals, dass ausgerechnet ich eine Tochter wie dich bekommen habe und dann über Lambert im Haarhandel gelandet bin!

6.3.2013

Helena dachte oft daran, Lambert zu verlassen, und ich unterstützte sie dabei, so gut ich konnte, aber jedes Mal, wenn sich ihre Entscheidung festigte, kam Lambert nach Finnland, spielte kurz den vorbildlichen Vater und Ehemann, schwor, bald für immer zurückzukommen, und verschwand wieder. Als Alvar allmählich ins schulpflichtige Alter kam, verfiel Lambert auf die Idee, dass die Kanarischen Inseln große Chancen böten. Dorthin strömten inzwischen finnische Touristen in Scharen, für die wiederum finnische Lokale eröffnet wurden. Es bestand Bedarf an Unterhaltung, und in der Beziehung war Lambert Profi. Er beschloss, ein Restaurant auf den Kanaren aufzumachen und darin die prächtigste Bühne von allen zu etablieren. Sie wäre ausschließlich für Helena reserviert. Die Kinder müssten nur noch ein bisschen größer werden, dann könne Helena nachkommen und dürfe jeden Abend singen.

Helena glaubte Lamberts Geschwätz, bis sie einen Anruf von einer alten Bekannten aus Schweden erhielt. Diese hatte auf den Kanaren Urlaub gemacht und Lamberts Lokal besucht. Es gab dort einen neuen Star mit dem Künstlernamen Ann-Helen, und mit ihr habe Lambert ein intimes Verhältnis. Helena brach völlig zusammen.

9.3.2013

Oft habe ich deine Haare entsorgt, indem ich sie verbrannte. Ich hielt das für eine unbedenkliche Methode, bis es dir eines Morgens so schlecht ging, dass Oma eine Kohlenmonoxidvergiftung vermutete. Auch ihr war übel, und mir tat der Kopf weh. Am Abend zuvor hatte ich Haare von dir in den Ofen geworfen, nun kam mir der Gedanke, dass es da einen Zusammenhang geben könnte. Deine Haare waren stärker geworden und hatten angefangen, ihren eigenen Willen zu entwickeln. Wenn du zornig warst, kostete es Kraft, sie zu schneiden, und nachts wachtest du von sonderbaren Albträumen auf. Darin erlebtest du Abenteuer in Amul, wie du den Ort nanntest, und in Gegenden, die du aus Chaplin-Filmen kanntest. Einmal versuchtest du mir zu erklären, dass du im Traum mit einer Frau gespielt hattest, die wir im Fernsehen in einem Dokumentarfilm über Chicago und die große Wirtschaftskrise gesehen hatten.

Ich unterließ es, deine Haare zu verbrennen, und sofort hörten die schlechten Träume auf. Später überraschte dich Oma einmal dabei, als du selbst versuchtest, sie anzuzünden. Du bekamst dafür eine Abreibung, aber ich fing damals an, hin und wieder eine Pfeife zu rauchen.

Das Leben im Naakka-Haus war hart, und Oma war streng, was den Alkohol betraf. Sie kannte die Verkäuferin im Alko, darum wusste ich, dass sie es erfahren würde, wenn ich eine Flasche Wein kaufte.

Mit den Pfeifen war es einfacher. Die beruhigten. Alles schien in Ordnung zu kommen, ich bekam Selbstvertrauen, und das brauchte auch Helena nach jenem schicksalhaften Telefongespräch. Ich erfuhr durch Marion von Lamberts Betrug. Sie rief mich aufgebracht an und bat mich zu kommen. Die Nachbarn beschwerten sich über das nächtliche Heulen. Helena weinte pausenlos.

Der Anblick, der mir bei Helena begegnete, war trostlos. Ich stopfte ihr eine Pfeife. Sie schlief sofort ein.

Ich besuchte Helena, sooft es ging, auch wenn es kompliziert war, denn ich konnte dich nicht einfach bei Oma lassen. Hätte sie von unserem Geheimnis erfahren, wärst du wahrscheinlich »aus Versehen« in den Brunnen gefallen und ertrunken, denn so ging man im Dorf mit Andersartigkeit um. Nächte im Hotel konnten wir uns nicht leisten, und ich wagte es auch nicht, dich nach Laajasalo mitzunehmen, weil ich befürchtete, Helena würde deine Haare als den Stoff erkennen, den sie rauchte. Solange ich bei ihr zu Besuch war, gingst du mit einem Kindermädchen in den Park oder in den Zoo.

Zwischen meinen Besuchen schickte ich Helena regelmäßig etwas zum Rauchen, und das half offenbar. Die Kinder fragten nicht, warum sie plötzlich Pfeife rauchte. Es genügte ihnen, dass Helena schlafen konnte und mit dem ständigen Weinen aufhörte. Ich hätte wissen müssen, dass sie wenig vertrug und schon nach einem Glas Wein unterm Tisch lag, aber ich konnte ihr nicht anders helfen, und von professioneller Hilfe sprach man damals noch nicht.

Marion hielt mich über Helenas Zustand auf dem Laufenden. Sie war ein Teenager und alt genug, um sich um Alvar und den Haushalt zu kümmern, so gut es eben ging. Lambert ließ nicht mehr viel von sich hören, manchmal schickte er seiner Familie ein Telegramm, manchmal eine Postkarte, manchmal auch Geld. Nachdem Helena das Telefon kaputt gemacht hatte, rief mich Marion von der Telefonzelle aus an. Das war auch die Zeit, von der an Helena ihrer eigenen Wege ging. Einmal wurde sie von der Polizei nach Hause gebracht. Sie hatte plötzlich ein Baby aus einem Kinderwagen gerissen und ihm ein Wiegenlied gesummt. Schließlich hatte Marion genug. Sie wollte ihre Jugend nicht daran verschwenden, auf ihre Mutter aufzupassen, und kaum hatte sie ihren Freund kennengelernt, diesen Bergman, zog sie zu ihm. Ich besuchte sie einmal in ihrem neuen Zuhause und ahnte gleich, dass dort bald kleine Füße über den neu gekauften Teppich tappen würden.

Ein halbes Jahr später wollte Lamberts neue Frau heiraten und Lambert sich von Helena scheiden lassen. Vor dem tragischen Ereignis rief mich Marion an und erzählte mir, Helena führe Selbstgespräche, klopfe mit der Pfeife auf den Tisch, scheine die ganze Zeit etwas zu suchen und schüttele wütend die Umschläge der Briefe, die ich ihr geschickt hätte. Ich begriff sofort, was los war. Sie hatte Entzugserscheinungen. Umgehend traf ich Vorbereitungen für einen Besuch bei ihr, aber zuvor schickte ich ihr eine Portion, und zwar eine große.

Das war der größte Fehler meines Lebens.

Als der erste Journalist auf dem Naakka-Hof vorfuhr, jätete Oma gerade Unkraut im Karottenbeet, und der Fotograf fing an zu knipsen, bevor sie noch begriffen hatte, was los war. Durchs gekippte Küchenfenster sah ich, wie ihr der Mund offen stand, und ich hörte, wie sie Nein sagte. Nein, das ist nicht möglich, sagte sie immer wieder. Der Journalist begriff, dass er als Erster an der Quelle war, er bemühte sich, kein triumphierendes Gesicht zu machen, als er mich ausfragte. Die Nachbarn in Laajasalo hatten ihm von Helenas bester Freundin erzählt, mit der sie mehrere Jahre in Göteborg verbracht habe. Von da an läutete das Telefon in einem fort. Freunde aus Schweden meldeten sich und erinnerten sich an Situationen, in denen sie geahnt hatten, dass etwas nicht stimmte. Sogar Reijo versuchte mich zu erreichen, aber irgendwann zog Oma den Stecker aus der Telefonbuchse.

Der Bericht über Elli Naakka, die entsetzte Frau aus dem Dorf, kam in der Abendzeitung. Aber das war erst der Anfang. Die Presse stürzte sich so ungestüm auf das Aas, wie es keine Kreatur fertiggebracht hätte. Oma ließ sich jedoch kein zweites Mal überraschen, sie verscheuchte alle Ankömmlinge zusammen mit Turre, dem Hund, und ich vermied es, ins Dorf zu gehen. Ich hatte Angst, Helenas Symptome könnten als Entzugserscheinungen verstanden werden, die Polizei würde ihre Wohnung durchsuchen, dann wäre ich dran, würde dich verlieren und du würdest entdeckt werden. Mir machten höchst lebendige Horrorvorstellungen zu schaffen, obwohl ich vorsichtig gewesen war. Nie hatte ich den Absender auf die Briefe geschrieben, und bei der Adresse hatte ich mich immer um eine möglichst nicht zu identifizierende Schrift bemüht. Beim Einpacken der Sendungen hatte ich sogar Handschuhe getragen. Ich hatte wohl geahnt, dass etwas passieren würde.

Helenas religiöse Verwandtschaft gab weder Drogen noch einer psychischen Erkrankung die Schuld, sondern dem Teufel. Es kamen Prediger, und sogar ein Exorzist schaute vorbei. Helenas ganzer Stammbaum wurde nach Vorfahren durchforstet, die sich erhängt oder ertränkt hatten oder vom Alkohol dahingerafft worden waren. Jedes unglückliche Schicksal bewies die latente Besessenheit von bösen Geistern in der Sippe. Auch Helenas ehemalige Lehrerin wurde befragt, und diese erzählte prompt, Helena habe schon immer etwas Sonderbares an sich gehabt. Alle Schulkameraden von früher hatten eine Geschichte über eine seltsame Begegnung mit Helena auf Lager. Kinder wagten sich nicht mehr allein in die Schule, denn angeblich lauerte auf dem Schulweg die irre Helena. Die Gerüchteküche brodelte, und als Nächstes wurde Helena als Hure beschimpft. Man hatte Mitleid mit Lambert, und bald wurde behauptet, Helena habe sich schon als Kind hinter dem Genossenschaftsladen Männern angeboten.

Nach Helenas Einweisung wurde Alvar zu den Großeltern gebracht. Er musste hinter verschlossenen Türen schlafen, man suchte Anzeichen von Helena an ihm, und im Dorf wurde er verprügelt. Ich besuchte ihn ein paarmal und werde nie vergessen, wie er sich an meine Beine klammerte und immer wieder sagte, ruf Papa an. Aber ich konnte es nicht, nicht diesen Mann. Später gelang es Alvar, abzuhauen und auf eigene Faust nach Schweden zu kommen. Erst im Zusammenhang mit Lamberts Geschäften kehrte er wieder nach Finnland zurück.

Als ich ihm in Kuopio begegnete, spürte ich, dass meine jahrelangen Sorgen unnötig gewesen waren. Er war ein vernünftiger junger Mann geworden, und dafür war ich ungeheuer dankbar. Auf der Rückfahrt nach Helsinki redeten wir über die alten Zeiten, und Alvar erzählte, Helena habe sich in der größten Verzweiflung Haare abgeschnitten und versucht, sie zu rauchen. Tag und Nacht habe sie auf Post gewartet, vor dem Briefschlitz gelegen und die letzten Partikel aus den Umschlägen geleckt. Alvar hatte geglaubt, es sei Haschisch gewesen. Er dankte mir grinsend für seine ersten Kiffs und wollte wissen, mit was für einer Sorte ich da eigentlich gedealt hätte. Der Stoff sei anders gewesen als alles, was ihm später untergekommen wäre.

Von Marion erzählte er, sie habe inzwischen ein paar längere Beziehungen und eine Katze gehabt und viel in Stockholm gefeiert. Nach Finnland sei sie zurückgekehrt, weil Lambert ihr einen eigenen

Frisörsalon gekauft habe. Es schien, als hätte sie endlich ihr inneres Gleichgewicht gefunden, ihren Platz auf der Welt. Ich zögerte, nach Kindern zu fragen, aber schließlich fasste ich Mut. Alvar schwieg lange. Dann sagte er, Marion glaube, dass Helena in einer Hinsicht recht gehabt habe: Sie sei nicht zur Mutter geboren. Manchmal, in betrunkenem Zustand, habe sie sogar gesagt, sie könne alles ertragen, nur nicht, dass ihr eigenes Kind so werde wie Helena. Dieses Risiko werde sie nicht eingehen. Auch das ist meine Schuld. Ich habe Helena in den Abgrund gestoßen. Alles, was danach passiert ist, liegt allein in meiner Verantwortung.

10.3.2013

Auf den Balkonmord von Laajasalo stößt man immer wieder einmal, wenn die Schmutzpresse alte Skandale ausgräbt. Der Fall ist nicht aus dem Bewusstsein der Leute verschwunden. Eine Kundin aus dem Salon kam auf Helena zu sprechen, als sie auf ihrem Smartphone die neuesten Einträge auf mord.info las. Ich merkte, wie Marion blass wurde, und flüsterte ihr zu, ich würde mit dem Färben weitermachen.

Die Frau war eine von denen, die Mordgeschichten als Hobby hatten, und glaubte typischerweise, die Wahrheit zu kennen. Für eine Expertin hielt sie sich aber, weil sie zufällig mit Helena im selben Haus gewohnt hatte. Sie hatte Helena singen gehört und kannte Leute, die Helena gesehen hatten, als sie zum letzten Mal auf dem Balkon stand. Besagter Balkon war zur Sehenswürdigkeit für Mordtouristen geworden, was sich inzwischen sogar nachteilig auf den Wert der Immobilie ausgewirkt hatte. Die Frau flüsterte, ihr sei es jedoch gelungen, ihre Wohnung an ein Ausländerehepaar zu verkaufen, das von dem Fall noch nichts gehört hatte. Am liebsten hätte ich mich auf diese Aaskrähe gestürzt. Anderthalb Stunden lang war ich gezwungen, mir ihre Mutmaßungen anzuhören, wie es wohl den Kindern ergangen sei, dass man ja von Scheidung gemunkelt habe, von anderen Frauen, und dass so etwas jede Frau verrückt machen könne. Sie war sicher, dass eigentlich Lambert das Opfer hätte sein sollen.

Ich tippte darauf, dass Helena sicherstellen wollte, dass es keine Kontinuität in ihrer Familie gab. Die Tat war ihre Art, dafür zu sorgen. Eva hatte von ähnlichen Tragödien berichtet, und ihr Standpunkt war eindeutig: Man soll die Möglichkeit des Wahnsinns nicht auf die Kinder übertragen. Auch wenn die Disposition für Schizophrenie nur mit zehnprozentiger Wahrscheinlichkeit vererbt wird, merke ich Marion an, dass sie sich deswegen grämt.

Dir würde es unter Umständen wie Helena ergehen, wenn dein Geheimnis enthüllt würde oder wenn du Kinder bekämst, die so wären wie du. Die Risiken deines Lebens haben nicht nur damit zu tun, dass du in die Mühlen der Schönheitsindustrie geraten würdest, wenn sie dich entdeckten, und dass Geschäftsleute, Investoren, Forscher und eine Horde von Ärzten hinter dir herrennen würden. Die eigentliche Gefahr besteht im unberechenbaren Verhalten deiner Haare. Wenn bestimmte Wirkungen, die sie hervorrufen können, bekannt werden, bist du für Haarfärbereklame nicht mehr zu gebrauchen, nicht für die Titelseiten von Modemagazinen, nicht als Flaggschiff für neue Haarprodukte, so wie es die Geschwister Sutherland gewesen sind. Dann kannst du keine Muse wie Elizabeth werden, kein unglücklicher Star wie sie und die Sutherlands. Stattdessen kommst du ins Gefängnis, in die Irrenanstalt oder in eine andere Einrichtung für gefährliche Personen. Man wird das Haus, in dem du wohnst, fotografieren, und die Aasgeier werden erneut den Weg zum Naakka-Hof finden. Die Produzenten von Freak-Formaten werden aus allen Ecken und Enden ins Land strömen und beschließen, ihr Stück in traditioneller Landschaft zu filmen, mit Straßen, die von Birken gesäumt sind, mit einem Bauernhof. Eine ganze Bande von Forschern wird sich mit dem Genotyp der Naakka-Sippe beschäftigen. In den Dörfern ringsum leben nur noch alte Leute, aber die werden seltsame Dinge über die Naakkas und die übertrieben fürsorgliche Mutter erzählen, die ihre Tochter nicht allein herumlaufen und nicht an Klassenfahrten, Landschulheimaufenthalten und am Konfirmandenunterricht teilnehmen ließ. Jeder wird eine Geschichte beisteuern, niemand kann fünfzehn Minuten im Rampenlicht widerstehen.

SIEBEN

Ich ließ Helenas Familie alles durchmachen, wovor mir graute. Das ist Evas Schuld. Hätte ich gewusst, welche Wirkung deine Haare haben können, wäre Helena vielleicht nicht krank geworden. Sie hätte höchstens wegen Lambert einen Nervenzusammenbruch erlitten, hätte sich davon erholt und ein neues Leben angefangen. Marion hätte eine Familie und würde jetzt ihre persönlichen Boomjahre durchleben, zwischen Job und Kinderhobbys hin- und herrennen. Und ich wäre bloß jemand, der betrunken am Steuer eines Autos gesessen hat und, nachdem er jemanden überfahren hat, nachschaut, wie es der Familie des Opfers geht, in der Hoffnung, nicht erwischt zu werden.

Als Norma am Morgen den Salon betrat, lehnte ein Unbekannter am Türrahmen zum Hinterzimmer. Er lächelte, als hätte er auf sie gewartet. Norma erstarrte. Marion hatte keine Besucher angekündigt.

»Du musst Anitas Tochter sein«, sagte der Mann und hob zum Gruß die dampfende Kaffeetasse.

Norma schloss für einen Moment die Augen. Der Mann war groß und dünn, gefährlich. Dieses Gefühl ging nicht weg, sondern wurde stärker, und die Haare im Turban fingen an zu kribbeln. Das konnte allerdings auch von den Haarschachteln kommen, die seltsamerweise wieder auf die Theke zurückgekehrt waren. Sie hatte sie am Vorabend Marion gegeben und gesehen, wie diese sie geleert, die Haare ins Hinterzimmer gebracht und die Verpackung weggeworfen hatte. Jemand hatte Pappe und Zellophan aus dem Müll gefischt und die Haare neu eingepackt, vielleicht dieser Mann.

»Schöner Name, selten für eine Finnin.«

»Als um die Hand meiner Mutter angehalten wurde, lief im Radio gerade die Oper, die so heißt«, entgegnete Norma und begriff im selben Augenblick, dass der Mann Marions Bruder sein musste, Alvar, der Sohn der irren Helena. Geschwister hatten immer etwas gemeinsam, und Haare des Mannes mussten an Mutters oder Marions Kleidern gehangen haben. Darum kannte Norma den Geruch. Sie hatte den Mann intuitiv mit Helena in Verbindung gebracht. Ein bestimmter Ton, in dem über sie geredet wurde, ging nie weg. Dieser Ton, die Worte, gewisse Blicke – das Gefühl, dass Gefahr in der Luft lag, kam daher. Jetzt hatte sie sich eines ähnlichen Verhaltens schuldig gemacht, und vor Scham wurde ihre Zunge klebrig. Wäre Helena ihre Mutter gewesen, würde sie niemanden sehen wollen, der sich an den Fall Helena erinnerte, und schon gar nicht einem Menschen begegnen, der an Helenas Schicksal schuld war. Normas Zustand besserte sich auch nicht dadurch, dass Alvar davon nichts wusste. Sie wusste es, das reichte.

»Mein Beileid, wir alle mochten Anita«, sagte der Mann und half Norma, draußen auf den Stufen Platz zu nehmen, wie einer Dame, die im Begriff war, ohnmächtig zu werden, und für die man eine Parkbank oder den Ausgang suchen muss. Im nächsten Moment tauchten vor Norma ein Glas Wasser, eine Packung Papiertaschentücher und frisch gebrühter Kaffee auf. Der Mann benutzte das Haarwachs *Rockaholic Punk Out* von TIGI und Rasierwasser von Burberry, man roch Wermut und Zeder heraus. Er hatte am Vortag getrunken, wenn auch nicht viel, etwas Asiatisches gegessen, Kaffirlimette, Ingwer, Zimt, Äpfel und reichlich Multivitamintabletten. Spuren von Benzodiazepinen, vielleicht zwei Wochen alt, sonst keine Medikamente, keine Drogen, keine Testosteronpräparate. Und ein Hund. Der Mann hatte einen Schäferhund.

»Hat Marion etwas zu ihrem Namen gesagt? Helena hörte immer Marion Rung, wenn sie Heimweh hatte, damals in Schweden. Kennst du die Sängerin? Eine von den Finnhit-Frauen, ›Tipi-tii‹ und ›El Bimbo‹«, sagte Alvar. »Aber ich habe ganz vergessen, mich vorzustellen. Alvar,

Marions Bruder. Ich habe schon viel Gutes über dich gehört. Du hast die Beerdigung verlassen, bevor ich mein Beileid aussprechen konnte.«

Normas schwitzende Hand verschwand schlaff und schuldig in Alvars kräftigem Händedruck. Bei der Beerdigung hatte sie eine verstopfte Nase gehabt, außerdem war sie von den Benzos und dem Scopolamin durcheinander gewesen, weil sie sich eingebildet hatte, die Mischung helfe ihr, die Zeremonie zu überstehen. Sie konnte sich nicht erinnern, Alvar gesehen zu haben, und griff nach der Kaffeetasse, um die Antwort zu umgehen.

»Wir würden dich gern bitten, uns mit diesen Schachteln ein bisschen zu helfen. Marion hat erzählt, du hättest vor zwei Tagen in Anitas Post einen Paketzettel gefunden und beim Abholen der Sendung gemeint, sie gehöre uns.«

Norma spürte, wie sich ihr Turban löste, die Haarschuppen sich öffneten und Ameisen über die Kopfhaut liefen. Sie hatte das Ganze nicht zu Ende gedacht. Als Marion die Schachteln in die Hände bekam, hatten ihre Haarwurzeln vor Begeisterung gezuckt, und ein Lächeln war über ihr Gesicht gehuscht, aber unangenehme Fragen hatte Marion nicht gestellt. Sie hatte die ungenaue Erklärung zu dem mystischen Postpaket hingenommen, als wäre sie völlig unnötig, und Norma hatte sich vorgestellt, das Thema später mit Marion zu besprechen, deren Feinfühligkeit vollkommen war, wenn es um Normas Mutter ging. Sie hatte nicht befürchtet, gleich am nächsten Morgen von jemandem angegangen zu werden. Marion war Helenas Tochter und von denselben Gerüchten und neugierigen Blicken betroffen, dennoch fehlte ihr das Gefühl für die Gefahr.

»Anita hat wohl mal erzählt, dass ihre Schwester oder

Kusine aus der Ukraine stammt, oder so«, sagte der Mann.
»Die Schachteln kommen also von dort?«

»Genau.«

»Die ursprüngliche Verpackung und der Paketschein fehlen.«

»Ich habe sie weggeworfen.«

»Wir wollen nur ihre Kontaktdaten.«

»Die habe ich nicht.«

Norma konnte gerade noch das Grinsen aufschnappen, das kurz im Mundwinkel des Mannes aufschien.

»Wir machen es so. Du hilfst uns, indem du uns die Kontaktdaten gibst, und bekommst dafür in Zukunft einen Anteil am Verkauf.«

Der Mann nahm die Haare aus einer Schachtel. Norma drehte sich der Magen um. Die Locke, die sich aus ihrem Turban gelöst hatte, wellte und streckte sich, und Norma spürte die Berührung des Mannes an der eigenen Wirbelsäule, wie seine Finger durch die Haare aus der Schachtel fuhren, sie mit langen Zügen kämmten. Als er sich einen Bund ums Handgelenk schlang, war es, als hätte sich seine Handfläche auf Normas Nacken und seine Fingerspitzen auf ihren Hals gelegt. Das war eine Sinnestäuschung, vom Schock erzeugt, aber es fühlte sich nicht würgend an, sondern erinnerte an eine Zärtlichkeit.

»Zwanzig Prozent. Anita zuliebe.«

Norma lehnte sich an die Hauswand, der Putz stach ihr beruhigend in den Rücken, und es gelang ihr, die Zigaretten aus der Tasche ihres Kleides zu ziehen. Der Mann gab ihr Feuer. Er war einer von denen, die Türen aufhielten, Stühle anboten, Getränke spendierten und sich um die Mäntel der Frauen kümmerten. Dennoch ging das Gefühl von Gefahr nicht weg, und obwohl es blieb, ermattete Alvars krimineller Geruch, sein Dopaminspiegel war nicht der eines Mannes, der zu Gewalt neigte, nichts an ihm roch nach Wahnsinn, er benahm sich nicht wirr, sah nicht so aus, als würde er jeden Moment ein Beil unter der Jacke hervorziehen. Vielleicht las sie die Gefahr deshalb, weil sie in der Nacht von den Pfeifen erfahren hatte, von ihrem Anteil an Helenas Zustand. Ohne sie wäre Helena nicht in den Abgrund gestürzt, sondern hätte sich von der Scheidung erholt und ihr Leben vielleicht nach und nach wieder in den Griff bekommen. Sie hätte die Kinder behalten und die Kinder hätten bei ihrer Mutter bleiben dürfen. Marion hätte eine Familie. Nun verstand Norma die Worte ihrer Mutter auf dem Video auf neue Art. Ihre Mutter hatte Helena all die Jahre aus einem Schuldgefühl heraus besucht, nicht nur aus Freundschaft, und mit diesem Schuldgefühl hatte sie jahrzehntelang gelebt.

Der Mann trat näher und bedauerte erneut, sie so kurz nach Anitas Tod mit solchen Dingen belästigen zu müssen. Norma versuchte, seinem Blick auszuweichen. Es gelang ihr nicht. Ihr Gesicht glühte, die Blutzirkulation konzentrierte sich auf die Kopfhaut und die Nase, und Norma war sicher, der Mann merkte, dass sie an ihn als den Sohn der irren Helena dachte, er war Experte auf diesem Gebiet, so wie es Norma bei den Haaren war, und ihr Blick ging zum Himmel zu den Balkonen am Haus gegenüber und zurück auf den Asphalt, zum Teppichklopfgestell, zu Autoreifen, Hoffenstern, zu den Technikerinnen des Nagelstudios und auf deren Fesseln. Sie hatte sich schlecht auf ihre Lügen vorbereitet.

»Hörst du mir überhaupt zu? Du siehst aus wie ein Reh im Scheinwerferlicht.«

Der Mann schnippte mit den Fingern. Norma fuhr zusammen.

»Wir können dir helfen, die Kontaktdaten zu finden. Hatte Anita noch andere Handys?«

Die Stimme des Mannes, seine ruhige, vernünftige Stimme, fühlte sich an wie eine kühle Quelle an einem heißen Tag und sorgte bei Norma für einen klaren Kopf. Ihr umherschweifender Blick hielt bei einem Kaugummi inne, der auf dem Asphalt klebte. Der Mann hatte den Verdacht, dass ihre Mutter mehr als ein Handy besaß. Warum? Hatte sie welche versteckt, so wie sie das Video als Kuvert mit dem Ersatzschlüssel getarnt und im Blumenladen hinterlegt hatte? Norma verstand die Zusammenhänge nicht. Die Kontaktdaten der Ukrainer konnten nicht so wichtig sein, dass sie Lambert dazu veranlasst hatten, sie zu verfolgen, und Alvar dazu, ihr im Salon aufzulauern, wenn die Männer nicht ahnten, wie es sich tatsächlich verhielt, und das konnte unmöglich der Fall sein.

»Es wird alles in Ordnung kommen, sobald wir die Informationen haben. Wir können das meinetwegen morgen besprechen. Ich komme am Abend vorbei«, sagte der Mann und blickte auf die Uhr. Als er Norma mit leichtem Griff am Ellenbogen wieder hineinführte, verstand sie, dass er es gewohnt war, mit Menschen umzugehen wie ein Frisör mit Haaren.

Die weibliche Stimme des Navis gab Fahranweisungen, die Radiosender wechselten im Flug, Nachrichten, Wetterbericht, Werbung und Musik bildeten einen Potpourri-Klangteppich, der ihre Augen zucken ließ. Viel Schlaf würde sie nicht abbekommen, sie wären erst am Morgen wieder in Helsinki. Marion wünschte sich, Lambert, der von einem Sender zum anderen wechselte, würde sich mehr aufs Fahren konzentrieren.

»Alvar scheint Kontakt zu dem Mädchen bekommen zu haben«, sagte Lambert. »Manchmal hat er so einen Zugang, einen magischen.«

»Norma hat nichts gestohlen. Man braucht sie nicht zu behandeln wie eine Diebin.«

»Wie Albiino, oder wie? Wir brauchen nicht weiter darüber zu reden. Deinen Nerven zuliebe.«

Marion starrte auf die tote Biene auf dem Armaturenbrett. Lambert hatte sein Auto am Rand von Hämeenlinna geparkt, wo die Köter einen anderen Wagen für ihn bereitgestellt hatten, mit dem die Fahrt nun weiterging. Normalerweise ließ Lambert seine Männer die schmutzige Arbeit erledigen, aber jetzt wollte er den Fall selbst übernehmen und nur Marion dabeihaben. Damit sie etwas lernt, hatte er gesagt. Zu Lamberts Thesen gehörte es, dass ein guter Chef bisweilen selbst zum Spaten griff. Nur so konnte er verhindern, dass er den Preis und den Wert des Erfolgs nicht aus den Augen verlor.

»Wenn wir da sind, kochen wir dir einen Kaffee, das wird dich ein bisschen aufmuntern«, versprach Lambert und fing an zu summen. Er war gut gelaunt, zu gut.

Die Mittsommerwoche hatte die Leute schon in den Urlaub geführt, die Wohngegend mit den Einfamilienhäusern wirkte menschenleer. Zwischen den Häusern, die im Rausch der Hochkonjunktur entstanden waren, verwilderten Grundstücke, die nie bebaut werden würden. Den älteren Bestand repräsentierte ein Laden, in dessen Fenster noch immer die vom Wetter zerfressenen Klebefolien aus der Zeit hingen, als Handelsketten und Megamärkte noch nicht den Tod der Dorfläden ankündigten. Marion hatte damals abends den Föhn blasen lassen, damit sie die Streitereien der Eltern nicht hörte, und für ihren Beruf geübt, indem sie Alvar und Helena die Haare schnitt, weil sie sich Frisörbesuche nicht leisten konnten.

Lambert parkte den Wagen hinter einem Kiosk, der geschlossen war. Weidenröschen eroberten den Parkplatz, die Kioskfenster waren mit Sperrholzplatten vernagelt. Marion stieg aus, um sich die Beine zu vertreten, und horchte. Es herrschte ungebrochene Stille. Sie verschmolzen mit dem Zwielicht der Sommernacht wie Fische im nährstoffreichen Wasser. Niemand würde sie sehen.

»Wieder mal gute Arbeit von Lasse. Ich habe die neuen Listen bekommen«, sagte Lambert. Er überquerte zwei zugewachsene Grundstücke, blieb stehen, um sich Kristians Pflanzbeet anzusehen, knipste einen Schnittlauchstängel ab und steckte ihn sich in den Mund. Am unteren Rand des Drosselnetzes war etwas hängen geblieben, vielleicht ein Vogel, vielleicht ein Igel. Marion richtete den Blick auf das Trampolin und den Badezuber. Sie konnte sich nicht erinnern, was sich die Leute für Sachen in den Garten gestellt hatten, als sie noch Kind war. Sie hatten keine Freunde gehabt, die in ihren eigenen Gärten auf eigenen kleinen Spielplätzen spielten. Marion hielt die Rocksäume in den Händen, die Nesseln brachten die Knöchel zum Brennen. Ihr fehlte Lamberts freches Selbstbewusstsein, sie behielt die Nachbarhäuser im Auge. Deren Fenster blieben schwarz, es regte sich nichts.

»Du musst die Erdbeeren probieren!«

Lambert wischte sich mit dem Taschentuch über die Mundwinkel.

»Lecker. Überstehen den Transport nicht, sonst könnte man ein paar pflücken und mitnehmen. Was meinst du, sollen wir Lasse einen kleinen Mittsommerbonus geben?«

Lambert drückte die Klinke der Hintertür. Sie war offen. Er schüttelte amüsiert den Kopf.

Kristian war vor dem Fernseher eingeschlafen. Auf dem Couchtisch stand eine leere Bierflasche neben einer halb aufgegessenen Grillwurst. Während Lambert den Hausherrn aufweckte, sah Marion in den Schlafzimmern nach, obwohl sie wusste, dass Frau und Kinder bei den Großeltern waren, denn die Köter hatten die Zeitpläne der Familie überprüft. Man hörte ein Poltern aus dem Wohnzimmer, die Flasche fiel herunter, die Stuhlbeine schrammten über den Fußboden, Kristian gab keinen Laut von sich. Marion spähte durch die offene Hälfte der Flügeltür. Lambert hatte das Licht angeschaltet und die Vorhänge zugezogen.

»Machst du mir ein Abendessen?«, rief er.

Marion suchte in der Küche nach Filtertüten und strich sich Kortison aus der Tube, die sie vor dem Radio entdeckt hatte, auf die brennenden Fußgelenke. Auf einem Zettel an der Kühlschranktür stand die Einkaufsliste der Woche, und der Kühlschrank war vollgepackt mit Mahlzeiten in praktischen Dosen: Kartoffelsalat, Fleischbällchen, Schweinegeschnetzeltes. Auf der Spüle stapelten sich leere Wurstpackungen neben einer Reihe Bierflaschen. Kristian hatte vermutlich vorgehabt, sie zu beseitigen, bevor seine Frau mit den Kindern von der Oma zurückkam. Hinter der Küche lag ein Haushaltsraum. Marion bekam Mitleid, als sie den Wäschetrockner, den Trockenschrank und die Reihe der Kinderfußballschuhe sah, aber der Zug war abgefahren, sie konnte nichts mehr am Verlauf der Ereignisse ändern. Kristian arbeitete für den Klan, weil er bei Lambert Schulden hatte. Kristian war kein Freiwilliger wie Lasse, und trotzdem hatte er angefangen, Schwierigkeiten zu machen. Marion schaltete das Radio ein, um nichts hören zu müssen.

Auf der Heimfahrt lächelte Lambert.

»Hast du daran gedacht, Proviant mitzunehmen?«

»Ich habe Brote gemacht.«

»Gut. Kaffee?«

»In der Thermoskanne.«

»Ich habe nichts Neues aus Kristian herausbekommen. Anita hat ihn gut bezahlt.«

Marion verstand das nicht. Sie hatte geglaubt, die Fahrt habe sie zu Kristian geführt, weil dieser aussteigen wollte.

»Alvar hat den Mitarbeitern der Agentur ein Foto von Anita gezeigt. Kristian hat sie erkannt, obwohl er zuerst versucht hat, es zu leugnen. Sie hätten keinerlei Kontakt zueinander haben sollen.«

»Warum hast du mir das nicht erzählt?«

»Wegen deiner Nerven.«

Marion warf einen Blick auf Lambert, seine Miene verriet nichts. Wenn Anita bei Kristian einen Alleingang unternommen hatte, hatte sie dann auch eigenmächtig weitere Mitarbeiter ausfindig gemacht? Vielleicht sogar unzufriedene Kunden der Agentur? Geld für Bestechung hatte Anita nicht gehabt, sie hätte einen ganzen Haufen Leihmütter, Spender oder Mitarbeiter der Firma ausgraben müssen. Marion sollte so schnell wie möglich bei Lasse vorbeigehen und nachschauen, ob alles in Ordnung war. Die Metallkassette war bei Lasse in Sicherheit, solange ihn niemand wegen irgendetwas verdächtigte.

»Wie ist die Frau überhaupt auf Kristian gekommen? Wer hatte Anita von den Aktivitäten der Agentur erzählt? Und warum?«

»Hast du sonst etwas herausgefunden?«

Marion erkannte ihre eigene Stimme nicht wieder. Sie war dünn wie ein Salzstreifen auf einem Winterstiefel und hob und senkte sich ungleichmäßig, aber Lambert schien nichts zu bemerken. Er summte zwischen seinen Überlegungen das gleiche Lied wie Helena früher bei Autofahrten. Alvar und sie hatten hinten gesessen und mit den Fingernägeln den Reif von den Fenstern des Volvos gekratzt. In Folie gewickelte Salamibrote. Das Lied. Streitereien.

»Kristian wusste nicht, für wen Anita arbeitete. Schauen wir mal, was passiert oder ob überhaupt etwas passiert. Vielleicht ist die Botschaft angekommen.«

Marion schloss die Augen, stellte sich schlafend. Zwei Tote waren eine ausreichend deutliche Botschaft, für wen auch immer. Das Lied ging ihr dennoch nicht aus dem Kopf. Der Fall Kristian würde nach Selbstmord aussehen oder nach einer Überdosis oder nach beidem. Als Lambert gesagt hatte, er sei fertig, hatte Marion nicht ins Wohnzimmer hineingeschaut. Sie konnte den Blick dort halten, wo er hingehörte. Sie erinnerte sich auch nicht, wie Bergman an jenem Abend ausgesehen hatte, tot, ein Messer in der Brust. Die deutlichen Erinnerungsbilder fehlten. Es gab nur Bruchstücke, Blutgeruch und das Gefühl, dass sich die Zähne lösten, die offene Balkontür, die weiß wehenden Vorhänge, die Lähmung. Sie erinnerte sich an kein einziges Geräusch. An Helenas Hände erinnerte sie sich, Hände, die nach der Pfeife tasteten, und an den Mund, der sich bewegte, als würde er sprechen, wahrscheinlich mit den gleichen Stimmen wie zuvor – mit Doktor Jackson, mit Alma, mit dem Kind, das irgendwo wartete, immer nur warten musste. Lambert hatte es nicht verhindert, als Alvar Helena zur Tür gezerrt hatte, sondern war auf der Stelle stehen geblieben wie eine Statue, hatte den Flachmann aus der Jacke seines Leinenanzugs hervorgeholt und Marion dann die Jacke gegeben. Die Milch war durch die Bluse gedrungen. Die blauen und roten Blinklichter hatten wie Blitze gezuckt. Nur blau und rot. Alles andere hatte der in die Nacht führende Tunnel verschluckt, ein schwarzes Loch, das sich immer mehr weitete.

Später hatte sie Alvar bei den Großeltern besucht. Er hatte versucht, sie am Aufbruch zu hindern, indem er ihre Stiefeletten versteckte, und auf der Dorfstraße war die Tochter der irren Helena in den von der Oma geliehenen Sonntagsschuhen von oben bis unten gemustert worden. Irgendein Junge hatte das Lied geträllert, ein anderer war mit dem Rad vorbeigefahren und hatte gerufen: Du Irre!

Damals hatte sie beschlossen, sich nie mehr zu verlieben. Sie würde die Krankheit der irren Helena nicht vererben, sie wollte keine weiteren Lamberts auf dieser Welt haben, für sie war es mit dieser Sippe vorbei.

Norma verstand nicht, was es mit dem Papier auf sich hatte, das auf dem Tisch lag, obwohl es die unangenehme Angelegenheit sein musste, über die Lambert auf dem Friedhof hatte reden wollen. Sie erkannte die Unterschrift ihrer Mutter. Daneben stand »Max Lambert«. Norma hatte die Schulden ihrer Mutter geerbt.

»Hast du dir schon überlegt, welche Zahlungsweise dir am besten passt?«, fragte Alvar.

»Meine Mutter hat sich nicht einmal Zucker von den Nachbarn ausgeborgt. Was hätte sie mit einer solchen Summe anfangen sollen?«

»Eine neue Niere für deine Oma kaufen.«

Norma drückte die Hand auf den Mund. Das Lachen war unbeabsichtigt, unpassend. Vor ihren Augen flimmerten noch immer die Nullen. Alvar drückte ihr ein Glas Rotwein in die Hand und bot ihr Feuer an, denn Norma hatte vergessen, sich ihre Zigarette anzuzünden. Weil sie eine Person spielen musste, die nichts zu verheimlichen hat, hatte sie nicht abgelehnt, als Alvar sich selbst eingeladen hatte. Lieber hätte sie ihn an einem öffentlichen Ort getroffen, aber jetzt verstand sie den Grund für den Besuch zu Hause. Alvar hatte geahnt, dass sein Anliegen Gefühlswallungen auslösen würde. Es war besser, solche Dinge vor den Augen anderer zu verbergen. Der Turban drückte wie ein Metallreif.

»Angeblich war nicht viel Zeit. Anita wollte das Ganze beschleunigen.«

»Wo hätte sie die so schnell herbekommen?«

»Sie war in Rumänien. Kaufte mit Alla Haare. Vielleicht dort. Zumindest sah sie, wie leicht arme Frauen ihre Haare verkaufen, oder eine Niere, oder was sonst gefragt ist.«

»Das ist illegal.«

»Not kennt kein Gebot. Wirst du die Aufgabe übernehmen?«

»Eine Niere? Nein.«

»Nicht einmal für deine liebe Oma?«

Alvar neigte den Kopf zur Seite, und Norma trat intuitiv einen Schritt zurück. Sie stieß gegen die Fensterbank. Ihre Mutter hatte Lambert angelogen. Omas Nieren waren in Ordnung, außerdem hätte Mutter so etwas nie für diese Frau getan. Jedes Wort über Elli Naakka auf den Videos war ein Beleg dafür, die Bitterkeit in der Stimme, die Falte zwischen den Augenbrauen. Auf solch irrsinnige Maßnahmen und Kredite hätte sie sich nur wegen Norma oder Helena eingelassen, für niemanden sonst.

»Wie du diesem Papier entnehmen kannst, wird die erste Rate im Juli fällig«, sagte Alvar.

Der Wind, der durchs offene Fenster kam, half Norma nicht, einen klaren Kopf zu bekommen. Die Ventilatoren, die sie vor dem Besuch aufgestellt hatte, nützten ebenfalls nichts. Wein und Zigarette machten es auch nicht besser. Es gab keine Lösung. Die Frist war zu kurz, um das Geld zu beschaffen. Die Nachlassaufstellung würde erst im August stattfinden und nicht mehr abwerfen als wertloses Inventar. Die Kaution für die Wohnung ihrer Mutter war zu niedrig, und per Schnellkredit bekam man keine solchen Summen. Bei den Banken brauchte man gar nicht erst nach einem Kredit zu fragen, deren wilde Jahre waren vorbei, und Norma war nicht kreditwürdig. Das war ihre eigene Schuld, ein Übel aus den Jahren, in denen sie haltlos gelebt hatte und der Ansicht gewesen war, aufgrund ihrer besonderen Eigenschaft stünde ihr alles Mögliche zu. Sie dachte nicht gern daran zurück, aber das war jetzt der Preis für jene Jahre. Lambert wusste wahrscheinlich über ihre Kreditwürdigkeit Bescheid. Wo liehen sich verzweifelte Menschen Geld? Bei Leuten wie Lambert.

»Irgendwie habe ich das Gefühl, dass du mir nicht richtig zuhörst«, meinte Alvar.

Norma steckte sich eine neue Zigarette an. Laut Alvar hatte ihre Mutter hundert Euro für einen Bund Haare bekommen. Sie wurden alle zwei Wochen an den Salon geliefert, zwanzig Pferdeschwänze auf einmal. Viertausend Euro im Monat, steuerfrei. Das war viel, aber nicht genug. Ihre Mutter hatte sich auf vollkommen willkürliche Kreditbedingungen und Zahlungsraten eingelassen.

»Eine Niere bekommt man für fünfzehntausend. Anita lieh sich hunderttausend. Ich glaubte, sie wollte Verwandten helfen, die in der gleichen Klemme saßen. Ursprünglich vertrieb sie ja auch die Haare wegen ihnen.«

»Sie hat mir nichts davon erzählt.«

»Vielleicht brauchen eure Verwandten mehr Geld, falls du nicht glaubst, dass der Kredit nur für die Niere bestimmt war. Und das glaubst du ja offenbar nicht.«

Alvar war nah an sie herangetreten, zu nah. Normas nervös hervordrängendes Lachen erstarb, Asche fiel auf den Teppich. Alvar bückte sich und wischte sie mit dem Taschentuch auf. Er log nicht, er sagte die Wahrheit, und Norma begriff, dass sie Angst hatte. Ihre Haarwurzeln ringelten sich wie Würmer auf heißem Asphalt, und sie spürte, wie ihre mit Mühe gewahrte Beherrschung bröckelte.

»Falls Anita nicht das ganze Geld benutzt hat, müsste fürs Erste noch genug da sein. Weißt du, wo es ist?«

»Nein. Das Konto meiner Mutter ist leer.«

»Lambert gibt sich bestimmt mit den Kontaktdaten der Ukrainer zufrieden. Danach ist der Fall erledigt, und du bekommst trotzdem zwanzig Prozent. Das ist ein außergewöhnlich fairer Deal, Anita zuliebe«, sagte Alvar. »Ich würde dir nicht empfehlen, nach den nächsten Flügen zu schauen. Du machst nämlich so ein Gesicht. Als Nächstes versuchst du zu heulen oder bietest an, mit mir ins Bett zu gehen.«

Noch bevor Alvar seinen Satz zu Ende gebracht hatte, lief Norma rot an.

»Und versuche nicht noch einmal, mich zu täuschen«, fügte Alvar hinzu. »Anita wird sich kaum aus dem Jenseits in die sozialen Medien eingeloggt haben. Was hast du dort getan? Hast du versucht, das Geld zu suchen, oder hast du deine ukrainischen Verwandten gewarnt? Du weißt, wo man sie findet, nicht wahr?«

Norma war erwischt worden. E-Mail. Messenger. Skype. Die Signaltöne des Postfachs. Die Facebook-Seite des Salons und die Suche in Anita Elizabeths verstopfter Mailbox. Sie war anschließend offline gegangen, hatte aber trotzdem Spuren hinterlassen. Gegen diese Leute würde sie nicht ankommen. Im Gegensatz zu ihr beherrschten die ihr Fach. Ihre Hand griff nach dem Turbanknoten. Er hielt.

»Ich weiß nichts von den Ukrainern. Ich kenne nur das Passwort für den Computer meiner Mutter«, hauchte Norma. »Sie hat mir keinen Abschiedsbrief hinterlassen. Ich musste nachsehen, ob sich auf ihrem Notebook eine Nachricht befand.«

Alvar grinste. Spitze Eckzähne. Ein-Tages-Bart. In den Poren der Sommer. Sie atmeten im gleichen Takt die gleiche Luft, und Norma hörte, wie auch ihr Puls den gleichen Rhythmus annahm.

»Kein schlechter Versuch!«, sagte Alvar und wischte einen Schweißtropfen von ihrer Nase. Norma sog Luft ein, trat zurück. Dann war der Moment vorbei. Sie war nahe daran gewesen, zu gestehen. Was war mit ihr los?

Alvar nahm eine Visitenkarte aus der Tasche.

»Ruf mich an, wenn etwas passiert.«

»Was zum Beispiel?«

»Was auch immer. Oder wenn du deine Meinung änderst.«

Nachdem Alvar gegangen war, kam ihr die Wohnung luftleer vor und enger. Norma musste hinaus. Die Mädchen unten im Nagelstudio machten gerade Feierabend. Sie grüßten sich nie, die Mädchen suchten nur mit dem Asphalt Blickkontakt. Sie würden ihr Schluchzen nicht sehen, und selbst wenn, würden sie nicht darauf reagieren. Sie lehnte die Stirn gegen das Treppengeländer, das im schattigen Hinterhof kühl geblieben war, atmete ruhig und hielt sich die Hände vor den Mund. Die Nagelstudios waren zur selben Zeit im Straßenbild aufgetaucht wie die Extensions-Salons und wurden von vietnamesischen Angestellten bevölkert. Man erkannte sie leicht, einschließlich des bitteren Aromas ihrer Angst. Sie hatten Angst vor ihrer Chefin, Norma hatte Angst vor ihren Gläubigern. Sie befanden sich auf einer Ebene, und keiner würde ihnen helfen.

Die Mülltonnen waren bereits geleert, die Nahrungsergänzungsmittel, die Norma hineingeworfen hatte, weg. Sie würde sich in der Apotheke neue kaufen, alle möglichen. Sie hatte Alvar versprochen, ihm in den gleichen Intervallen Haare zu liefern, wie ihre Mutter es getan hatte.

Alvar meinte, das reiche lediglich für die Zinsen. Nur gegen die Kontaktdaten der Ukrainer würde man ihr alles erlassen.

Lambert wischte sich die Himbeermarmelade aus den Mundwinkeln. Er hatte kurz vor Helsinki noch einen frischen Krapfen essen wollen, und an der Theke einer morgendlich stillen ABC-Tankstelle war sein Wunsch in Erfüllung gegangen. Er ließ die zerknüllte Serviette auf den Teller fallen und lächelte. Zwischen den Zähnen steckten Himbeerkerne.

»Arbeit macht hungrig. Du hättest auch einen nehmen sollen.«

Marion drehte ihre Kaffeetasse zwischen den Händen und schüttelte den Kopf. Zu Hause würde sie noch einmal den Saldo überprüfen. Das beruhigte. Sie würde zumindest wegkommen, noch einmal von vorne anfangen. Eine gute Frisörin fand immer Arbeit, auch wenn sie ohne die Ukrainischen nicht auf eine so lukrative Stelle hoffen konnte, wie sie ihr zustand. Darum zögerte sie es hinaus, hoffte immer noch, den Importeur vor Lambert ausfindig zu machen.

Lambert sammelte seine Sachen ein, schien sich dann an etwas zu erinnern und suchte in seinem Handy nach etwas.

»Das hier kam aus der Klinik in Bangkok.«

Marion traute sich nicht, auf das Display zu schauen, das Lambert ihr unter die Nase hielt. Vielleicht war diese

Geste ein Hinweis. Vielleicht interpretierte sie zu viel hinein und das alles hieß nichts. In der letzten Zeit hatten die Nachrichten von der Klinik in Bangkok für Marion nur schlechte Neuigkeiten bedeutet. Sie verstand immer noch nicht, wie es Anita gelungen war, in die geschlossene Abteilung zu gelangen, und warum sie Sonnenbrille und Hut abgenommen und sich so der Überwachungskamera ausgesetzt hatte. Vielleicht hatte sie dem Mädchen, das sie ausgefragt hatte, ihr Gesicht zeigen wollen, um vertrauenserweckend zu wirken.

»Schau hin!«, verlangte Lambert. »Mein Gott, Marion. Das ist nicht Anita.«

Marion nahm das Telefon in die Hand. Das Display zeigte die Kopie eines japanischen Passes.

»Was meinst du? Der Geschäftsmann Shiguto will ein weißes Kind, gern auch mehrere. Shigutos Bevollmächtigte hat eine Bestellung aufgegeben.«

»Wenn Zweifel bestehen, nehmen wir sie nicht an.«

»Der Mann hat in Bangkok Samen gespendet.«

»Und weiter?«

»Es ist alles bezahlt.«

»Was ist dann das Problem?«

»Nichts, vorläufig. Der Mann ist nur ziemlich jung. Zweiundzwanzig. Wie viele Kunden in dem Alter hatten wir bis jetzt? Alvar fiel nur der amerikanische Pädophile ein.«

»Der war doch gar nicht in unseren Kliniken.«

»Nein, und niemandem wäre der Mann überhaupt aufgefallen, wenn seine Schwester nicht herumtelefoniert und erzählt hätte, was es mit ihm auf sich hat.«

Marion erinnerte sich an den Fall. Weil sie von der Gleichgültigkeit der Behörden und Kliniken die Nase voll gehabt hatte, hatte die Schwester des Mannes Kontakt zu Journalisten aufgenommen. Dadurch hatte die Presse Lunte gerochen. Einem schwedischen Journalisten war es gelungen, sich als Kunde in eine nigerianische Kinderfarm einzuschleusen und mit einer im Rucksack versteckten Kamera alles zu dokumentieren. In Schweden wurde die Geschichte ein Skandal, und es war nur eine Frage der Zeit, wann der nächste Reporter das Gleiche versuchen würde. Darum erstatteten Lamberts Kooperationspartner genau Bericht, wenn jemand auch nur den geringsten Verdacht erregte. Und darum war Anita aufgeflogen. Alles wäre gut gegangen, hätte die Klinik in Bangkok Lambert nicht das Video der Überwachungskamera geschickt. Alles wäre gut gegangen, hätte man Anita nicht einen veralteten Überwachungskameraplan verkauft. Man hatte sie hereingelegt.

»Marion, mach ein Bild von der Kleinen, ohne das Kopftuch. Sieh zu, dass sie repräsentativ aussieht.«

Lambert schnappte sich sein Handy und stand auf. Noch immer glitzerte ein Streifen Zuckerkrümel auf seiner Unterlippe.

»Wozu?«

»Wir haben kein einziges Foto von ihr.«

Marion war nicht fähig, den Kaffee, den sie im Mund hatte, zu schlucken. Lambert suchte einen passenden Käufer für Norma und wollte, dass Marion es wusste.

Die Kleine wollte den Turban auch auf der Kosmetikliege nicht ablegen, und Marion war nahe daran, die Nerven zu verlieren. Aber das Vertrauen knospte gerade erst, sie durfte es nicht verspielen, auch wenn sie gegen die Uhr kämpfte. Dieser Abend war der erste, den sie zu zweit verbrachten, es schwirrten keine Kundinnen um sie herum, und das Telefon schwieg endlich auch. Marion hatte jeden Tag vorgeschlagen, nach der Arbeit etwas trinken zu gehen, aber die Kleine hatte immer behauptet, keine Zeit zu haben.

»Überleg dir das mit der Wimperntechnikschulung«, sagte Marion und ließ Kleber auf den Jadestein tropfen. »Die dauert nicht länger als einen Tag, und ich bin Ausbilderin mit Zertifikat. Wenn du die Wimpern machen würdest, hätte ich mehr Zeit für die Haarkundinnen.«

Norma atmete mit kurzen, heftigen Zügen. Sie war aus anderem Holz geschnitzt als Albiino. Die Beteuerung, dass die Theorie nicht mehr als ein paar kopierte Blätter umfasste, interessierte sie nicht, und eine kostenlose Wimpernbehandlung schon gar nicht. Zur Verlängerung war sie erst bereit gewesen, als Marion geblinzelt und daran erinnert hatte, dass in einem Frisörsalon die Wimpern stimmen mussten.

»In Zeiten, in denen die Arbeitsplätze knapp sind, schulen viele Frauen auf diese Branchen um. Haare, Nägel, Wimpern. Da ist die Marktlage gut, auch in der Wirtschaftskrise. Das ist der kleine Alltagsluxus«, fuhr Marion fort. »Alvar hat erzählt, dass du auch Haare liefern wirst, so wie Anita. Das ist eine gute Sache, die Kundinnen haben schon vermehrt danach gefragt.«

Keine Reaktion, kein Zucken der Lider. Ab und zu ging eine Hand zum Turban.

»Bei uns wird für die Wimpernverlängerung nur Kunstfaser oder Echthaar benutzt, niemals Mink. Denk daran. Tierschützer erkundigen sich nach so etwas.«

»Warum nimmt man es bei Haaren nicht so genau?«

»Weil es nichts mit Tierrechten zu tun hat. Da reichen Qualitätsklassifikation und Herkunftsland«, antwortete Marion. »Und wenn doch jemand fragt, erzählst du etwas von Hinduprinzessinnen.«

Die wenigen Kundinnen, die ein gewisses Interesse für die Herkunft ihrer neuen Haare aufbrachten, hatten einen Dokumentarfilm über Tempelhaare gesehen oder darüber in einer Zeitschrift gelesen. Darum waren sie bereit, für Great Lengths einen gesalzenen Preis zu bezahlen, weil sie sich einbildeten, damit gleichzeitig etwas Gutes zu tun. Die Firma begründete ihre Preisgestaltung mit ihrer ethischen Strategie, zu der gehörte, dass die Haare ausschließlich aus Tirumala Tirupati stammten, von Pilgern, die sie ohne Entschädigung hergaben. Das klang romantisch, und durch die Sache mit der Opferung wuchs der Firma ein Heiligenschein. Natürlich wurde nicht darüber gesprochen, was der Tempel mit seinen Einkünften machte oder wie viel die Pilger allein für den Frisör bezahlen mussten. Tirumala Tirupati war mit den kostenlosen Haaren reich geworden und hatte in seinem Vermögen längst den Vatikan überholt. Das mittlere Management steckte sich so viel wie möglich in die eigene Tasche, einen korrupteren Weg zu Gott musste man lange suchen.

Als die Arbeit fertig war, begutachtete die Kleine blinzelnd das Resultat, und Marion machte Fotos von ihr im Spiegel.

»Du hast den gleichen Gesichtsausdruck wie Anita. Niemand interessiert sich dafür, wo die Haare herkommen. Anita konnte das nicht fassen«, sagte Marion.

Anita hatte sogar versucht, die Kundinnen dazu zu bringen, sich nach dem Ursprung der Haare zu erkundigen, und die Haare erst in den Verkauf gegeben, als sie überzeugt davon war, dass keine unangenehmen Fragen kämen. Vielleicht überlegte sich die Kleine das Gleiche. Es war Zeit, direkt zur Sache zu kommen.

»Lambert ist bereit, für die Kontaktdaten der Ukrainer einen guten Preis zu bezahlen. Du könntest aufhören zu arbeiten, könntest reisen. Was auch immer.«

»Ich habe Alvar versprochen, Haare zu liefern.«

»Das reicht nicht. Anita hat einen großen Kredit aufgenommen.«

»Warum?«

Normas Mund klappte zu. Marion war sich nicht einmal sicher, ob die Kleine etwas gefragt hatte oder ob das nur Wunschdenken gewesen war. Hatte Norma etwas gefragt, dann bedeutete das, dass sie nicht glaubte, dass der Kredit an die ukrainische Mafia gegangen war, und das wiederum hieß, dass sie etwas wusste. Oder ahnte. Marion suchte Normas Blick. Die blieb stumm. Warum war ihr das Geld nicht gut genug? Wirkten Alvar und Lambert wie Männer, bei denen man Schulden haben sollte? Bezahlte sie jemanden für ihr Schweigen, oder lieferte sie jemand anderem Haare? Normas Kleider waren Dutzendware aus schwedischen Ketten, sie sah wenig begütert aus, und dennoch kam beim Thema Geld kein Leben in sie. Marion beschloss, eine Flasche Sekt aufzumachen.

»Reden wir ernsthaft miteinander«, sagte Marion und reichte Norma ein Glas. »Die Schönheitsbranche ist immer eine Branche der Frauen gewesen, in Form von Mikrofirmen, die man auch von zu Hause aus betreiben kann. Kapital braucht man so gut wie keins, aber sobald sich das Geschäft rentiert, wird es gekapert. Immer dasselbe, bei Frauen wie bei Farbigen. Zum Konsumieren sind wir gut genug, aber nicht zum Besitzen oder Reich werden. Die multinationalen Konzerne befinden sich in den Händen von Weißen und schlucken alles, Unilever, L'Oreal. Afrika haben sie schon unter Kontrolle, China und Indien kommen als Nächstes dran. Anita hasste das.«

Norma ergriff das Glas. Sie hörte genau zu.

»Klingt nach meiner Mutter.«

»Darum konnte Anita den Gedanken nicht ertragen, dass Lambert aus alldem einen Nutzen zog.«

»Ich habe nie kapiert, warum meine Mutter bei Lambert angefangen hat.«

»Eine Frau mittleren Alters hat nicht mehr so viele Möglichkeiten, und ohne Kapital kommt man schwer in Gang. Es sollte nur vorübergehend sein. Für die Zukunft hatten wir andere Pläne.«

Das stieß eindeutig auf Normas Interesse, sie schniefte mit der Nase. Für einen flüchtigen Augenblick fragte sich Marion, ob die Kleine als neue Geschäftspartnerin infrage käme. Würde sie das interessieren? Wäre sie wie Marion, die eine Freundin wie Anita gebraucht hatte, um dem Leben eine neue Richtung geben zu können, um die Welt mit anderen Augen zu sehen? Vielleicht. Aber würden ihre Nerven mitspielen? Marion beschloss, ein kleineres Risiko einzugehen und einen Teil zu erzählen, nicht mehr.

»Wir wollten einen eigenen Frisiersalon eröffnen. Dafür brauchte Anita den Kredit. Mit den Ukrainischen hätten wir einen super Start hingelegt.«

Die Kleine blinzelte mit ihren neuen Wimpern, als hätte sie etwas ins Auge bekommen.

»Wo ist das Geld?«

»In London. Anita brachte es dort zur Bank und leistete die Anzahlung für Geschäftsräume. Kein Lambert, nie mehr. Es war natürlich ein Geheimnis. Lambert lässt niemanden einfach so gehen.«

Marion griff nach ihrem Handy und zeigte auf dem Display ein Bild von der Bond Street, wo sie ihren Salon eröffnet hätten. Die Kleine schien sich nicht zu fragen, wie Anita eine solche Summe Bargeld einzahlen konnte. Sie kannte offensichtlich die Praxis in der Branche nicht. Marion seufzte.

»Wir könnten ihn zusammen eröffnen. Du und ich.«

»Ich muss Lambert den Kredit zurückzahlen.«

»Das machen wir, wenn wir den Salon haben.«

»Die erste Rate ...«

»Mach dir darüber keine Sorgen. Mir wird schon etwas einfallen.«

Marion nahm Normas Hand und drückte sie.

»Anita hätte Lambert die Ukrainischen nicht gegeben, niemals. Und du solltest das auch nicht tun. Du handelst vollkommen richtig. Versprich mir, dass du niemandem davon erzählst, oder ...«

»Was oder?«

»Oder mir ergeht es wie Anita.«

Norma lehnte die Stirn an die kühlen Kacheln im Bad. Ihr Kopf war schwer, der letzte Schnitt lag schon mehr als vier Stunden zurück. Sie zog eine Schere hervor und öffnete den Turban. Der Geruch, der am Stoff haftete, war so bitter, dass etwas nicht stimmen konnte. An der Schläfe sah man eine Locke. Marion hatte mit einer Wärme über ihre Mutter gesprochen, die für Freundinnen reserviert war, und sie glaubte auch nicht an Selbstmord. Vielleicht kannte Marion den Mörder und hatte Angst vor ihm. Sie hatte die Wahrheit über die Geschäftsgründung gesagt, aber bei der Bond Street gelogen, Norma konnte bloß nicht erraten, inwiefern genau. Vielleicht war das Geld dort, vielleicht aber auch nicht. Vielleicht wusste Marion nicht, wo es war, oder sie wollte es für sich allein haben.

Norma ließ Wasser laufen, um das Schneidegeräusch zu übertönen. Die abgeschnittenen Büschel fasste sie mit Gummiringen zusammen. Das mit dem Plan, ein eigenes Geschäft zu eröffnen, ergab keinen Sinn, obwohl es die Notwendigkeit des Kredits erklärt hätte. Ihre Mutter hatte von Normas grauen Haaren gewusst. Sie musste Marion angelogen haben, was den Grund für den Kredit betraf.

Nachdem sie die Bündel in einer Tüte verstaut hatte, war Norma so weit, sich weitere Informationen zu beschaffen und den Abend fortzusetzen. Sie verließ das Bad. Marion saß jedoch nicht mehr auf der Couch und nippte am Sektglas, sondern raschelte mit den in Zellophan verpackten Lieferungen, die an diesem Tag gekommen waren – Star Locks, Glamour, Dream Hair, Hair Gl'Amour, Simply Natural, Long Beyond, Delightful Hair –, und stapelte sie unsortiert aufeinander. Angeblich gab es bei einer Kundin einen Notfall, sie musste los.

»Wir machen morgen weiter, wo wir stehen geblieben sind.«

Marions Tonfall war jetzt ein anderer, der Schweiß auf ihren Schläfen kalt. Vor Norma hatte sie keine Angst, wohl aber vor dem Klan-Oberhaupt, das draußen auf sie wartete.

Als das Auto davongefahren war, nahm Norma die Bürste, die aus Marions Handtasche gefallen war, und hielt sie sich an die Nase. Die Angst, die Marion die ganze Zeit absonderte, hatte Anita an ihren letzten Tagen gefehlt, und sie steckte auch nicht in Marions alten Haaren, die Norma bei ihrer Mutter zu Hause gefunden hatte. Sie waren lediglich voller Stress gewesen. Hatte Lambert herausgefunden, dass seine beiden Angestellten planten, einen eigenen Salon zu eröffnen und möglicherweise hofften, dass die Ukrainischen nur noch dorthin geliefert würden? Aber wäre er zum Äußersten bereit, nur weil jemand weggehen und selbstständig werden wollte? Die Kameras in der U-Bahn-Station zeigten deutlich, dass Normas Mutter selbst auf die Gleise gesprungen war.

Nachdem Marion gesehen hatte, dass Lambert Kreditkarten in den Händen hin- und herdrehte, richtete sie den Blick auf die Kaffeetasse mit den Goldverzierungen, auf Allas russisches Porzellan. Sie hatte geglaubt, der Notfall habe mit Kunden der Agentur zu tun.

»Hast du diese Frauen irgendwann zusammen mit Anita gesehen? Sind das Kundinnen im Salon?«

Alvar legte zwei Fotos vor Marion hin.

»Sehen diese Tussis vielleicht wie Kundinnen aus?«, fragte er.

Lambert verpasste Marion eine Kopfnuss, und der Kaffee schwappte über. Sie wischte mit der Serviette über ihren Rock und hoffte, dass die anderen glaubten, ihre Blässe habe mit Lamberts Ausfälligkeit zu tun.

»Heute ist kein guter Tag für Spitzfindigkeiten. Sieh dir die Fotos an!«

Die Frauen waren in Anitas Alter und blond, so wie Anita. Marion hatte sie das erste Mal vor langer Zeit gesehen, als der Mädchenhandel in Kallio noch offen vonstattenging und die ganze Nacht hindurch Autos durch die Gegend fuhren. Die Essenspause des Duos war oft zusammengefallen mit Marions Feierabend, und sie hatten dieselbe Imbissstube besucht. Mit einem Mal waren die Frauen aus dem Straßenbild verschwunden, aber als sie wieder auftauchten, hörte Marion im Vorbeigehen ein Gespräch, aus dem sie schloss, dass die beiden im Gefängnis gewesen waren. Sie hatte sie für perfekte Lockvögel gehalten.

Die Entscheidung war hastig getroffen worden. Lambert hatte die Einräumung des Kredits so lange aufgeschoben, dass sie fast die Chance verpasst hätten, die ihnen die Reise nach Lagos bot. Der Klan kannte Leute, von denen man neue Identitäten bekam, Marion nicht. Die Straßenmädchen hatten einen Weg geboten, das Ganze rasch zu regeln. Für eine angemessene Summe waren sie bereit, auf ihren Namen Konten zu eröffnen und den Kredit in kleinen Summen einzuzahlen.

»Haben die irgendwas mit Anita zu tun?«, fragte Marion. »Ich habe sie noch nie gesehen.«

»In Anitas Tasche waren Karten mit den Namen dieser Frauen. Und sie haben Anita wiedererkannt«, antwortete Alla.

»Warum hat man mir das nicht früher gesagt?«

Lambert schmunzelte.

»Ich glaube nicht, dass sie eine andere Funktion hatten, als ihre Namen zur Verfügung zu stellen. Wir haben sie laufen lassen«, sage Alvar. »Auf den Konten war noch ein bisschen Geld, vermutlich von uns.«

»Werden damit die Schulden des Mädchens getilgt?«, fragte Marion.

Alla musste so lachen, dass sie das Feilen ihrer Nägel unterbrach.

Nachdem Anita gestorben war, hatte Marion eine der Frauen in Kallio auf der Straße gesehen. Sie hatte ihr nahegelegt, jetzt wäre der richtige Moment, um zu verschwinden, und ihr die Scheine, die sie in ihrer Handtasche hatte, in die Hand gedrückt. Den größten Teil des Geldes auf den Konten hatte Marion bereits ihren eigenen neuen Strohmännern überwiesen. Sie hatte geglaubt, damit wäre alles in Ordnung. Der Klan sollte keinen Kontakt zu dem Frauenduo haben, Drogen- und Mädchenhandel gehörten nicht zum Geschäft. Doch es kam anders. Einer von Lamberts Kötern hatte die Frauen in Kopenhagen aufgespürt. Marions Glückssträhne ging zu Ende, sie bewegte sich bereits auf dünnem Eis.

Vor der Halal-Metzgerei standen einige junge Immigranten herum. Bekannte Gesichter waren nicht darunter, trotzdem blieb Marion stehen und tat so, als würde sie etwas in ihrer Handtasche suchen. Dabei scannte sie noch einmal jedes Gesicht ab und schielte auf den Kundenstrom des Telekiosks und Haarflechtsalons nebenan. Seit Anitas Tod erschrak sie jedes Mal, wenn sie dunkelhaarige junge Leute sah, obwohl ihr klar war, dass niemand die Jungs mit ihr in Verbindung bringen würde. Lamberts Köter würden sich lediglich an die Hautfarbe der Jungen, die das Auto angegriffen hatten, erinnern können, nicht einmal an den, der Anita im Auto aufgelauert hatte und dessen Windschutzscheibe den ersten Schlag abbekommen hatte.

Folake glättete die Haare eines kleinen Mädchens, sonst waren keine Kundinnen da. Das Natriumhydroxid brachte die Kleine zwischenzeitlich dazu, die Nase zu rümpfen, ansonsten behielt sie ihr Lächeln bei und winkte Marion zu. Es würde schön sein, weil es gute Haare hatte. Das Mädchen war stolz und erzählte, es wäre bald sechs. Nachdem es sich oft genug die Kopfhaut verbrannt hatte, würde es einmal Marions Kundin werden können. Marion reichte Folake die Haarschachtel und fragte beiläufig, ob jemand hier gewesen sei und sich nach ihr oder den Jungen erkundigt habe.

Folake neigte den Kopf.

»Are you in trouble? You need help?«

Marion schüttelte den Kopf und winkte dem Mädchen beim Gehen. Auf der Straße tastete sie intuitiv noch einmal nach der linken Hosentasche. Sie war es gewohnt, Anita anzurufen, wenn sie nervös wurde, wenn die Aktivität des Klans etwas vermuten ließ, das Anita wissen wollte. Anita hatte immer eine Lösung parat gehabt, Anita war immer bereit gewesen, eine Entscheidung zu treffen, und zwar schnell. Jetzt musste Marion alles allein entscheiden. Sie hatte die Attacke organisiert, sich den ganzen Plan ausgedacht, Folake angerufen und gefragt, ob sie geeignete Jungs für einen kleinen Job kannte, hatte den zeitlichen Ablauf festgelegt und es geschafft, Anita an ihrem letzten Abend zu befreien. Die Baseballschläger hatten die Windschutzscheibe zerschlagen, der Köter, der Anita gefahren hatte, war gleich nach dem ersten Schlag aus dem Wagen gesprungen, beim dritten Schlag hatte Anita fliehen und sich im Strom der Menschen auf dem Weg zur U-Bahn-Station in Sicherheit bringen können, bevor die etwas weiter weg stehenden Köter ihr hatten folgen konnten.

Als das Projekthandy gepiept hatte, mit der Mitteilung, Anita sei geschnappt worden, hatte Marion vermutet, dass nicht Anita die Nachricht geschickt hatte, sondern Lambert, in dem Versuch, Anitas Komplizen hervorzulocken. Marion hatte die Nachricht beantwortet, als schöpfte sie keinen Verdacht, und ein Treffen vor dem Salon vorgeschlagen. Lambert hatte von Anitas Handy aus gesimst, ein anderer Ort wäre günstiger. Nein, besser nicht die gewohnten Abläufe verändern, hatte Marion erwidert. Anitas Projekthandy befand sich wahrscheinlich noch immer bei Lambert. Laut Marions Informationen war es nicht zusammen mit Anitas eigentlichem Telefon in deren Wohnung gebracht worden. Sie könnte das Spiel fortsetzen, Anitas Boss spielen, vielleicht sogar den Klan erpressen, ein Tauschgeschäft vorschlagen, ausprobieren, ob sie mehr Geld herausschlagen könnte. Der Gedanke war verlockend. Aber der Plan war wichtiger. Sie würde kein Risiko eingehen. Nicht mehr.

Später war Marion gefragt worden, was sie vor dem Fenster des Salons gesehen hatte. Vier farbige Jungs und einen Baseballschläger. Oder drei. Nein, sie glaubte nicht, die Jungs wiederzuerkennen. Nein, sie hatte sie nie zuvor gesehen, so glaubte sie jedenfalls, alles war so schnell gegangen. Sie hatte das Auto bemerkt, das vor dem Salon anhielt, mit Anita auf dem Beifahrersitz, und den Schläger, der die Windschutzscheibe zertrümmerte, und die Jungs, die das Auto weiter traktierten. Nein, Anita hatte nicht die Angewohnheit, sich mit Bekannten im Salon zu treffen. Nein, sie hatte keine Vorstellung davon, wen Anita an dem Morgen sehen wollte. Sie war ebenso verblüfft über den Verlauf der Ereignisse wie alle anderen. Sie wusste wirklich nicht, wie Anitas Boss so schnell in Erfahrung gebracht hatte, dass sie aufgeflogen war.

Sie hatte einen Baseballschläger und für Anita Geld im Schrank des Hinterzimmers bereitgehalten und geglaubt, Anita würde nach dem Angriff der Jungs in den Salon stürzen. Sie war darauf vorbereitet gewesen, Anita zu verteidigen, die Köter aufzuhalten und Anita durch die Hintertür des Salons zur Flucht zu verhelfen. Anita hätte ein Taxi nehmen, zum Hafen verschwinden, nach Stockholm oder Tallinn fahren können, wo man ohne Pass hinkam, Marion wäre gefolgt, aber nein. Anita war zur U-Bahn-Station gerannt, und den Grund dafür verstand Marion nicht – falls Anita sie nicht bis zum Schluss hatte schützen wollen.

ACHT

Seitdem Eva von ihrem Schicksal erzählt hat, frage ich mich, was ich täte, wenn man mich anrufen und mir sagen würde, dass du verhaftet worden bist. Blaulicht, Polizei, Paparazzi, der ganze Zirkus. Gütiger Gott. Ich könnte das nicht. Ich könnte dich nicht in so einer Anstalt besuchen, in der Helena jetzt ist. Dass du für Jahrzehnte in so einem Ort eingesperrt sein solltest, ist mir ein vollkommen unerträglicher Gedanke.

14.3.2013

Zwei Wochen vor der Tragödie fuhr ich nach Laajasalo. Ostern nahte, und weil Helena nichts für die Vorbereitung von Feiertagen übrighatte, beschloss ich, für Alvar einen Käsekuchen zu backen. Ich wollte gerade Zitronenschale reiben, als Helena plötzlich meinen Arm ergriff und fragte, wo der Zuckerhut sei, sie wolle helfen. Ihr Griff war fest, ihre Stimme höher als üblich und mit einem fremden Unterton. Ihre Augen waren vollkommen klar. Sie sagte, sie habe in New York die Birken vermisst und den Horizont. Eva sprach zu mir, durch Helena.

Zuerst glaubte ich, Helena habe Sinnestäuschungen. Wir hatten so viel über Eva gesprochen, dass es kein Wunder gewesen wäre, wenn sich Eva und ihre Welt in Helenas Vorstellung mit ihren anderen Stimmen vermischt hätten. Helena benahm sich jedoch wie eine andere. Nicht einmal der Gesichtsausdruck war der gleiche, geschweige denn der Tonfall, und sie zupfte an ihren Haaren wie du und behauptete, sie habe uns nach deiner Geburt in der Klinik besucht. Sie war gekommen, um ein Neugeborenes willkommen zu heißen, das wie sie war. Ich hatte geglaubt, der Geruch nach Zitrone und Bergamotte, der im Zimmer zurückblieb, stamme von einer fremden Person, aber es war Eva! Eva hatte den Duft von Shalimar hinterlassen! In Amerika hatte sie angefangen, es zu benutzen, als sie etwas brauchte, das Vertrauen in die Zukunft vermittelte, gerade so, als dufteten Zitronenschale und Kolonialwarenhandel in Finnland nach Hoffnung und Möglichkeiten, nach transatlantischen Reichtümern, die nur auf ihren neuen Eigentümer warteten. In New York hatten die gleichen Gerüche einen anderen Charakter gehabt, und das Leben hatte sich als etwas anderes entpuppt. Das Geld war knapp gewesen, Amerika hatte Beklemmung ausgelöst. Das ursprünglich als Gegenmittel zur Wirtschaftskrise kreierte Shalimar hatte Eva genau die Freude geschenkt, die sie gebraucht hatte. Es hatte nach fernen Ländern, unbekannten Kontinenten geduftet, nach Wegen, die man gehen konnte, sollte man in Amerika in eine Sackgasse geraten.

Nachdem Helena hinter Schloss und Riegel geraten war, hatte ich Evas Stimme jahrelang nicht gehört. Ich hörte auf, ihr Stoff für die Pfeife zu liefern, und stellte auch meinerseits den Gebrauch ein.

Als ich verstand, dass deine Oma bei Eva keine Hilfe sein würde, zog ich Evas Foto aus der Bibel heraus und brachte Helena eine Kopie davon ins Krankenhaus. Helena freute sich, sie hatte Eva vermisst. Beim nächsten Besuch riskierte ich es, Helena eine Pfeife zu geben. Ich tat es nicht leichtfertig. Die Tragödie konnte sich jedoch nicht wiederholen. Helena wurde genau überwacht, und ich hätte damit aufgehört, falls sich ihr Zustand verschlechtert hätte. Es wirkte jedoch sofort, und ihr Zustand besserte sich. Helena hatte früher schon von Alma und Juhani gesprochen, auch von einigen anderen Personen, aber sie gab auch sonst vieles von sich, das keinen Sinn und Verstand hatte. Erst mit den regelmäßigen Pfeifen wurden ihre Worte vernünftiger, es kam Ordnung in den Wirrwarr der Stimmen, und Eva konnte mir auf dem Umweg über Helena alles erzählen.

Mit der Zeit bekamen wir tagsüber Ausgang, und ich fuhr mit Helena und Alvar nach Kuopio, wo wir über den Markt schlenderten und Bankangelegenheiten erledigten. Helena sollte sich an das Leben nach der Klinik gewöhnen. Ich bin sehr zuversichtlich. Ich glaube, dass sie noch einmal auf freien Fuß kommen wird, vielleicht schon nach unserer Rückkehr aus Bangkok. Eva kann es kaum abwarten. Manchmal habe ich das Gefühl, dass sie Helena mehr mag als mich.

Mit Norma redete Eva nicht, aber mit Normas Mutter sehr wohl. Das konnte nur eines bedeuten: Den Frühling über war Anitas Kopf zerbröckelt wie eine Sandburg in der Sonne, und Norma hatte nichts bemerkt, nichts vom Betrug ihrer Mutter, nichts davon, dass sie den Weg des Wahnsinns eingeschlagen hatte. Vielleicht war beides auch identisch. Norma stieß mit dem Finger gegen das Foto neben dem Computer. Es fiel mit Evas Gesicht nach unten auf den Tisch, und Norma presste die Hand auf die pochende Brust, als versuchte sie eine Blutung zu stillen. Diese Videos würden ihr nicht bei ihren Problemen mit den Schulden helfen, sie lieferten keine Informationen darüber, wo sich das Geld für das Darlehen befand, keine Erklärung für Marions Angst und das seltsame Verhalten des Geschäftsmanns Lambert. Das Einzige, was sie darauf sehen konnte, war das langsame Abgleiten in den Wahnsinn.

Ein Teil der Videos war in der Wohnung ihrer Mutter aufgenommen worden, ein Teil in Hotelzimmern, die überall auf der Welt sein konnten. In einer Passage schimmerte ein Verdunklungsrollo hinter den dunkelblauen, zur Einrichtung passenden Vorhängen durch, in einer anderen drehte sich ein Deckenventilator. Manchmal lief die Kamera spät: Das Personal hatte bereits die Bettdecke für die Nacht zurückgeschlagen, eine Abendpraline aufs Kopfkissen gelegt, eine Flasche Wasser auf den Nachttisch gestellt und neben das Bett die Pantoffeln auf einem weißen Baumwolltuch. Ein Teil war morgens aufgenommen worden: Das Bett war benutzt, die Mutter trug Tagescreme auf und sprach dabei in die Kamera. In manchen Abschnitten lächelte sie jemanden an, obwohl sie mit Sicherheit allein im Zimmer war, und sah dabei wie ein fremder Mensch aus. Nichts an ihrem Verhalten oder an der Umgebung war jedoch wirr, nur das Gespräch mit Eva verriet die mentale Erschütterung. Normas Not nahm mit jedem Satz ihrer Mutter zu, jede begeisterte Erklärung ließ ihre Verzweiflung wachsen, bis die Panik ihr den Mund austrocknete. Die Veränderung, die sich zu Beginn des Frühlings bei ihrer Mutter vollzogen hatte, war deutlich: Die Stimme war entschlossener geworden, und die Müdigkeit, die seit ihrem Besuch bei Normas Oma mitgeschwungen hatte, war verschwunden. Sie war ein Mensch mit einer Aufgabe, und diese Aufgabe sah man in ihren Augen. Die Mutter schaute wie eine Soldatin, in strammer Haltung. Über Geld sprach sie nicht.

15.3.2013

Letzten Winter befahl mir Eva, zur gleichen Zeit wie Alvar in die Psychiatrie Niuvanniemi zu fahren. Dort sollten wir uns wie zufällig treffen. Zuerst begriff ich nicht, worum es ging, und nachdem Eva von ihrem Plan erzählt hatte, glaubte ich nicht, dass er Erfolg haben würde, aber Eva verstand mehr von Lamberts Geschäften als ich. Sie hatte bei Alvar die Erwerbsquellen des Klans gerochen und wusste, wie man sich diese zunutze machen könnte. Alvar war dabei behilflich, ohne es zu wissen, denn bei seinem Besuch in Niuvanniemi bildete er sich ein, dass Helenas Geisteszustand sich verbesserte. Einmal umarmte Eva ihn versuchshalber und versetzte ihm damit einen schlimmen Schrecken. Er fragte die Ärzte, ob Helenas Medikation verändert worden sei. Dabei verursachten das die Pfeifen. Und Eva.

Je besser es Helena zu gehen schien, desto mehr redete Alvar mit ihr, und nach und nach wurden die allgemeinen Gesprächsthemen von Herzensangelegenheiten abgelöst. Seine Freundin hatte ihre Stelle in Marions Salon verloren, weil sie beim Klauen erwischt worden war, und Alvar war voller Verärgerung, Traurigkeit, Medikamentennebel und Amphetamin. Er sehnte sich danach, dass ihm jemand zuhörte, und dabei wuchs Evas Überzeugung, dass unser Plan jedes Risiko wert war. Wir mussten die Chance ergreifen. Sowohl Marion als auch Alvar würden nur zu gern jemanden im Salon anstellen, dem sie vertrauen konnten, eine alte Freundin, einen einfühligen

Menschen. Ich zweifelte an meinen Fähigkeiten als Friseurin, und die Begegnung mit Alvar machte mir Angst. Ich wusste nicht, was aus ihm geworden war. Eva versicherte mir jedoch, er würde sich mir gegenüber wohlwollend verhalten, Marion ebenso. Über das Netz des Klans würde ich finden, was du brauchtest, und wir könnten die Fehler vermeiden, die sie im Lauf ihres Lebens gemacht hatte. Eva hatte schon früher mit solchen Männern zu tun gehabt. Es war nichts Neues für sie, für mich aber schon. Sie zerstreute meine Bedenken, indem sie davon erzählte, wie sie selbst ein Kind bekommen hatte.

Eva wurde als Tochter einer Fabrikarbeiterin in Tampere geboren, im Stadtteil Amuri. Die Mutter lehnte sie jedoch gleich nach der Geburt ab und befahl der Schröpferin Kaisu, die am Kindbett geholfen hatte, den Säugling ins Armenhaus zu bringen. Im Gegensatz zur Mutter schrak Kaisu nicht vor Evas Seltsamkeit zurück, sondern glaubte, dass sie über Zauberkräfte verfügte. Sie wollte das Kind für sich behalten, und das war Evas Glück. Kaisu war eine gute Ziehmutter, die Evas Gaben zu schätzen wusste, aber nach deren Tod blieb Eva vollkommen allein zurück. Ohne Kaisus Hilfe kam sie im Beruf der Schröpferin nicht voran, sie ertrug die Sauna und verschwitzte Rücken schlecht, und Fabrikarbeit hätte Gemeinschaftsunterkunft und lange Arbeitstage bedeutet. Sie aber brauchte frische Luft und mehr Zeit.

In einem Moment der Verzweiflung begegnete Eva im Dorf zufällig dem Bauern des Naakka-Hofs, roch, dass er aus einem reichen Haus kam – Muskatblüte und Zitronenschale, Kristallzucker und Kolonialwarenladen –, und beschloss, alle Tricks anzuwenden, um die Zuneigung von diesem Juhani Naakka zu gewinnen. Und das gelang ihr. Juhani führte sie trotz des Widerstands seiner Familie zum Altar. Man sah die Partie nicht gern, denn man hielt das Ziehkind einer Schröpferin, das auch noch in einem roten Nest geboren worden war, nicht für geeignet, die Herrin eines wohlhabenden Hauses zu werden. Aber Juhani scherte sich nicht um solche Reden. Er hatte nur Eva im Sinn und wartete sehr darauf, dass kleine Flachsköpfe den Hof bevölkerten. Das war ein Problem für Eva. Die Vermehrung war nicht für Naturkuriositäten wie sie gedacht, und mit den Methoden, die sie von der Schröpferin gelernt hatte, hielt sie ihren Zyklus unter Kontrolle. Die Uhr in ihren Lenden tickte.

Die Lösung für das Problem kam von überraschender Seite. Nach dem Bürgerkrieg erhielt Eva einen Brief von ihrer Schwester Alma. Die hatte ihn in ihrer Verzweiflung geschickt, denn in Amuri herrschte Hunger, und die Kunde, dass Eva in ein reiches Haus eingeheiratet hatte, war bis dorthin vorgedrungen. Eva vergoss ein paar Tränen, bis Juhani Naakka weich wurde und ihr erlaubte, nach Tampere zu fahren und sich um ihre bettlägerigen Verwandten zu kümmern. Was Eva nicht erzählte, war, dass ihre Schwester, die im Krieg Witwe geworden war, geschrieben hatte, sie erwarte ein Kind.

Alma und ihre Mutter erkannten Eva nicht, als diese das Zimmer betrat. Die Gemeinschaftsküche in ihrem Rücken stank nach Löwenzahnwurzeln, die Krankheiten schienen von der Holzkonstruktion des Hauses aufgesogen worden zu sein, und den Bettlägerigen sah man an, dass ihre Zeit zu Ende ging. Sie sonderten nur noch Schwarz ab. Eva würde alles tun müssen, um Alma bis zur Geburt des Kindes am Leben zu halten. Es stand so schlimm, dass sich Eva nicht sicher war, ob sie es schaffen würde. Sie brauchte einen Plan B.

Sie suchte sich einen Droschkenkutscher, der den Weg zu einem Zuckerschmuggler kannte, und nachdem sie diesen aufgesucht hatte, bat sie den Kutscher, sie zu einer Engelmacherin zu fahren. Sie vereinbarte mit der Alten einen Preis und stellte ihr Zucker, Schmalz und Mehl auf den Tisch, ihre Mitbringsel vom Naakka-Hof für die kranken Verwandten. Auf dem Weg nach Amuri war Eva nicht nur der Geruch von Leichen, sondern auch der von Trächtigkeit aufgefallen. Der Krieg hatte Tampere trotz der schlechten Ernährung fruchtbar gemacht, und es wimmelte in der Stadt vor überschüssigen Kindern. Sie würden einen Jungen bekommen, auch wenn Almas Kind nicht überleben oder ein Mädchen oder eine Missbildung sein würde.

Die folgenden Monate fütterte sie Alma mit einem in Milch getunkten Lappen, ließ den Brei in der Kochkiste ziehen und stumpfte ihre Nase mit Elo-Sin ab, atmete Zitronenschale und holte sich in der Apotheke Morphin und Kreolinseife. Ihre Mühe wurde belohnt, denn Alma brachte ein Mädchen zur Welt, gesund und normal. Dieses Mädchen war deine Oma. Mit einem Jungen, den die Engelmacherin im Alter von einer Woche beschaffte, bekam sie ein Brüderchen, und Eva konnte in aller Ruhe das Begräbnis von Alma und ihrer Mutter organisieren. An Juhani schrieb sie, er solle den Knecht schicken, damit der sie nach der Beerdigung abholte. Sie schrieb auch, dass es im Naakka-Haus nun Zwillinge gebe, ein künftiger Bauer und ein niedliches Mädchen. Die Kinder seien zu früh zur Welt gekommen, und daran seien nur die Widrigkeiten in dem roten Nest schuld.

Norma schaltete den Computer aus und holte den Karton ihrer Mutter. Die Haare und die Videos bewahrte sie im Dachbodenabteil zwölf auf, den Karton zu Hause. Sein Inhalt schien nicht wichtig zu sein, abgesehen von Evas Fotos. Norma beschloss trotzdem, sich noch einmal alles anzusehen, mit anderen Augen. Es konnte sich um ein ähnliches Dokument des geistigen Verfalls ihrer Mutter handeln wie die Videos mit ihren Geschichten über komplizierte Familienverhältnisse und die Fleisch gewordene Eva. Norma hegte inzwischen den Verdacht, dass ihre Mutter wieder geraucht hatte. Die Pfeifen hatte Helena in die Psychiatrie gebracht, mit hoher Wahrscheinlichkeit hatte sich der Langzeitkonsum auch auf Normas Mutter ausgewirkt.

Die Papiere im Karton besaßen einen gemeinsamen Nenner: Sie hatten alle auf irgendeine Weise mit Kindern zu tun. Auch auf den Videos spielte die Mutter darauf an, obwohl sie nie besonders kinderlieb gewirkt hatte. Aber hätte sie es Norma erzählt, wenn sie von einer größeren Kinderschar geträumt hätte? Womöglich hatte Normas Geburt den Kinderträumen ihrer Mutter ein Ende gesetzt.

Die Zahl der Frauen, die sich einer Fruchtbarkeitsbehandlung unterzogen, war in den letzten zehn Jahren stark gestiegen, ebenso das Alter dieser Frauen. Im Salon hatte Norma injizierte Schwangerschaftshormone und Clomifen gerochen, und zwar an einer Frau, die sich darüber beklagte, dass die Medikamente ihr die Haare kaputt gemacht hätten. Die Frau hatte die Behandlung dann in Estland fortgesetzt und die estnischen Preise und das Serviceniveau gelobt sowie die Tatsache, dass man sich dort nicht rechtfertigen musste, wenn man auch ohne Partner ein Kind haben wollte. Viele Mitschwestern zogen ebenfalls ein billigeres Land in Erwägung. Norma klappte das Notebook auf und sah sich die Altersgrenzen für solche Behandlungen in Finnland an. Ihre Mutter wäre zu alt dafür gewesen. Sie hätte ins Ausland gehen müssen.

Oder ihre Mutter hatte Norma ein Kind mit medizinischer Hilfe gewünscht. Dieser Gedanke wirkte zunächst absurd. Norma befand sich völlig im Einklang mit der Tatsache, dass Familie und Beziehung nicht zu ihrer Zukunft gehörten. Womöglich hatte ihre Mutter etwas anderes gewollt. Vielleicht hatte Eva ihr den Floh ins Ohr gesetzt, dass Norma mit den Eizellen einer anderen Frau schwanger werden könnte. Auf den Videos beteuerte die Mutter ständig, der Plan werde gerade für Normas Leben eine Verbesserung bringen, nicht für ihr eigenes.

Norma hatte stets die Gesellschaft von Männern bevorzugt, die vergeben waren, denn die stellten keine Ansprüche. Sie boten einen Moment des Vergessens, einen Moment der Berührung und der Freude. Das musste genügen, ein Familienleben und eine lange Partnerschaft passten nicht zu Menschen wie ihr. Einmal hatte sie versucht, mit jemandem zusammen zu sein. Am Ende war sie der Nächte mit zu wenig Schlaf überdrüssig und ihr Partner des Umstands, dass Norma keine Heilung für ihr nächtliches Aufwachen suchte, das sie als Schlaflosigkeit bezeichnete. Die Haare hatten sie geweckt, wenn sie geschnitten werden mussten, und sie war nicht entlarvt worden. Ihre Mutter hatte die Trennung mehr bedauert als Norma selbst, so wie es auch bei jedem Verlust der Arbeitsstelle der Fall gewesen war, und an Feiertagen hatte sie Reisen an Orte gebucht, die Norma nicht an all das erinnerten, was ihr fehlte.

Das Telefonat war ein Fehler, und Norma wusste das bereits, als sie die Visitenkarte in die Hand nahm. Trotzdem konnte sie nicht anders. Unter dem Namen stand keine Adresse. Während sie wartete, dass sich jemand meldete, überprüfte sie die Nummer bei der Auskunft. Sie war entweder geheim oder gehörte zu einem Prepaid-Anschluss.

Die Stille in Alvars Auto roch nach Unannehmlichkeiten und Einsamkeit, und Norma wusste nicht, wo sie anfangen sollte, obwohl sie sich alle Fragen vorab überlegt hatte. Der Lärm aus dem SUV, der nebenan parkte, drang bis in Alvars Wagen und stammte von einer vierköpfigen Familie, die sich über Happy Meals hermachte. Ein Golden Retriever lauerte auf seinen Anteil von den Kinderportionen. Der Treffpunkt war Normas Vorschlag gewesen. Sie hatte sich an einem öffentlichen Ort ohne unnötige Mithörer treffen wollen, aber nun bereute sie die Wahl bereits. Im SUV gingen die Kinder dazu über, mit den Figuren zu spielen, die sie zusammen mit ihren Menüs bekommen hatten. Die Figur des Mädchens sah nach einer goldhaarigen Prinzessin aus, die Kleine selbst wie eine künftige Lucia.

»Hat es bei euch so etwas gegeben?«, fragte Alvar mit einer Kopfbewegung in Richtung Familie.

»Nein.«

»Wir hatten kein Auto. Helena mochte auch keine Busse. Wir gingen bei jedem Wetter zu Fuß. Das Radio warf Helena weg. Der Fernseher fing an zu sprechen, also kam auch der weg. Lambert war wütend, als er zu Besuch kam und feststellte, dass beide Geräte fehlten. Ich behauptete, sie wären gestohlen worden, und bekam eine Abreibung. Du wolltest doch etwas über Helena erfahren? Normalerweise können die Leute nicht über sie sprechen. Oder sie halten es für peinlich. Hat Anita nichts erzählt?«

»Nein, nie.«

»Als Kind stellte ich mir vor, dass ich fähig wäre, Helenas Stimmen zu beherrschen, oder wünschte mir, dazu fähig zu sein. Es ging nicht, niemals. Ich war mal die und der, eine von ihren Personen. Wenn ich gerade Juhani war, mochte sie mich sehr. War ich Jackson, verschwand ich besser. War ich Alma, wollte sie wissen, was es in Amuri Neues gab und ob die Roten noch immer gehasst wurden. Manchmal war ich Juhani, und Alma saß angeblich neben uns und wir sprachen über den Bürgerkrieg, was an sich lehrreich war. Bisweilen hatte sie einen starken Akzent. Aus ihr hätte eine gute Schauspielerin werden können, eher Schauspielerin als Sängerin. Anita gab Lambert die Schuld dafür, dass es mit Helenas Auftritten zu Ende ging, aber Anita hatte unrecht. Helenas Symptome setzten schon in Schweden ein. Einmal glaubte sie, das Wasser an einem Auftrittsort sei vergiftet, es enthielte Bilsenkraut, und das Mikrofon würde nicht ihre Stimme wiedergeben, sondern die einer anderen. Lambert konnte nicht wissen, was auf der Bühne passieren würde.«

»Wer war meine Mutter? Eine der Stimmen?«

»Nein, Anita war immer Anita, und Helena erkannte sie wieder. Mich dagegen erkennt sie schon lange nicht mehr. Und wenn sie jemanden in mir erkennt, dann nicht mich. Ich existiere nicht für sie. Ich bin für sie diejenige, die sie sich gerade einbildet, und ich spiele mit. Früher war das die einzige Möglichkeit, Helena ruhig zu halten und etwas zu essen zu bekommen. Wenn ich sie an die hungrige Alma erinnerte, holte sie Milch, Zitronen, Zucker und Brot und beklagte sich, dass es im Geschäft kein Schmalz gegeben habe. Das Essen wurde auf der Fensterbank aufbewahrt, nicht im Kühlschrank. Meine ersten Kindheitserinnerungen haben mit einer hellen Sommernacht zu tun, die Möwen schreien, die Wohnung ist voller Fliegen und die Fensterbank voller Birkenrindenkörbchen mit Erdbeeren, die anfangen zu gären. Es war ein heißer Sommer, ich schlief unter dem offenen Fenster. Zum Glück. Helena bildete sich ein, Doktor Jackson würde in meinem Bett schlafen. Sie stach mit dem Messer auf Kissen und Matratze ein. Mit dem Brotmesser.«

Norma blinzelte. Die neuen Wimpern fühlten sich an wie schwere Scheibenwischer, und sie schloss die Lider, als sie begriff, dass Alvar ihr den Arm hinhielt. Sie erriet die Narben schon bevor Alvar den Ärmel aufgekrempelt hatte. Es gab nichts mehr zu fragen. Alvar war inmitten des Wahnsinns aufgewachsen. Ihm fehlte die Angst vor Dingen, vor denen sich andere Leute fürchteten, und das hatte Normas Nase als Gefahr gedeutet.

»Sonst noch etwas?«, fragte Alvar.

»Hat sich meine Mutter je so benommen wie Helena?«

Alvar ließ den Ärmel herunter.

»Warum fragst du das?«

»Im letzten halben Jahr ...«

»Glaubst du, Helena hat das Baby vom Balkon geworfen und auf den Mann eingestochen, weil ihre Stimmen es ihr befohlen haben, und Anita ist aus dem gleichen Grund vor die U-Bahn gesprungen?«

Alvar wandte sich ab, um auf den Asphalt zu aschen.

»Helena war so schnell, dass man nichts tun konnte. Marion hatte ihr das Baby gegeben, und zuerst wiegte Helena es ganz normal auf dem Arm. Fiel mir dabei etwas auf? Nein. Helena war immer sonderbar. Hätte ich es verhindern können? Nein. Oder doch. Ich hätte Lambert daran hindern können hereinzukommen. Er war in Finnland und fuhr die junge Familie nach Laajasalo. Hätte das etwas geändert? Hätte ich die Zeichen besser deuten müssen? Vielleicht. Hätte Marion jetzt eine Familie, wenn ich scharfsichtiger gewesen wäre? Wahrscheinlich. Hätten wir alle besser auf Helena aufpassen müssen? Ja. Ja, wir sind alle schuld, aber was dann? Vielleicht hätte sie jemand anderen umgebracht, oder sich selbst. Oder sollte man denken, dass Anita es nicht verstanden hat, stärker einzugreifen? Sie war ein erwachsener Mensch. Vielleicht war es ja Anitas Schuld? Vielleicht hat sich Anita umgebracht, weil sie die Schuld nicht mehr ertragen konnte, was sagst du dazu? Dass ihr nicht gefiel, was aus mir und Marion geworden war? Dass sie die Ungeheuer sah, die sie selbst geboren hatte? Wäre sie noch am Leben, wenn Marion in einem Einfamilienhaus wohnen und die Kinder regelmäßig zum Ballett oder zum Eishockeytraining bringen würde? Wenn ich ...«

»Hör auf!«

»Du zerbrichst dir über diese Dinge unnötig den Kopf. Das ändert gar nichts. Willst du einen Kaffee?«

Alvar stieg aus dem Wagen, ohne eine Antwort abzuwarten, und ging auf den McDonald's zu. Norma hielt sich die Hände vor die Nase. Sie war nahe daran gewesen, zu sagen, dass sie die Kontaktdaten der Ukrainer verraten würde, dass sie alles hergäbe, wenn Alvar nur sagte, dass Anitas Freitod eine vollkommen logische Tat gewesen war. Oder dass es in einem Moment der Klarheit dazu gekommen war, in dem sie den Ernst ihrer Lage erkannt hatte und dem fortschreitenden Wahnsinn ein Ende setzen wollte, bevor sie in die gleiche Verfassung geriet wie Helena. Norma wollte hören, dass die Verwirrung ihrer Mutter dieses Ausmaß gehabt hatte. Die Visitenkarten der Krisentelefone in der Handtasche waren sicher für solche Momente der Verzweiflung gedacht. Nach dem Unglück hatte Norma sie spöttisch zur Kenntnis genommen, aber inzwischen lachte sie nicht mehr darüber. Dennoch hatte sie unter den Visitenkarten die von Alvar ausgewählt, obwohl sie gerade mit ihm nicht über ihre eigenen Schwächen und über den brüchigen Geisteszustand ihrer Mutter reden sollte, über dessen sonderbare Ausdrucksformen. Alvar war der letzte Mensch, der ihre Tränen sehen sollte.

Sie öffnete das Handschuhfach, um nach Taschentüchern zu suchen. Dabei fiel ihr eine Bürste in die Hand. Zwei Frauen hatten sie benutzt, beide Vietnamesinnen, beide schwanger, beide jung. Alvars Begleiterinnen? Nein, dann hätte Norma sie schon früher an dessen Kleidern gerochen.

Alvar kam mit Kaffeebechern aus dem Fast-Food-Restaurant. Norma legte die Bürste wieder ins Handschuhfach und schaute schnell, ob sich noch etwas anderes darin fand. Nichts. Sie schob eine Hand in die Türfächer und zwischen die Sitzpolster. Eine Haarspange. Sie ließ sie in dem Moment in der Tasche verschwinden, als Alvar die Tür aufmachte und ihr einen Pappbecher hinhielt.

»War meine Mutter kurz davor, verrückt zu werden?«

»Wäre es für dich leichter, wenn du hören würdest, dass sie sterben wollte, weil sie so durcheinander war? Glaubst du, das nimmt dir den Schmerz?«, fragte Alvar zurück.

»Tut es das denn?«

»Nein.«

Alvar ergriff Normas Kinn und drehte ihren Kopf in seine Richtung. Er log nicht. Da war sich Norma sicher. Ihr

Instinkt hatte sie schon oft getrogen, aber jetzt war sie sich sicher.

»Deine Mutter war nicht verwirrt, deine Mutter war nicht Helena und auch nicht im Begriff, sonderbar zu werden, wie deine Großmutter. Deine Mutter hat sich mit unangenehmen Leuten eingelassen. Darum ging sie aufs Gleis. Von sich aus. Auch wenn sie bestimmt glaubte, dich mit ihrer Tat zu schützen, hast du jetzt die ganze Bescherung am Hals.«

Nachdem Alvar zu seiner Verabredung gefahren war, blieb Norma auf dem Parkplatz stehen. Sie nahm die Haarspange, die sie zwischen den Sitzpolstern gefunden hatte, aus der Tasche. Auch sie gehörte einer jungen Frau, deren Haare voller Erwartung blühten, im Frühling der Erwartung. Vielleicht eine Russin. Höherer Stresspegel als normal. Etwas stimmte nicht daran. Aber was? Zwillinge? Drillinge? Vierlinge? Das doch wohl nicht?

Es klopfte an Anitas Tür. Norma erstarrte auf der Stelle. Sie streckte sich gerade nach einer Dose Thunfisch ganz oben im Küchenregal, und der Hocker, auf dem sie stand, wackelte. Das Klopfen wiederholte sich. Sie stellte die Dose auf die Spüle und eilte in den Flur. Durch den Türspion sah man nichts, das Treppenhaus war dunkel. Als sie das Ohr an die Tür drückte und den Atem des Menschen auf der anderen Seite hörte, kräuselten sich die Haarspitzen.

Sie riss die Tür auf und konnte gerade noch die glänzenden Augen einer im Dunkeln davonhuschenden fremden Frau sehen, da rannte sie auch schon die Treppe hinunter und schaffte es, die Flüchtende an der Bluse festzuhalten. Die Frau griff nach Normas Haaren, und beide kamen auf dem Treppenabsatz zu Fall. Für einen Moment trübte der Schmerz Normas Sicht, aber sie ließ nicht los. Dreißig Jahre, ein paar Kinder, Pasta, Roggenbrot und Edamer, gesunde Lebensgewohnheiten, Krankenhausgeruch.

»Wo ist Anita?«, keuchte die Frau.

»Kommt darauf an, wer fragt.«

»Das geht dich nichts an.«

»Jetzt schon.«

Zähne schlugen sich in Normas Arm, die Frau kam frei, stolperte aber über Normas aufgegangenen Zopf, der sich um ihre Knöchel schlang und sie so lange festhielt, bis

Norma auf ihr zu sitzen kam. Oben ging eine Tür auf. Die Frau wollte offenbar keine Aufmerksamkeit erregen, darum blieb sie still, hielt den Atem an.

»Ich habe Anitas Job übernommen«, flüsterte Norma.

»Dann gib mir mehr Geld.«

»Warum sollte ich dir helfen?«

»Kristian ist tot. Als Nächstes werden sie hinter mir her sein. Wo ist Anita?«

»Auf dem Weg nach Hause. Wie wäre es, wenn wir hineingehen und uns ein bisschen unterhalten, während wir auf sie warten?«

In einer anderen Situation wäre die Frau eine wie jede andere gewesen: mittelgroß, Mittelstand, mittleres Einkommen. Sie saß auf der Couch von Normas Mutter und hatte Gelatine in den Adern, sie schlotterte und bebte vor Trauer und Angst, aber sie war ein realer Mensch, nicht die Stimme eines verwirrten Geistes, wie sie Norma auf den Videos ihrer Mutter gehört hatte. Die Frau schaute sie misstrauisch an und war nicht bereit, mehr zu sagen, als dass Anita versprochen habe, ihr zu helfen, falls es Probleme geben sollte. Sie sei Krankenschwester, sie brauche eine Stelle, sie sei ebenso gut wie Kristian oder noch besser, und sie sei bereit, überallhin zu reisen.

»Krankenschwester?«

»Mit Zusatzausbildung. Ich bin seit über zehn Jahren bei Felicitas, Anita müsste das wissen.«

Norma tat so, als wisse auch sie, wovon die Frau sprach, dabei sagte ihr eine Institution namens »Felicitas« gar nichts. Während sie wartete, dass das Teewasser kochte, sah sie sich kurz die Seiten von Felicitas auf ihrem Handy an: eine Kinderwunschklinik.

»Kristian hat Anita sämtliche Informationen gegeben, und das ist jetzt der Preis. Wann kommt Anita? Wissen die nicht, was mit Kristian passiert ist? Warum hast du Anitas Job übernommen?«

»Du willst also eine Stelle?«, vergewisserte sich Norma.

»Bei Felicitas gibt es die beste Erfolgsquote, und nebenbei habe ich für Lamberts Kliniken gearbeitet. Auch was Mehrlingsschwangerschaften betrifft, kann ich Erfahrung vorweisen. Ich bringe Topkompetenz ein und liebe meine Arbeit. Anita weiß, wie gut ich bin.«

»Kann sein, dass sie noch etwas will.«

»Ich habe das hier.«

Die Frau schwenkte einen Stoß Papier und ihr Handy.

»Kristian ist mit den Patientenlisten immer nachlässig gewesen, ich nicht. Ich habe schon eine Auswahl getroffen. Und das hier, das wollt ihr haben.«

Sie ließ einen Film auf dem Handy laufen und zeigte Norma das Display.

»Kristian sollte Anita dieses Video bringen, aber sie war nicht da.«

Auf dem Display sah man einen Raum, eine Trennwand, rostige Krankenhausbetten, einen Tropf. An den Wänden bröckelte die Farbe, auf dem Nachttisch stand eine Schüssel mit etwas Rotem, vielleicht Tomatensalat oder Paprika. Drei Mädchen, alle schwanger. Eine wimmerte und hielt sich den Bauch. Die zwei anderen blickten gleichgültig auf die Jammernde, schmierten sich Butter aufs helle Brot und streuten ein Gewürz darüber. Am Bildrand sah man eine mehrfach benutzte Plastiktüte mit kyrillischen Buchstaben. Norma konnte die Sprache nicht identifizieren. Eine blonde Frau in eng anliegendem Kostüm betrachtete die

Szene gelangweilt und zündete sich eine Zigarette an. Der dunkelhaarige Mann, der neben ihr gestanden hatte, rannte zu dem wimmernden Mädchen. Die Münder bewegten sich, aber man konnte nichts verstehen.

»Bei einer setzte die Geburt ein, als ich gerade hereinkam. Ohne mich hätte sie die Kinder verloren. Zwillinge. Es herrschte Chaos, darum wurde vergessen, mich zu kontrollieren. Neuerdings sind sie vorsichtig.«

»Anita hat nicht gesagt, was deine Aufgabe war.«

»Nicht? Ich bin die Leihmutterkoordinatorin der Agentur. Wir sollten dort zwei passende Mädchen holen. Wir nehmen keine, die wir nicht selbst geprüft haben«, sagte die Frau. »Alle diese Kliniken werden garantiert mit deinem Boss zusammenarbeiten, wenn wir nur Lambert loswerden. Die Mädchen in Rumänien und Bulgarien sind einfach nur billig. Sie bekommen Papiere, Pässe und können das Land verlassen, das reicht ihnen als Bezahlung. Lamberts Kliniken sind anständig, man kümmert sich gut um die Mädchen, sie kommen gern zu uns.«

Ihre Stimme hatte einen verteidigenden Unterton angenommen, als versuchte sie eine außenstehende Person von der Ehrbarkeit ihrer Aktivitäten zu überzeugen, und das hatte mit Norma zu tun. Sie wirkte nicht wie jemand vom Fach, und darauf reagierte die Frau intuitiv. Bald würde es ihr bewusst werden. Während sie das Teezubehör auf den Tisch stellte, sah sich Norma nach etwas um, mit dem sie die Frau ablenken konnte. Ihre Mutter hatte für die ständig hungrige Tochter allerlei Vorräte angelegt, die Hängeschränke in der Küche waren voller Kerne und Thunfisch, im Regal stand eine verstaubte Schale mit Nüssen. Diese schnappte sich Norma, sie bot der Frau etwas an und nahm sich selbst einige Walnüsse heraus.

»Moment mal. Du hast so etwas noch nie gesehen. In welcher Branche seid ihr eigentlich tätig?«

Sie griff nicht nach der Schale, sondern schaute Norma fest an und stoppte das Video. Gleich darauf glitt das Smartphone in ihre Tasche. Ihre Bewegungen waren langsam, übertrieben ruhig führte sie die Teetasse zum Mund.

»Arbeitest du für Lambert?«, fragte sie. »Wo ist Anita?«

Norma konnte dem heißen Wasser nur knapp ausweichen. Auf dem Weg zur Tür stieß die Frau die Blumenbank um, und Norma, die auf den Scherben der zerbrochenen Blumentöpfe ausrutschte, rief, wie ist es passiert, wie ist Kristian gestorben, war es Selbstmord, sah es nach Selbstmord aus, hatte Anita bar bezahlt, aber da war die Frau schon verschwunden.

Norma kehrte in die Wohnung zurück, schob die Scherben und Pflanzenreste an die Wand und machte die Thunfischdose auf. Jetzt verstand sie es. Diese Leute besaßen Kinderfabriken, und ihre Mutter hatte entweder für Norma oder für sich ein Kind kaufen wollen, vielleicht mithilfe einer Leihmutter, oder sie hatte nur eine Eizelle gewollt. Hatte sie tatsächlich sonst niemanden gefunden? Waren diese Leute die Einzigen gewesen, die keine Fragen gestellt hatten? Leihmutterschaft war in Finnland illegal, darum hätten die Ärzte wissen wollen, warum eine fruchtbare Frau die Eizellen einer anderen nutzen wollte. Falls sie sich nicht Zwillinge wünschte, oder gar Drillinge, wer weiß. Mehrere Fliegen mit einer Klappe geschlagen. Norma erinnerte sich an die Haare, die sie in Alvars Auto entdeckt hatte. Im Zustand des Wahnsinns konnte das logisch sein. Ihre Mutter hatte möglicherweise Angst vor Blutproben und anderen Tests gehabt, weil dabei die Pfeifen, die sie geraucht hatte, hätten auffallen können. Oder sie hatte gar nicht an sich, sondern an Norma gedacht. Um wen immer es auch gegangen war, sie hatte jedenfalls einen so blinden Drang nach einem Kind gehabt, dass sie bereit gewesen war, sich auf illegale Machenschaften aller Art einzulassen. Falls sie ein Kind für Norma gewollt hatte, war sie das Risiko eingegangen, damit Norma es nicht eingehen musste. Darum hatte sie erzählt, wie Eva sich einst ihre zwei gesunden Kinder beschafft hatte: durch Kaufen und Lügen. Sie hatte daran erinnern wollen, dass es für Frauen wie sie keine andere Möglichkeit gab.

Als Norma vom Essenholen zurückkam, saß ein Deutscher Schäferhund vor dem Salon. Er witterte sie schon von Weitem, natürlich, und als sie den Schritt verlangsamte, fixierte er sie noch genauer. Alvar machte die Tür auf, bevor Norma zum Hintereingang ausweichen konnte. Sie musste stehen bleiben und den Hund gründlich ihren Knöchel beschnuppern lassen, bevor sie eintrat.

Sie spürte die feuchte Schnauze des Hundes auf ihrer Haut, störte sich an Alvars musterndem Blick und begriff zunächst nicht, was los war. Das Schwindelgefühl nahm zu. Als Erstes nahm sie ihre Haare wahr. Und zwar auf dem Kopf einer fremden Frau, die gerade von Marion geföhnt wurde. Dann erkannte Norma die Frau. Speichel sammelte sich in ihrem Mund, sie ließ die Behälter mit dem Mittagessen fallen und konnte nicht mehr stillstehen. Sie stieß Alvar aus dem Weg, rannte hinaus und über die Straße, ohne sich um das Hupen und die quietschenden Bremsen der Autos zu scheren, und stürmte die Treppen hinunter in den Park. Es war dieselbe Frau wie die, die auf dem Handyvideo von Kristians Frau zu sehen war, dieselbe Blondine, und sie hatte Normas Haare.

Nachdem sie sich lange genug übergeben hatte, setzte sie sich in den Schatten, wo das Gras noch immer kühl war, fingerte die Scopolaminpflaster aus der Tasche und klebte sie sich hinter die Ohren. Sie hörte die Pfoten des

Hundes auf dem Parkweg, und kurz darauf drückte ihr Alvar eine Wasserflasche in die Hand.

»Die Hitze bekommt mir nicht immer«, sagte Norma. »Wer ist die Blonde?«

»Alla. Lamberts Frau. Was ist mit ihr?«

Normas Blickfeld wurde langsam wieder klar, der Nebel an den Rändern verschwand. Sie hatte vorschnell reagiert. Sie hätte nicht nach der Frau fragen sollen. Noch immer hatte sie den Geruch ihrer Haare in der Nase, vermischt mit den Haaren der Frau, dem Fett auf deren Kopfhaut, deren Sekt von gestern und deren Low-Carb-Kost. Kein anderer bemerkte Normas Haare auf dem Kopf der Fremden, denn alle, die dazu imstande wären, waren tot. Die Haare waren mit dem Leben der fremden Frau verschmolzen, und obwohl diese einen erhöhten Stresspegel hatte, roch sie, als wäre sie verliebt. Lambert und die Blonde waren glücklich. Sie zogen Hand in Hand um die Welt und verteilten Glück an die einen Paare und Trauer an die anderen, Störche nach rechts, Sensenmann nach links. Dennoch verstand Norma nicht, wofür ihre Mutter das Video gebraucht hatte, das Alla bei der Besichtigung potenzieller Leihmütter zeigte. Warum hatte sich ihre Mutter nicht einfach ein Kind geholt, warum war sie bereit gewesen, Kristian etwas für die Aufnahme zu bezahlen?

Alvar schnippte vor ihrem Gesicht mit den Fingern.

»Soll ich Hilfe holen?«

Norma schlug die Augen auf.

»Ist sie gekommen, um Geld zu verlangen?«

»Sie ist zum Friseur gekommen. Hast du Probleme mit den Leuten, bei denen du die Haare besorgt hast? Hat dir jemand ein Bild von Alla gezeigt?«

»Nein.«

»Von mir? Von Marion? Von Lambert? Von irgendwelchen Kindern?«

»Warum?«

»Du hast Alla erkannt und leugnest es.«

»Vielleicht bin ich ihr mal auf der Straße begegnet, wenn sie oft herkommt.«

»Und hast dich dann jedes Mal übergeben?«

Norma merkte, dass sie den Hund kraulte, um ihre Hände zu beschäftigen, obwohl ihr Tiere schon immer suspekt gewesen waren. Sie merkten, dass sie anders war als die anderen Menschen, sie beschnüffelten und beäugten sie mehr als andere.

»Mit wem hat Anita zusammengearbeitet, wer war ihr Boss?«

»Sie hatte nur Marion als Chefin.«

»Ich weiß nicht, was für ein Spiel du da zu spielen glaubst, aber bald wird dir die Zeit knapp werden. Alla rechnet gerade in diesem Moment deinen Preis aus, genau wie Anitas Boss, und wenn du glaubst, dass man vor dem mehr Angst haben muss als vor der Blonden da oben im Salon, hast du dich getäuscht.«

Alvar stand auf, um zu gehen, und befahl dem Hund, ihm zu folgen.

»Ruf mich an!«

Norma würde nicht zu *Haarzauber* zurückgehen können, nicht jetzt. Sie würde nach Hause gehen und sich weiter mit den Videos beschäftigen. Die hatten immerhin ihre eigene Logik. Sie hatte die letzten Stunden im Leben ihrer Mutter rekonstruieren wollen, um herauszufinden, was wirklich passiert war, und das bedeutete jetzt eben auch, nach dem roten Faden im Wirrwarr ihrer Mutter zu suchen.

Der Vorschlag zur Verabredung kam vollkommen überraschend. Die Mitteilung war knapp, was auf die Bereitschaft hindeuten konnte, eine Abmachung zu treffen: Die Kleine wollte reden, am liebsten sofort. Als Marion in den *Hilpeä hauki* kam, wartete Norma schon auf sie. Das Kuvert auf dem Tisch verstärkte Marions Zuversicht.

»Worüber hat meine Mutter an ihren letzten Tagen so geredet?«, fragte Norma.

»Über unser künftiges Geschäft. Sie war begeistert«, antwortete Marion. »Es war unser Traum.«

»Warum ist sie dann vor die U-Bahn gesprungen?«

Marion konnte Normas Blick nicht festhalten, trotzdem glaubte sie fest, dass dies der richtige Moment war. Sie ließ das Eis in ihrem Wasserglas klirren, um die Baumfrösche zu übertönen, nahm einen Eiswürfel in die Faust und sprach weiter.

»Lambert erfuhr von unseren Plänen und wollte Anita loswerden. Er hätte uns nicht gehen lassen, geschweige denn unserem Salon das Exklusivrecht für den Verkauf der Ukrainischen zugestanden, so wie Anita es geplant hatte.«

»Meine Mutter ist von sich aus auf die Gleise gegangen.«

»Lambert ist ein Meister in solchen Dingen.«

Norma runzelte die Stirn und rieb sich die Lider. Ihre

Nase bewegte sich. Marion hatte gerade etwas Bedeutsames preisgegeben und wartete auf Fragen. Die Baumfrösche wurden lauter, das Eis in der Faust schmolz, es bildete sich eine Pfütze auf dem Tisch. Am liebsten hätte Marion es noch genauer erzählt, damit die Kleine die Situation verstand, aber sie konnte es nicht, war nicht fähig dazu. Nicht einmal Anita hatte sie es erzählt, obwohl sie den Teil hätte weglassen können, der ihren Anteil unter Beweis stellte. Anita hätte sie trotzdem durchschaut und begriffen, dass sie nur mit Halbwahrheiten daherkam. Sie hätte Anita nicht mehr in die Augen schauen können, wenn diese erfahren hätte, wie sie Albiino in Cartagena belogen hatte, mit der Beteuerung, sie befänden sich auf dem Weg zu einem Geschäftsmeeting, um die wachsende kolumbianische Haarbranche kennenzulernen. Nach den Drogenkriegen wolle Kolumbien nämlich das werden, was Venezuela schon war, eine Miss-World-Fabrik. Die Chancen stünden nicht schlecht, und die Reise wäre für Albiino ein Schritt nach vorn, sie käme dadurch ins Geschäft hinein. Marion war überzeugend gewesen, Albiinos Blick vertrauensvoll. Anita gegenüber hatte Marion behauptet, Albiino sei mit ihrem neuen Liebhaber weggegangen und habe Alvar damit das Herz gebrochen.

»Lambert hat Anita umgebracht«, sagte Marion mit Nachdruck. »Da bin ich mir sicher. Das ist Lamberts Art, mit Leuten umzugehen, die ihre Schulden nicht bezahlen.«

Marion wiederholte ihre Worte noch einmal, um sicherzugehen, dass die Kleine verstand, was sie sagte. Niemand würde die Gelegenheit auslassen, es dem Mörder der eigenen Mutter heimzuzahlen, und am leichtesten konnte sich Norma an Lambert rächen, indem sie Marion die Ukrainischen gab. Die Kleine blieb stumm.

»Wir können jederzeit weggehen und alles hinter uns lassen«, fuhr Marion fort.

»Und Lambert würde uns nicht verfolgen? Was ist mit dem Kredit?«

Die Kleine machte endlich den Mund auf. Jetzt würde es klappen.

»Alles eine Frage der Organisation. Ich habe meine Mittel, um Lambert im Zaum zu halten.«

»Hättest du sie nur eingesetzt, als meine Mutter noch lebte.«

»Es war zu spät. Das Geld wartet in London. Nach der Eröffnung des Salons werden die restlichen Zahlungen erledigt. Für den Erfolg brauchen wir nur die Ukrainischen«, sagte Marion. »Wenn du mir nicht glaubst, hole ich dir den Kontoauszug und alle Unterlagen. Wir wollen doch beide ein neues Leben. Lass es uns gemeinsam beginnen. Du musst mir nur vertrauen.«

Norma schob Marion zwischen den Gläsern hindurch das Briefkuvert zu, und Marion war sich ihres Erfolgs sicher.

»Ich habe angefangen, die Sachen meiner Mutter zusammenzupacken, und dabei bin ich auf das hier gestoßen. Ich dachte, das würde sich gut an der Wand des Salons machen.«

Marion ließ das Kuvert auf den Tisch fallen, sobald sie es geöffnet hatte. Enttäuschung huschte ihr übers Gesicht, und sie rieb sich die Arme, als wäre ihr kalt. Norma schüttelte die Bilder aus dem Kuvert. Es waren zufällig ausgewählte Goldlöckchen aus der Sammlung ihrer Mutter, aber ein Bild von Eva hatte sie weggelassen.

»Im Kalender meiner Mutter stand die Notiz, dass einem

gewissen Johannes alte Fotos gebracht werden sollen. Sagt dir der Name etwas? Ein Fotograf«, sagte Norma. »Ich kenne keinen, der so heißt.«

Marion schnappte ihre Tasche und stand auf, setzte sich aber ebenso abrupt wieder hin und warf dabei das Wasserglas um. Ihre Handtasche fiel auf den Boden und Marion fing sofort an, den Tisch abzuwischen, holte sich an der Theke Servietten und schob ohne ein Wort die Eiswürfel wieder ins Glas. Norma war von der Reaktion überrascht. Als sie Lambert des Mords beschuldigte, hatte Marion sicher und stabil gewirkt, aber jetzt benahm sie sich kopflos. Hatte sie wirklich gemeint, Norma würde ihr so leicht glauben?

»Vielleicht brachte Anita die Fotos nach Niuvanniemi zu Helena. Johannes war eine von Helenas Stimmen.«

Marion sah Norma nicht an, sondern winkte der Bedienung, sie solle mehr Servietten bringen.

»Erzähl!«

»Da gibt es nichts zu erzählen. Lambert ist kein guter Mensch, und Helena musste Wege finden, alles zu ertragen. Der Vorschlag, sich scheiden zu lassen, löste einen Totalzusammenbruch bei ihr aus, der zu einer Frühgeburt führte. Helena war damals nämlich schwanger. Sie wurde nie mehr die Alte«, sagte Marion. »Aber hör mal, lass es damit jetzt gut sein. Das spielt alles keine Rolle mehr. Wir sollten lieber darüber reden, wie wir das ganze Chaos hier und Lambert loswerden.«

»Ich will zuerst etwas über Johannes hören.«

Marion nahm eine Serviette und begann daran zu zupfen.

»Warum hätte meine Mutter Helena solche Fotos bringen sollen? Ich will es einfach verstehen.«

»Vielleicht wollte sie Helena bei guter Laune halten. Helena war auf alte Fotos fixiert und fantasierte oft von einem umherreisenden Fotografen. Der Mann war angeblich ihr Liebhaber und würde sie nach Amerika mitnehmen«, sagte Marion und zupfte an einer neuen Serviette, nachdem sie die alte zerpflückt hatte. »Wenn Helena in der Zeitung alte Fotos sah, schnitt sie sie aus, weil sie glaubte, Johannes habe sie gemacht. Die Fotos waren überall. Ab und zu schnitt sie die Gesichter weg. Man konnte irgendwann niemanden mehr mit nach Hause bringen, weil Helena immer allen erzählen wollte, wie Johannes das Geld für die gemeinsame Reisekasse zusammenbekam: Er fotografierte Freudenmädchen nach dem Geschmack der Kunden, darunter auch bedeutende Persönlichkeiten, solche, die einem Papiere verschaffen konnten. Pass, Unbedenklichkeitsbescheinigung, Auszug aus dem Personenstandsregister. Ohne diese Dokumente könne sie nicht fahren, aber Johannes werde sie organisieren, Johannes organisiere alles, man müsse nur aufpassen, dass die Romanze nicht herauskam.«

Marions Erklärung war identisch mit der Geschichte, die Normas Mutter auf den Videos erzählte, und Marion war der Meinung, dass Helena nur deshalb immer wieder mit der Geschichte angefangen habe, weil Lambert sie so schlecht behandelte. Es war Helenas Methode, sich zu verteidigen. Nach der Rückkehr von Schweden nach Finnland war ihr Zustand schlechter geworden, und sie hatte angefangen, auch diverse Geschichten übers Auswandern abzuspulen. Marion glaubte, das habe mit dem schlechten Ansehen Finnlands in Schweden zu tun gehabt. Freilich hatte Helena nicht von Schweden gesprochen, sondern von Amerika, und ganz besondere Gedanken hatte sie sich über den Schaden, den das Blutbad von Calumet angerichtet hatte, gemacht. Die Tragödie hatte tatsächlich stattgefunden, Alvar hatte es überprüft. Auch Finnen waren an der Organisation des Bergarbeiterstreiks, der blutig geendet hatte, beteiligt gewesen, und die Einwanderungsbehörde hatte angefangen, Finnen auszuweisen. Alvar hatte versucht, einen Sinn in der Sache zu erkennen. Als Helena nach Göteborg ging, konnte sie kein Schwedisch. Vielleicht hatte sie über die Tragödie gelesen und sich mit den Finnen in Amerika identifiziert. Im Fall Calumet hatte der Ankläger von den Augenzeugen verlangt, alle Fragen auf Englisch zu beantworten, obwohl keiner von ihnen die Sprache beherrschte, darum hatte man nur noch Zeugen vorgeladen, die zwar nichts gesehen hatten, aber Englisch sprachen.

Als alle Servietten und Papiertaschentücher zerpflückt waren, sagte Marion, es reiche jetzt, und ging. Auf dem Tisch blieben eine Pfütze von den geschmolzenen Eiswürfeln und ein Haufen Papierfetzen zurück, die Marion zusammengeschoben hatte wie eine Schneewehe. Norma steckte die Fotos wieder in die Tasche. Marion hatte nichts damit anfangen können.

2.4.2013

Als Eva auf dem Markt am Stand des Fotografen vorbeiging und ihre Zöpfe schwingen ließ, fuhr der Fotograf zusammen wie durch einen Peitschenhieb. Am nächsten Morgen erschien er mit seiner Kamera im Naakka-Haus und sagte, er wolle die preisgekrönten Kühe des Hofes fotografieren. Eva wurde beauftragt, sie ihm zeigen, und es war dann auch Eva, in die sich Johannes' Kamera verliebte, nicht die Kühe. Er war kurz davor, nach Amerika auszuwandern, ins Land der unbegrenzten Möglichkeiten, und versuchte Eva zu überreden mitzukommen. Zuerst konnte sie sich nicht dafür begeistern. Dann bemerkte sie das Spannen und den süßlichen Duft ihrer Haare. Sie bogen sich Johannes entgegen, als wäre er aus Kandiszucker gemacht, und wellten sich, als wären sie schon zur Seereise bereit.

Evas Situation im Naakka-Haus war nicht einfach. Der Nachwuchs, der auf dem Hof herumtollte, hatte das Misstrauen der Schwiegermutter nicht beseitigen können, und die bessere Ernährung hatte sie fruchtbarer gemacht, als ihr lieb war. Obwohl sie ständig Brennnessel- und Wacholdertee schlürfte, war ihre Regel schon zweimal ausgeblieben, und sie wusste, dass der Tag kommen würde, an dem ihr der Sumpfporst nicht mehr helfen würde, und die Engelwurz auch nicht. Früher oder später würde man sie erwischen, entweder beim heimlichen nächtlichen Haareschneiden oder weil sie Kinder bekam, die falsch aussahen. Es war besser, vorher wegzugehen.

Die Wirklichkeit in Amerika stellte sich anders dar, als Eva es sich ausgemalt hatte. Ihr Kompass ging sofort nach ihrer Ankunft in der neuen Welt kaputt, und da half es auch nicht, dass Johannes ein Quartier in einer von Finnen bewohnten Vollpension aufgetan hatte, die in Harlem lag. Andere Weiße gab es dort nicht, und wer strohblond war, stach ins Auge. Manche blieben stehen und starrten Eva unverhohlen an, die Kinder versuchten, heimlich ihr Haar anzufassen, und Eva hatte die ganze Zeit Angst, das Geräusch einer Schere zu hören und geschoren zu werden wie ein Schaf. In der Luft lag der Gestank von verbrannten Haaren, in den Tiefen der Salons wurden Tag und Nacht Glätteisen erhitzt, und die Frauen trugen Perücken, die aus den Haaren weißer Frauen gemacht waren. Nach einer Woche sah Eva zum ersten Mal einen Perückendiebstahl auf offener Straße. Der Fall wurde angezeigt und gelöst, als die Polizei das gestohlene Haar unter der Matratze der Diebin fand.

Der schlechte Ruf der Finnen in Amerika gab zusätzlich Anlass, sich vor der Einwanderungsbehörde zu fürchten. Manche glaubten, dass sich die Lage durch die finnische Unabhängigkeit von 1917 im Lauf der Jahre bessern würde, und freuten sich, dass die Finnen in den Dokumenten nicht mehr als Russen verzeichnet, geschweige denn als Russenfinnen verspottet wurden. Für Eva ging dieser Fortschritt jedoch zu langsam vonstatten. Überall witterte man Kommunisten, unter den Finnen gab es außergewöhnlich viele davon, und das Blutbad von Calumet warf einen langen Schatten. Eva befürchtete, dass die Pension früher oder später Ziel einer Razzia sein würde. Sie musste in eine bessere Gegend ziehen, irgendwohin, wo sie nicht auffiel. Ersparnisse hatte sie jedoch keine mehr, die Reise hatte alles aufgezehrt.

Die Haarbranche erlebte damals Jahre der Revolution: Bei Frauen war kurzes Haar in Mode, den gestutzten Nacken gab man die

Schuld am wirtschaftlichen Niedergang der Branche, und die Innung rief zu Demonstrationen gegen Kurzhaarfrisuren auf. Eine französische Neuheit, die federleichte Perückenbasis, sorgte für einen Lichtblick. Sie bot die Möglichkeit, tagsüber kurzes Haar, das der Abendgarderobe-Etikette widersprach, und abends eine Frisur aus langen Locken zu tragen. Eva hätte durch den Verkauf ihrer Haare ihre Geldprobleme lösen können. Aber sie tat es nicht.

Später lernte sie zahlreiche Betreiberinnen von Haarsalons kennen, Haarkulturistinnen, wie man sie nannte, sowie Geschäftsfrauen, die mit Haarprodukten ein Vermögen machten, unabhängig von der Hautfarbe. Sie las über die Harperisten, die ihre Salons mit einem Franchise-Vertrag und gemäß den Lehren von Martha Matilda Harper betrieben, und über die Möglichkeiten, die Harper armen Frauen bot, indem sie sie einstellte und ausbildete. Zur Kundschaft der Harperisten zählten am Ende sogar Berühmtheiten wie Jacqueline Kennedy. Evas Erfolg wäre garantiert gewesen, aber in dem Moment, in dem sie es hätte tun sollen, wusste sie sich ihre Andersartigkeit nicht zunutze zu machen. Als sie mir ihren Plan präsentierte, wusste sie, wovon sie sprach.

Wir ahnten deinen Widerwillen gegen den Verkauf deiner Haare und hielten es darum für besser, dir nichts davon zu sagen. Ich machte mich mit der Branche vertraut, und das ließ mich wieder an Evas Plan zweifeln, der auf dem unüberbietbaren Wettbewerbsvorteil deiner Haare beruhte, auf ihrer Unwiderstehlichkeit. Chinesische Fabriken liefern pro Woche 20 000 Kilo Bulk-Haare in Remy-Qualität und 30 000 Kilo russische Remy im Monat. Ich verstand nicht, warum Lamberts Klan bei deinen Haaren so aus der Fassung geriet, wenn sich das Echthaarangebot auf diesem Niveau bewegte. Eva lachte über meine Überlegungen. Ich sollte einfach darauf vertrauen, dass deine Haare ihren Zauber entfalteten.

Ein Teil der Videos zeigte nichts als Rasen und Blumenbeete, während im Off gesprochen wurde. Manchmal saß Normas Mutter mit Helena im Apfelgarten von Niuvanniemi oder spazierte mit ihr durch den Park, vorbei an Holzstößen, auf Wegen, die von Kiefern gesäumt wurden. Im Hintergrund zeichnete sich angesichts des unausgeglichenen Inhalts seltsam symmetrisch das Verwaltungsgebäude der Klinik mit seinen klassischen Zügen ab. Als auf dem Bildschirm ein Mann ohne Hemd auftauchte, der von Medikamenten mitgenommen war, begriff Norma, dass ihre Mutter etwas Unerlaubtes getan hatte. Das erklärte die sonderbaren Kameraeinstellungen und das gelegentliche Abbrechen der Aufnahme mitten im Satz. Zwischenzeitlich saß sie mit Helena auf der Gartenschaukel, und das Quietschen der Schaukel mischte sich mit den Stimmen des Personals. Ein Zaun, der sich oben nach innen bog, fasste die Gebäude im Hintergrund ein. Er erinnerte daran, dass es sich bei der Anlage nicht um ein Museum oder ein schön restauriertes Gut handelte, mit einem Blumengeschäft für Touristen und gepflegten Setzlingen in den Rabatten.

Zur Zeit der ersten Videos waren die Äpfel grün. Auf den herbstlichen Aufnahmen ging die Mutter unter denselben Bäumen umher und schnappte sich beiläufig einen

Apfel. Man hörte sie abbeißen. Im Winter bedeckte Schnee den Rasen im Park. Die Mutter schlug den Kragen ihres neu gekauften Wintermantels hoch und streichelte ihn wie eine Katze. Als sie wieder einmal die günstige Wirkung der Pfeifen auf Helena pries, stand sie inmitten der ostfinnischen Winterlandschaft. Im Hintergrund stach eine Reihe Fichten hervor, und ihr dampfender Atem sah wie Sprechblasen aus. Das war in der Zeit, in der sie Norma die freudige Nachricht von ihrem neuen Arbeitsplatz verkündet hatte.

Auf einigen Aufnahmen sah man im Hintergrund den Marktplatz von Kuopio. Für die Tage, an denen Helena Ausgang hatte, zog sie sich ordentlich an. Niemand hätte sie für eine Insassin von Niuvanniemi gehalten. Sie erinnerte sich vor der laufenden Kamera daran, wie sie einst von Hanko aus nach Amerika aufgebrochen war, wie sie Johannes umgarnt hatte, damit er ihnen ein Erste-Klasse-Abteil auf dem Schiff und zuvor ein eigenes Zimmer in Hanko buchte. Ein gewöhnlicher Schlafsaal im Auswandererhotel wäre undenkbar gewesen, sagte Helena, fasste sich ins Haar, prüfte die Spitzen und zündete sich eine Pfeife an. Wegen der ärztlichen Untersuchung, die vor der Abreise durchgeführt werden musste, war sie etwas aufgeregt gewesen, aber sie hatte sie spielend überstanden. Wenn Helena in Evas Haut steckte, wenn sie Eva war, weiteten die Medikamente nicht ihre Augen, sondern ihr Blick war der einer Maus, fokussiert und scharf. Bisweilen kam beim Reden etwas Finglisch durch. Ihr Akzent war stark. Mutter sprach sie als Eva an.

Vielleicht bestand der Sinn der Aufnahmen darin, Norma davon zu überzeugen, dass Eva tatsächlich durch Helena sprach. Ein Teil von ihrer Geschichte mochte stimmen, etwa dass sie in Amuri geboren und der Schröpferin übergeben worden war. Es konnte auch durchaus der Wahrheit entsprechen, dass die Schröpf-Kaisu Eva gern als ihre Nachfolgerin gesehen hätte, bis sich herausgestellt hatte, dass Eva die Sauna nicht ertragen konnte. Wahr sein mochte auch, dass Evas Fähigkeit, aus den Haaren zu lesen, Kaisus Ansehen als Schröpferin gesteigert hatte. All das hätten Mutter und Helena aber auch erfinden können. Die Mutter hatte gewusst, wie Normas Haar funktionierte, sie hätte sich durchaus Geschichten ausdenken können, die für Norma glaubwürdig gewesen wären, und Helena hätte sie Normas Geheimnis ohne Bedenken einflüstern können, denn wenn Helena sich verplapperte, glaubte ihr niemand. Man erhöhte schlimmstenfalls ihre Medikation.

Alles hatte Norma ihrer Mutter allerdings nicht erzählt. Sie hatte nicht verraten, dass sie an den Haaren auch den Tod, Geschwüre und Krankheiten ablesen konnte. Diese Schwärze hatte sie zum ersten Mal als Kind identifiziert, am Geschwür der Frau an der Supermarktkasse, und sofort verstanden, dass die Fähigkeit zur Prophezeiung des Todes von fremden Menschen für ihre Mutter zu viel gewesen wäre. Ihre Mutter hätte an solchen Menschen nicht vorbeigehen können, ohne zu versuchen, sie zum Arzt zu schleppen. Hätte sie sich jedoch bemüht, gleichgültig zu bleiben, hätte sie das kaputt gemacht. Wie war es also möglich, dass Normas Mutter auf einem der Videos mit Helena darüber sprach?

Marion ließ das Telefon wieder in Normas Handtasche gleiten. Sie hatte noch nie ein Handy mit so wenigen Einträgen gesehen, nicht bei einer so jungen Frau, und das, obwohl sie jeden Tag von Frauen umgeben war, die unablässig an ihren Smartphones fummelten. Sie hatte damit gerechnet, einen Nachrichtenwechsel über den Mordvorwurf, den sie geäußert hatte, zu finden, aber Norma hatte nach dem Gespräch im *Hilpeä hauki* nicht einmal versucht, jemanden zu erreichen. Vielleicht war das ein Glück. Wäre die Kleine gleich zu Lambert gerannt, um ihn des Mordes zu bezichtigen und ihm zu erzählen, wie sie auf diese Idee kam, würde Marion jetzt nicht hier sitzen. Dann hätte sie den Morgen nicht damit verbracht, auf den Moment zu warten, in dem die Kleine ihr Handy auf dem Tisch liegen ließ, bevor die Sperre aktiviert wurde, und würde jetzt nicht die Handtasche der Kleinen durchsuchen, deren Inhalt ebenso nichtssagend war wie der des Telefons. Zwei Tüten mit Walnüssen und Kernen, eine Schere und ein Stapel Visitenkarten von Krisentelefonen.

Marion versuchte nicht zum ersten Mal zu spionieren. Schon bei der Suche nach Hinweisen auf die Ukrainischen hatte sie ihre Hoffnung auf das Telefon des Mädchens gesetzt. Vergebens. Als Beute hatte sie lediglich Dinge gefunden, die mit Anitas Beerdigung zu tun hatten, und ein paar

SMS, aus denen hervorgegangen war, wie es den Kolleginnen am ehemaligen Arbeitsplatz gerade ging, gewürzt mit ein paar Flirtversuchen von männlichen Personen, die eindeutig nur Übergangslösungen waren. Anitas alte Mitteilungen hatten mit alltäglichen Angelegenheiten zu tun, die letzten waren neutrale Urlaubsgrüße gewesen. Soziale Netzwerke waren nicht in Gebrauch, Bilder hatte sie nur zwei gespeichert, eines von einer Feier am ehemaligen Arbeitsplatz, eines von Anita. Jeder Mensch hatte mindestens ein Foto von sich selbst im Handy. Norma nicht. Es war das Telefon eines Menschen, der etwas zu verheimlichen hatte. Das Telefon einer Kriminellen. Nur das Modell war das falsche.

Man hörte, wie die Kleine vorne im Salon weiter Extensions löste. Marions Hand betastete erneut intuitiv die Hosentasche, in der das Projekthandy gesteckt hatte, als wollte sie Anita anrufen und fragen, warum Norma nicht auf den potenziellen Mörder reagierte, den sie ihr auf dem Silbertablett serviert hatte. Die Kleine war am Morgen zur üblichen Zeit erschienen und hatte sofort angefangen, die Fasern für die erste Kundin zurechtzulegen. Sie hatte gewirkt wie immer, bis hin zum ausweichenden Blick. Vielleicht war sie nach dem Verlust ihrer Mutter noch immer außer sich. Das würde die sonderbaren Fragen nach Helenas Stimmen erklären. Sie begriff offensichtlich nicht, was auf dem Spiel stand.

Im Telefon fand sich lediglich ein interessantes Detail, wenn auch keines, mit dem Marion gerechnet hatte: Die Kleine hatte Alvar ein Treffen vorgeschlagen, zwei Tage bevor sie Marion im *Hilpeä hauki* treffen wollte. Konnte es sein, dass Alvar schneller als sie gewesen war? Hatte Alvar dem Mädchen den Täter versprochen? Beweise dafür, dass es kein Selbstmord war? Hatte Alvar begriffen, dass er damit die Ukrainischen bekommen würde und wahrscheinlich auch alle anderen Informationen, über die die Kleine verfügte? Er hatte den Vorfall mit keinem Wort erwähnt.

NEUN

Die Lamberts sind größenwahnsinnig, sie wollen die ganze Welt besitzen und sie haben sich für ihren Kreuzzug die richtigen Branchen ausgesucht. Wer die Träume beherrscht, der beherrscht die Welt. Wer die Haare beherrscht, der beherrscht die Frauen. Wer ihre Fortpflanzungsfähigkeit beherrscht, der beherrscht auch die Männer. Wer die Frauen zufriedenstellt, befriedigt auch die Männer, und wer Menschen mit der Sehnsucht nach schönem Haar und niedlichen Babys infiziert, der ist der König.

Marion wartete nicht zum ersten Mal vor der Villa Helena auf Alvar. Sie kam, um sich die Bestätigung für ihren Verdacht zu holen, weil sie merkte, dass man ihr nicht alles sagte, und weil man auf ihre Anrufe nicht reagierte. Obwohl sie es hasste, immer wieder das Gleiche zu tun – herkommen und warten –, kam sie doch immer wieder und setzte sich zum Warten auf den Brunnendeckel. Sie war wegen Albiino gekommen, sie war wegen denjenigen gekommen, die sie längst hatte vergessen wollen, und an dem Tag, an dem Lambert Anita aus dem Spiel genommen hatte, war sie wegen Anita gekommen und hatte innerlich gebetet, sie hier zu finden. Diesmal aber war sie wegen sich selbst hier und hoffte wieder einmal, ihr Verdacht wäre unbegründet, aber als Alvar auf das Tor zukam, wurden seine Schritte immer langsamer, und Marion ahnte, dass es Grund zur Sorge gab.

»Gibt es etwas Neues?«, fragte sie.

Alvar antwortete nicht. Er blieb stehen, um sich eine Zigarette anzuzünden.

»Norma muss auf jeden Fall in Urlaub fahren, nicht wahr?«

Marion konnte im Dämmerlicht, das bereits zwischen den Ebereschen lag, Alvars Gesichtsausdruck nicht sehen. Dennoch erkannte sie die alten Gewohnheiten, seine Art, sich auf den Hund zu konzentrieren, um der Antwort auszuweichen. Er würde nicht verraten, was bei seinem Treffen mit der Kleinen passiert war.

»Selbst wenn sie die Ukrainischen hergeben und meinetwegen einen Vertrag machen würde«, fuhr Marion fort, »auch wenn sie das Geld finden würde, das sich Anita geliehen hat.«

Sie verstummte. Nach Normas Übelkeitsanfall war Alla neugierig geworden und hatte Marion nach dem Privatleben der Kleinen ausgefragt, ob es Exfreunde gebe, ob vielleicht ein Missgeschick passiert sei. Fruchtbarkeit sei ein gutes Zeichen, hatte sie gemeint. Der Klan wartete nur, dass er bekam, was er brauchte. Und dann in Urlaub. Ein selten leichter Fall. Keine Freunde, keine Familie. Niemand würde sie vermissen, niemand würde sie suchen. Die Rache an der Tochter für den Betrug, den ihre Mutter begangen hatte, eine Art, die Schulden zu begleichen. Die Kleine war dumm, wenn sie etwas mit Alvar vereinbart hatte. Das würde nichts ändern. Plötzlich wurde Marion kalt – sollte die Kleine tatsächlich einen Vertrag mit Alvar geschlossen haben, würde Alvar kaum Lambert beschuldigt haben.

»Geh schlafen!«, befahl Alvar.

»Ich bin nicht müde.«

»Lambert hat eine neue Kundin. Sie will die Eizelle einer Frau, die wie Angelina Jolie aussieht. Da hast du für die Nacht eine Beschäftigung.«

»Steht Norma auf Lamberts Liste? Wer steht noch darauf?«

»Lasse steht nicht auf der Liste«, sagte Alvar. »Du kannst ihm mitteilen, dass sich für Pekka und Aaron eine geeignete Leihmutter in Thailand gefunden hat, zwei sogar. Die eine braucht Geld fürs Universitätsstudium, die andere für eine Ausbildung zur Nageltechnikerin. Beide sind Vietnamesinnen. Pekka und Aaron sollen sich eine aussuchen. Die beiden sind doch ein registriertes Paar?«

»Selbstverständlich. Ist die eine Frau an der Universität eingeschrieben? Für den Fall, dass Aaron es überprüft.«

»Ja.«

Alvar hatte mit der plötzlichen Umarmung nicht gerechnet, sie geschah spontan und erzeugte ein Gefühl von Peinlichkeit, das wiederum Melancholie auslöste, und Marion ließ die Arme sinken. Lasse wurde nicht verdächtigt, das war das Wichtigste. Während er den Türcode eintippte, sagte Alvar: »Niemand stellt Lasses Loyalität infrage. Nicht einmal Lambert. Glaub es endlich!«

»Und meine?«

Die Frage rutschte ihr einfach heraus und wirbelte im Wind wie trockenes Gras. Das Tor fiel krachend zu. Alvar hatte einen aufrichtigen Eindruck gemacht. Dennoch würde Marion die Metallkassette von Lasse holen, für alle Fälle. Sie hatte ihre letzte Waffe eingesetzt, als sie Lambert des Mordes bezichtigte. Nun musste sie ins nächste Stadium übergehen. Sie würde den Plan zu Ende führen.

Alles hatte damit begonnen, dass sie und Anita nach einem langen Arbeitstag eine Flasche Weißwein aufgemacht, in Fachzeitschriften geblättert und sich vorgestellt hatten, wie der Salon ihrer Träume aussähe. Sie würden ihn Hair Room nennen, und es würden Kunden hineinströmen, die sich ihres Niveaus bewusst waren und nie nach dem Preis fragten. Fensterreklame in moderner Schrift, Espressomaschine und eine Helferin, deren Aufgabe darin bestand, die Hunde der Kundinnen auszuführen, während Anita bei den Frauchen die aufheizbaren Lockenwickler eindrehte. Ein Salon auf der Lafayette Avenue in Brooklyn, in der Londoner Bond Street oder in Covent Garden.

Als Anita ihr den ersten Satz Ukrainischer gebracht und sie diese dann Folake gezeigt hatte, sah es so aus, als könnte aus dem Gedankenspiel Wirklichkeit werden. Folake und die anderen nigerianischen Zopfflechterinnen kapierten, dass die Ukrainischen sich viel besser mit den Afrohaaren vertrugen als die bis dahin benutzten Russischen. Nachdem sich der von Nicki Minaj ausgelöste Blondierungswahn ein wenig gelegt hatte, machten die Flechterinnen mit den Ukrainischen weiter und merkten, dass sie perfekt auf jeden Kopf passten. Der *white girl flow* würde nie aus der Mode kommen, die schwarze Frau würde immer wollen, was Afrohaare nicht erlaubten: ein freies Schwingen der Haare. Folake hatte einige an ihre Verwandten nach Nigeria geschickt, von wo prompt eine Flut von Bitten um mehr kam. Alla war zuerst begeistert. Dann Marion. Und schließlich Lambert.

In Nigeria war mit dem Wachstum der Mittelschicht der Haarmarkt explodiert. Vier von fünf Frauen hatten Verlängerungen, Mutter und Tochter konnten zusammen 14 000 Dollar dafür ausgeben. Weil sich das nachwachsende afrikanische Haar aber lockte, wurden an die Qualität spezielle Anforderungen gestellt, und man wollte Elastizität in den Haaren haben, die man für offene Extensions verwendete. Die Chinesischen und Peruanischen waren zu schwer, sogar den Indischen fehlte die Geschmeidigkeit, aber die Ukrainischen schwangen und passten sich auch natürlich den Locken an. Als Folake von einer Frau erzählte, die vom Regen überrascht worden und deren Frisur trotzdem top in Fasson geblieben war, wusste Marion, dass diese

Haare einen Zauber an sich hatten. Wenn sie feucht waren, wurden sie am Ansatz ganz natürlich struppig, aber nicht zu sehr, und ansonsten blieben sie seidig gewellt.

Einer solchen Gleichung konnte Lambert nicht widerstehen. In Nigeria waren Mädchen billig, und die Haarbranche bot eine perfekte Tarnung, einen vollkommen glaubwürdigen Grund, durchs Land zu reisen, Frauen zu treffen, mit ihnen nach Hause zu gehen, die wirtschaftliche Lage der Kundinnen zu überprüfen. In Gegenden, wo Boko Haram eine Gefahr darstellte, wollten immer mehr Frauen, dass die Frisörin ins Haus kam.

Lambert wiederum wollte das Auge einer Frisörin vor Ort dabeihaben, und Marion erhielt die Chance, ihr Können zu zeigen. Die anderen hatten keine Zeit, also durfte sie allein reisen, auch weil sie die Ukrainischen herangeschafft hatte. Sie rief sofort Anita an. Das wäre ihre Chance, damit würde Lamberts Niedergang beginnen.

Sie nahmen unterschiedliche Flüge, logierten in unterschiedlichen Hotels und sahen sich erst, als sie in das Auto stiegen, das sie zu »Mama« bringen sollte. Keiner aus dem Klan war zuvor in Lamberts Wasserflaschenfabrik gewesen, alles wurde über die örtliche Agentur und über Strohmänner geregelt, sodass es für Anita leicht war, als neue Koordinatorin der Agentur aufzutreten. Eigentlich besaß Lambert die Fabrik nur aufgrund eines Zufalls – ein Arzt, den Lambert kannte, war erwischt worden, hatte aber fliehen können, war auf Umwegen nach Nigeria gelangt und hatte auf Bitten einer Kundin Kontakt mit Lambert aufgenommen. Die Frau hatte eine Eizelle aus Skandinavien gewollt. Lambert war bei Nigeria zunächst skeptisch gewesen, aber weil die Aktivitäten der Agentur ohnehin aufgefächert werden mussten, bekam der neue Kontinent eine Chance, ebenso das auf dem Papier als Wasserflaschenfabrik fungierende Unternehmen, das der Arzt fortan leitete.

Drei Wochen zuvor war sie bei einer Polizeirazzia in Brand gesetzt worden. Kameras waren keine zu sehen, nur Wächter, alte Autos und Asche. Marions Rücken schmerzte von der unruhigen Fahrt auf den schlechten Straßen, und ihr Zahnfleisch blutete, weil bei einem Schlagloch die Wasserflasche dagegengestoßen war. Eine neue Razzia sollte es eigentlich nicht geben, jedenfalls nicht gleich. Dennoch kam sie, und sie kam gerade, als Marion mit Mama sprach. Alles war ein einziges Chaos, kreischende Frauen und schreiende Stillende und umstürzende Kinderbetten, und mittendrin Mamas stoische Ruhe, die Gewissheit, dass Geld jede Razzia beendete.

Sobald der Tumult begonnen hatte, waren sie auf die Seite geschlüpft, wo sich die Mädchen aufhielten. Eines von ihnen versuchte, hochschwanger in den Hof zu entkommen, und sie folgten ihm. In der Mauer war eine Tür mit rostigem Schloss eingelassen, die Marion mit einem Tritt öffnete. Als sie zu ihrem Auto kamen, stand ein Polizist daneben. Anita zog ein Bündel Dollar heraus, und sie brausten mit dem Mädchen davon.

Während der Fahrt versuchte Anita, das Mädchen zum Sprechen zu bringen. Dabei surrte ihre neue Kamera versteckt im Rucksack. Nachdem sie das Mädchen in einem normalen Krankenhaus abgeliefert hatten, sahen sie sich das Video an und waren mit dem Resultat zufrieden. Auf dem Band erzählte die junge Frau, sie sei ursprünglich ins Krankenhaus gegangen, um eine Abtreibung vornehmen zu lassen, aber man habe sie nicht mehr gehen lassen und die Abtreibung nicht gemacht. Als das Baby auf die Welt gekommen war, hatte man es ihr weggenommen und wenig später junge Männer zu ihr gebracht. Sie war erneut schwanger geworden, worauf man sie in die Wasserflaschenfabrik gebracht hatte, wo sie seitdem gefangen gewesen war. Einige Mädchen in der Fabrik trugen schon zum wer weiß wievielten Mal ein Kind aus. Einige waren Leihmütter, andere waren in die Farm gekommen, nachdem sie aus Versehen schwanger geworden waren, so wie sie. Als sie von den kleinen Knochen erzählte, die ein Hund im Hinterhof ausgegraben hatte, weinte sie.

Am Abend aßen sie bei Verwandten von Folake gebratene Kochbananen und Jollof-Reis und erfuhren, dass Salons für ungeglättete, natürliche Haare immer beliebter wurden. Marion notierte sich alles für Lambert und Alla, erforschte den Markt aber auch im Hinblick auf ihren neuen Salon. Die Schönheitsbranche galt als seriös, im Gegensatz zum Kinderhandel. Das von Lambert geschaffene Handelsnetz in Sachen Haare würde nach dem großen Knall nicht mehr Aufmerksamkeit als zuvor erregen. Dann würde die Elite von Lagos ihr gehören, und sie würde alle alten Haargebiete des Klans unter ihre Kontrolle bringen können.

Im Verlauf des Abends wurde Anitas Blick immer leerer. Sie hatten keine wasserdichten Beweise gegen Lambert, lediglich die Kinderfarm, auf der es mehrmals zu einer Razzia gekommen war und die ihren Standort wechseln würde, falls etwas über sie an die Öffentlichkeit dringen sollte. Die schwangere junge Frau hatte die Agentur *Die Quelle* nicht gekannt, sie wusste nicht, woher die Kundinnen kamen und wohin die Kinder gebracht wurden. Sie hatte nur sagen können, dass ein Teil der Mädchen als Honorar ein neues Handy bekommen hatte.

Während Marion die Salons abklapperte und sich mit Haaragenten traf, spielte Anita eine Schwedin, die sich ein Kind wünschte, und versuchte, Spuren von Lambert zu finden. Dieser besaß die Wasserflaschenfabrik über Strohmänner, darum war es schwer, Beweismaterial über die wahren Besitzverhältnisse aufzutreiben, aber Anita gab nicht auf. Sie nahm sich vor, sämtliche Länder zu bereisen, in denen die Agentur *Die Quelle* tätig war. Marion versuchte sie zu bremsen, meinte, sie müssten nur etwas finden, mit dem sie das Interesse der Polizei wecken könnten, aber Anita hörte nicht zu. Sie wollte alle Kliniken in allen Ländern mit eigenen Augen sehen.

Der Klan war zufrieden mit Marions Bericht aus Nigeria. Sie durfte weitere wichtige Dienstreisen unternehmen, und zwar allein. Niemand ahnte, dass Anita mitfuhr, und da dies ein ums andere Mal funktionierte, wurde Anita immer waghalsiger. Erst bei der Vorbereitung zur letzten Thailand-Reise bekam sie allmählich das Gefühl, genug gesehen zu haben.

4.5.2013

Lambert zögerte den Beschluss über die Gewährung des Kredits mehr als einen Monat hinaus. Als man mich endlich zu ihm rief, genoss er die Demütigung. Er ließ mich mitten im Raum stehen, schien mich zunächst gar nicht zu bemerken, sondern tat so, als läse er in irgendwelchen Unterlagen. So ließ er quälende Minuten verstreichen. Dann schien er mich plötzlich zu bemerken und fing an, über das Wetter zu plaudern. Ich war mir schon sicher, dass er kein Geld herausrücken würde. Aber genau da schlug er mit der flachen Hand auf den Tisch und sagte, selbstverständlich werde er einer in die Klemme geratenen Freundin einen Kredit gewähren, und befahl Alvar, den Koffer zu bringen. Er war voller kleiner Scheine, so wie ich es erbeten hatte.

Danach gab es kein Zurück mehr. Ich hatte jetzt Schulden bei Lambert. Der Klan erinnert mich immer wieder mit kleinen, in freundschaftliche Gesten gekleideten Anspielungen daran, und Alla schlägt eine gemeinsame Reise in die Ukraine vor. Sie will meine Bekannten kennenlernen und bei den Problemen helfen, die ein unschuldiger Mensch mit den Behörden des Landes bekommen kann. Angeblich stehen mir vor Ort jederzeit Allas Ressourcen zur Verfügung. Ich kann nicht direkt ablehnen. Ich sage, wir fahren im Herbst.

Zu behaupten, deine Haare stammten aus der Ukraine und auch noch von entfernten Verwandten von uns, war unbedacht gewesen.

Ich hatte gerade erst bei *Haarzauber* angefangen und hielt die Landeswahl für einen glaubwürdigen guten Grund, einen hohen Preis anzusetzen. Was ich damals nicht wusste, war, dass Lambert dort beträchtliche geschäftliche Aktivitäten laufen hatte. Inzwischen bin ich sicher, dass Alla längst Erkundigungen über die Haare einzieht und bestimmt auch in diesem Moment Lambert ins Ohr gurrt, sie würden bald an das Haarwunder herankommen. Der Vorschlag, den Kredit mit den Verbindungsdaten der Ukrainer abzubezahlen, ist kein einziges Mal ausgesprochen worden, so wie ich es befürchtet hatte. Es wäre schwer gewesen, das abzulehnen, wenn ich oder meine angeblichen Verwandten finanzielle Schwierigkeiten hatten, aber nein, Lambert wollte mich abhängig von sich machen, er wollte ein Mittel haben, um mich zu erpressen. Er verstand sehr wohl, dass ich nichts anderes hatte, mit dem ich hätte zahlen können, und bald wird er vom weichen Arsenal zum harten übergehen.

10.5.2013

Zuerst hielt Marion es für einen unmöglichen Traum. Dann verstand sie, dass er wahr werden konnte, wenn der Klan nicht im Weg stand. Ich musste nur ihre Verbitterung füttern, sie daran erinnern, für wie minderwertig Lambert sie hielt, und sie ermuntern, ihre eigenen Träume zu leben. Ich wendete bei ihr die Lehren des Klans an und malte ein Szenario aus, in dem Marion Haare an Ursula Stephen vermittelte und Rihanna mit Haaren herumlief, die sie von ihr bekommen hatte. Danach würde Paris Hiltons Perückenmacher ihr Kunde werden, alle Türen stünden ihr offen. Vogue, Harper's Bazaar, Elle, Cosmopolitan – auf jedem Cover wären Kundinnen von ihr zu sehen. Nicht von Alla und Lambert, sondern von ihr.

Vorher mussten wir nur Lambert loswerden.

Marion hatte eine Idee:

Thelma und Louise. In den Knast mit der ganzen Bande.

11.5.2013

Zwanzig Jahre lang habe ich es jeden Tag bereut, Helena das Stopfmaterial für die Pfeife geschickt zu haben. Vielleicht werde ich es die nächsten zwanzig Jahre bereuen, dass ich Marions Träume zerstört habe. Dass ich es war, die das getan hat, nicht Lambert. Dass ich sie dazu überredet hatte, mitzumachen, in der Absicht, sie zu hintergehen. Dass ausgerechnet ich sie schlimmer ausgenutzt habe, als Lambert es je getan hatte.

Aber es musste sein. Ich brauchte Geld und Kontakte zu Leuten aus der Branche. Ohne Marion hätte ich beides nicht bekommen. Ohne sie hätte ich nicht das Beweismaterial für den großen Knall sammeln können, ohne dieses würde ich meine Schulden nicht loswerden, und für die Umsetzung meines Plans brauchte ich Geld, das nicht zurückgezahlt werden musste. Ohne Marions Ziele zu unterstützen, hätte ich sie nie dazu gebracht, mitzumachen.

Sie ahnt nichts, ist nicht misstrauisch. Sie plant einfach nur unsere glänzende Zukunft. Das ist schwer mitanzusehen. Von dem Geld wird nichts übrig bleiben und Marion wird ihren tollen Salon nicht bekommen. Ich werde ihr deine Haare nicht mehr verkaufen. Es wird aufhören, sobald du und ich in Bangkok angekommen sind und ein neues Leben beginnen.

Norma scrollte die Flüge, die von Helsinki-Vantaa abgingen, und versuchte zu verinnerlichen, was ihre Mutter gesagt hatte. Noch immer war unklar, wo sich das Geld befand, aber ihre Mutter hatte einen Kredit gebraucht, den man nicht zurückzahlen musste. So einen bekam man durch Erpressung, und Kristians Videos und Informationen eigneten sich für diesen Zweck perfekt. Falls ihre Mutter bereits entsprechend aktiv geworden war, hätte das dem Klan genug Anlass gegeben, sie loszuwerden. Das würde sich dann mit Marions Mordvorwürfen decken. Ein Aspekt passte jedoch nicht ins Bild. Sobald Marion im *Hilpeä hauki* über Lambert gesprochen hatte, war die Temperatur ihrer Kopfhaut gestiegen. Sie hatte gelogen, als sie Lambert des Mordes bezichtigte. Für diese Lüge musste es eine Erklärung geben. Sollte sie herausgefunden haben, dass sie von Normas Mutter hintergangen worden war, musste sie außer sich vor Wut gewesen sein. Dann hätte sie jetzt ein Mordmotiv. Vielleicht wollte sie die Schuld auf jemand anderen abwälzen, und in dem Fall kam Lambert als glaubwürdige Alternative infrage. Die von Marion erwähnte Methode, Morde wie Selbstmorde aussehen zu lassen, war jedoch kaum Privateigentum von Herrn Lambert.

Norma ließ die Aufnahme weiterlaufen und suchte in ihrem Handy nach Alvars Nummer. Sie rief nicht an. Der

Fälligkeitstag für den Kredit rückte näher, in ihrem Haus liefen Krankenschwestern herum, die am Kinderhandel beteiligt waren, Menschen starben unter dubiosen Umständen, und ihre Mutter hatte nicht nur sie, sondern auch andere Leute hintergangen. Wie überkochende Milch schäumte die Verzweiflung in ihr hoch. Sie sollte weggehen, sofort, wie Eva nach Amerika fliehen. Jetzt war die letzte Gelegenheit dafür.

ZEHN

Weißt du noch, von welchen Albträumen du als Kind aufgewacht bist? Die Situationen in den Träumen wechselten, aber eines wiederholte sich immer wieder: Du wurdest erwischt und entlarvt. Als du älter wurdest, gerietest du in deinen Träumen in Unfälle, in deren Folge du im Koma lagst. Und als du aufwachtest, warst du in einem Forschungsinstitut gefangen. Du hattest Träume, in denen du wegen einer Panne oder eines Unfalls mitten in der Wüste feststecktest, auf die Rettungsstreife warten und dir die Haare irgendwie stutzen musstest, weil du jedes Mal die Schere zu Hause vergessen hattest.

19.4.2013

Nach dem Krieg geriet die traditionelle Postkartenbranche in Schwierigkeiten: Das Porto wurde erhöht und es wurden keine Karten mehr an die Front geschickt. Johannes verdiente nur noch wenige Heller mit den heimatlichen Landschaften, die ihm die finnischen Auswanderer abkauften. Darum beschloss er, wieder auf den alten Weg zurückzukehren. Zuvor hatte er die Schwarzhändler in der 41st Avenue kennengelernt, deren Sortiment an Karten mit Mädchen darauf wegen der Sittengesetze nur schlecht bestückt war und bei denen man nach französischer Qualität gar nicht erst zu suchen brauchte. Johannes wusste, dass er es besser konnte. Er würde seine Karten mit den gefälschten Stempeln berühmter Studios versehen. Ein exotisches Modell hatte er zu Hause. Er hatte Eva früher schon fotografiert, allerdings nicht zu Verkaufszwecken. Als er ihr nun versprach, ihr Gesicht zu retuschieren, bevor die Emulsion auf dem Kontaktpapier getrocknet war, war Eva auch mit gewagten Aufnahmen einverstanden.

Johannes' Karten erfreuten sich großer Beliebtheit, und das geheimnisvolle Modell erregte die Herrenwelt. Manchmal schickte Johannes seinen Kunden sogar Locken von Evas Haar, um ihnen dessen Echtheit zu beweisen und sie noch mehr verrückt zu machen. Sein Erfolg ermöglichte ihnen ein gutes Leben. Johannes und Eva zogen in eine bessere Gegend, auf den Esstisch kamen Lammkoteletts und gefüllte Hähnchen, die von einem Koch zubereitet wurden, und anstatt Badewannen-Gin wurde nun besserer Schmuggelwhisky getrunken.

Als es bei Eva mit morgendlicher Übelkeit losging und nicht einmal Stechapfel dagegen half, musste sie sich eingestehen, dass sie in der Tinte saß. Die Engelwurz- und Sumpfporsttinkturen, die sie aus der Heimat mitgebracht hatte, waren aufgebraucht, es blieb ihr nichts anderes übrig, als in die Apotheke zu gehen. Sie entschied sich für eine, deren Visitenkarte ihr ein junger Kerl auf der Straße aufgedrängt hatte. Die Reklamesprüche auf der Karte, denen zufolge die französischen Pillen der Apotheke die Regel garantiert zurückbrachten, erwiesen sich als falsch. Stattdessen sorgten sie dafür, dass es Eva noch schlechter ging. Dem besorgten Johannes gegenüber behauptete sie, es handle sich bloß um eine kleine Lebensmittelvergiftung, und untersagte ihm, einen Arzt zu rufen. Am nächsten Morgen schickte sie das Hausmädchen los, damit es einen neuen Satz Pillen und Rainfarnöl holte. Betty brachte die Mittel, aber um sicherzustellen, dass Eva sich der Gefahren bewusst war, erzählte sie ihr von einer Freundin, die sich bei der Dosierung von Polei-Minze vertan und bald bewusstlos in ihrem Erbrochenen gelegen hatte, zwischen den Beinen und aus den Augen blutend. Einen solchen Anblick wollte sich Betty ersparen. Sie hatte einen besseren Vorschlag.

20.4.2013

Die Wirkung des Äthers ließ nach und Eva wachte auf. Sie konnte sich nicht bewegen und wusste nicht, was geschehen war. Bettys beruhigender Händedruck war das Letzte, woran sie sich erinnern konnte. Jetzt war Betty nirgendwo zu sehen, es war niemand im Raum, aber überall lagen Haare herum. Der Schreck, entdeckt worden zu sein, verschwand, als sie den Doktor und die Krankenschwester erblickte. Sie lagen auf dem Fußboden und starrten mit leblosen Augen zur Decke. Um ihre Hälse hatten sich Haare geschlungen. Der Doktor hielt noch immer die Uteruskürette in der Hand. Eva begriff, dass sie nicht nur entdeckt worden war, sondern sich auch auf dem Weg zum elektrischen Stuhl befand.

Die Praxishilfe klopfte wiederholt an die Tür, rief nach dem Doktor und dann nach der Krankenschwester. Eva hielt den Atem an und versuchte, ruhig zu bleiben. Sie streckte sich nach der Schere auf dem Instrumententisch und schaffte es, sich loszuschneiden, dann schob sie rasch einen Stuhl unter die Türklinke und suchte nach ihren Kleidern. Die Handtasche lag unter dem umgekippten Paravent, neben Schuhen, Mantel und Kleid. Der Hut war von einem Durcheinander aus Gummischläuchen und Mullbinden zerknautscht worden. Von den Spitzenhandschuhen fand sie nur einen, das Halsband fand sie gar nicht. Sie schnappte sich die Tasche des Doktors, leerte sie aus und füllte sie mit ihren Haaren, die sie zwischen Stühlen, Paravent, Instrumenten, Handtüchern und Emailleschüsseln fand, und fluchte innerlich, weil sie sich nicht auf ihre eigenen Fähigkeiten, sondern auf die Dienste eines Abtreibungsarztes verlassen hatte. Sie hatte sich vorgestellt, dass sie für dreihundert Dollar etwas bekam, was sie selbst nicht konnte, dass es leichter ginge, sicherer, dass kein Missgeschick passieren würde. Diese Entscheidung konnte nun ihr Todesurteil sein. Sie verwünschte Betty, wegen der sie der Sprechstundenhilfe ihre richtige Telefonnummer gegeben hatte. Zwar hatte sie einen falschen Namen angegeben, aber als die Helferin nach der Nummer gefragt hatte, hatte Betty sie am Ärmel gezupft und so streng geschaut, dass Eva es nicht gewagt hatte, weiter zu lügen. In diese Praxis kam man wegen ihres hohen Niveaus. Es gehörte zum Service, dass der Doktor später anrief, um sich über den Zustand seiner Patientin zu vergewissern. Das war ein Fehler gewesen. Sie musste nach Hause, bevor die Polizei kam, und alle Fotos und Negative, auf denen man ihr Gesicht sah, vernichten.

Die Sprechstundenhilfe klopfte erneut an die Tür und versuchte, die Klinke zu bewegen. Die Uhr tickte. Das Fenster! Sie war in New York, hier gab es Feuerleitern. War Betty auf diesem Weg verschwunden? Oder war sie durch die Tür gegangen? Nein, sondern über die Feuerleiter. Betty war schwarz, sie wusste, dass es nicht klug wäre, Zeugin von so etwas zu sein. Niemand würde ihr glauben. Eva fragte sich, ob sie die Schuld auf Betty schieben könnte. Würde das durchgehen? Wem würde man eher glauben, einer Farbigen oder einer Kommunistenfinnin? Das Blutbad von Calumet, der Ruf der Finnen, die illegale Maßnahme. Eva hatte keine besseren Karten als das schwarze Hausmädchen. Sie waren gleichauf.

Die Sprechstundenhilfe kam erneut an die Tür und rüttelte nun an der Klinke.

Da war Eva schon am Fenster. Auf der Feuerleiter. Draußen.

Norma wickelte sich ein paar Haare um den Finger. Ihre Mutter hatte behauptet, sie könnten töten. Vielleicht hatte sie ihr damit einen Schreck einjagen wollen. So wie sie es immer getan hatte. Wo andere Mütter ihre Töchter vor zu kurzen Röcken und dunklen Gassen gewarnt hatten, waren Norma Horrorgeschichten von andersartigen Menschen und ihren unglücklichen Schicksalen aufgetischt worden. Hatte sie einmal die Zeit zum Schneiden versäumt, hatte die Mutter ihr einen Vortrag über Freaks gehalten, die sich gegen Geld zeigten oder bei Mengeles Menschenversuchen oder im Menschenzirkus eines Sammlers landeten. Anschließend hatte sie Norma gefragt, ob sie eine solche Zukunft haben wolle.

Norma nahm eine rasche Recherche mit dem Suchbegriff Haarmord vor, aber in den Treffern ging es hauptsächlich um missglückte Färbungen. Sie recherchierte trotz der Gespenstermärchen ihrer Mutter. Sie wollte wissen, ob ihre Haare auch zu so etwas fähig waren, gegen ihren Willen.

21.4.2013

In Harlem war Eva zahllose Male an dem Ladenlokal vorbeigegangen. Vorne verbrannte ein Dauerwellenapparat, der aussah wie eine Melkmaschine, den Kundinnen die Kopfhaut, im Hinterzimmer gab es einen Pokertisch und ein Wettbüro, dazu Whiskyflaschen und Gangsterbräute, und es wurde Unterwäsche mit mehr als zehn Dollar auf dem Preisschild für drei Dollar verkauft. Heroin ging in braunen Papierbriefchen von Hand zu Hand. Eva trat an die Hintertür, zeigte kurz, was sie im Korb hatte, und verkaufte zum ersten Mal ihre Haare. Sie bekam ihr Geld und machte sich davon.

Die Polizei entdeckte Evas Wohnung, fand dort unsittliche Karten und Bücher und unter dem Teppich ein Foto, auf dem Johannes das Gesicht nicht entfernt hatte. Die als Tatverdächtige festgenommene Praxishelferin erkannte sie. Von den Zeitungen wurde sie als die Frau ohne Gesicht bezeichnet. Auf die Titelseite schafften es die Haare jedoch nicht, denn zu jener Zeit waren nur lange Haare bei Männern skandalträchtig, die mit einem gefährlichen Lebensstil gleichgesetzt wurden. Die Überschriften beschränkten sich auf das Mysterium der Frau ohne Gesicht und den kaltblütigen Mord an einem Abtreibungsarzt. Die im Behandlungszimmer zurückgebliebenen Haarsträhnen führte man auf Haarmagie zurück: Der Mörder habe versucht, die bösen Geister an jenem Ort auszutreiben.

Johannes tauchte sofort unter, und die Polizei konnte ihn nie finden. Eva wettete, er habe sich einem Mafiaboss, der die Sittengesetze umging, angeschlossen und Arbeit gefunden. Da sie aus Gründen der Ehrbarkeit vor der Nachbarschaft als Johannes' Ehefrau aufgetreten war, kannte nur er ihren eigentlichen Namen. Darum wurde sie in der Presse Frau Johannes Nieminen genannt. Das machte es ihr leichter. Sie gewann Zeit, sich neue Papiere zu besorgen.

7.5.2013

Nach Chicago kam sie zufällig. Sie brauchte einen Arzt, der sich in dunklen Gassen wohlfühlte und keine unnötigen Fragen stellte, und Jackson war so einer. Es war nicht schwer gewesen, ihn in einer von Straßenmädchen bevorzugten Kneipe mithilfe beiläufiger Fragen aufzutreiben.

Eva wusste, dass sich ihre Haare wehren würden, wenn sie versuchte, den Embryo jetzt noch loszuwerden. Sie spürte die Haare in ihrem Schoß, spürte, dass sie sich benahmen wie ihre eigenen. Sie reagierten auf Menschen und witterten böse Absichten, aber noch so schwach, dass Eva nicht glaubte, sie könnten Jackson gefährlich werden. Um sicherzugehen, dass sich die Episode aus der Praxis des Abtreibungsarztes nicht wiederholte, schwächte sich Eva, indem sie fastete und sich den Kopf kahl schor, als das Fruchtwasser abging. Mit Jackson hatte sie vereinbart, dass dem Kind unmittelbar nach der Geburt ein Unglück widerfahren sollte.

Als sie das Behandlungszimmer verließ, war sie erleichtert. Die Frau ohne Gesicht wurde noch immer gesucht, und es war durchaus möglich, dass eine von Johannes' alten Aufnahmen auftauchte, auf denen man ihr Gesicht sah, und dann würde einer von den finnischen Auswanderern sie hiermit in Verbindung bringen. Ihr Leben war keines, in dem Platz für eine weitere Laune der Natur gewesen wäre.

Über das Ausmaß von Jacksons Wirkungskreis und über die im Hinterhof vergrabenen Kinder las Eva erst später und hoffte, dass ihr Kind in Jacksons Ofen oder im Massengrab, das ein Bestattungsunternehmer angelegt hatte, gelandet war. Ungeachtet dessen sah sie sich jede Zirkusreklame genau an, hörte hin, wenn die Leute über die Vorführungen und die ausgestellten Launen der Natur sprachen. Sie erfuhr jedoch nichts, was darauf hindeutete, dass Jackson sein Versprechen nicht gehalten hatte, dennoch plagten sie Zweifel, und sie wachte immer wieder davon auf, dass ihr Kind sie rief. Dass es auf sie wartete und rief.

Norma hätte eigentlich nicht überrascht sein dürfen, trotzdem war sie es. Womöglich gab es irgendwo auf der Welt eine Person, die wie sie war. Eine, der es wie ihr gelungen war, ihre Eigenschaft zu verbergen. Eine, die das Leben im Verborgenen für ebenso notwendig hielt, wie es Normas Mutter getan hatte. Deren Geschichte mochte zum Teil in belehrender Absicht entwickelt worden sein, aber es war keineswegs ausgeschlossen, dass Eva Nachkommen hatte.

Wenn Norma wollte, würde sie diese entfernten Verwandten leicht ausfindig machen können. Sie müsste nur das Gegenteil von dem tun, was ihre Mutter ihr beigebracht hatte: ein Video von sich drehen und ins Netz stellen und damit nach einer suchen, die wie sie war. Als sie noch jünger war, hätte sie durchaus auf die Idee kommen können. Damals hatte sie die Vorsicht ihrer Mutter manchmal nur aus Prinzip verhöhnt und behauptet, die Welt sei noch nie zuvor so offen für Randgruppen gewesen. Ihre Mutter hatte sie für kindergläubig gehalten und besorgt verfolgt, wie Realityformate den Fernsehbildschirm eroberten und auf diese Weise neue Freak-Zirkusse entstanden. Sie hatte sie alle gesehen, Body Shock, My Shocking Body und andere Sendungen, die als Dokumentarfilme daherkamen, und es hatte sie entsetzt. Früher hatte man die Familien von andersartigen Personen in Ruhe gelassen, nachdem ein Zirkus den Freak mitgenommen hatte, aber im 21. Jahrhundert galt das nicht mehr. Die Medien wollten die ganze Sippe. Norma hatte gelacht und zu ihrer Mutter gesagt, sie solle sich ein bisschen entspannen. Die Mattscheibe dränge einem die Menschenrechte der kleinsten Randgruppen auf, in den beliebtesten Serien gehe es um sexuelle Minderheiten, Vampire und übernatürliche Phänomene. Hellseherinnen und Engelsflüsterer posierten neuerdings auf dem Titel von Frauenzeitschriften, die durch ihr Hochglanzpapier hoffähig waren. Sämtliche Kuriositäten hätten sich bereits geoutet, also habe auch sie die Chance dazu. Dann könne sie leben wie alle anderen. Vielleicht gebe es gar keine, die ihr ähnlich sei, aber was mache das schon.

Würde sie sich heute offenbaren, könnte sie möglicherweise morgen schon mit einer reden, die wie sie war. Es konnte sein, dass sie irgendwo auf der Welt Sensationsmeldungen über eine außergewöhnliche Frau lesen würde und der Versuchung nicht widerstehen könnte, Kontakt aufzunehmen. Dann wäre Norma nicht mehr allein, sie wären es beide nicht mehr. Gemeinsam könnten sie beweisen, dass Mutters Argwohn falsch gewesen war, und Normas heimlicher Traum würde wahr: Sie hatte sich immer gewünscht, einer zu begegnen, die ihre Probleme teilte. Sie richtete den Ventilator auf ihr Gesicht. Nacken und Schläfen waren klebrig geworden, der Kragen ihrer Bluse war feucht, gerade so, als würden die Haare weinen.

18.5.2013

Deine ganze Kindheit über gingen wir zu Ärzten, Doktoren, Kurpfuschern und allen möglichen Schlangenölhändlern. Ich präsentierte ihnen diffuse Symptome und spielte auf das zu starke Wachstum deiner Haare an, während ich darauf achtete, dass keiner von ihnen es selbst sah, und hoffte, dass nebenbei etwas half, irgendetwas, ein Segen, ein Fluch, Beschwörung oder Homöopathie. Ich wollte hören, dass es noch mehr Fälle wie dich gab, und hoffte, eines Tages in einer Praxis einem Paar, wie wir es waren, zu begegnen, Mutter und Tochter. Du würdest sie erkennen, falls ich es nicht täte.

Ich hatte an den falschen Stellen nach Hilfe gesucht. Gerade Männer wie Lambert kennen Ärzte wie Jackson, und Ärzte wie Jackson reden nie. Es gibt keine Patientenakten, nichts sickert durch. Keine richtigen Namen. Billig ist es nicht, aber möglich schon, und wenn du normal geworden bist, kannst du eine Familie haben, ein normales Leben, all das, was du immer gewollt hast.

Es dauerte, den richtigen Mann zu finden. Erst nachdem ich mich vergewissert hatte, dass Grigorij der Richtige war, vereinbarte ich mit Marion den Tag für den großen Knall. Ich lernte ihn bei einer Dienstreise nach Stockholm kennen. Im Gespräch kamen wir auf die erbliche Hypertrichose, auf ihre Behandlung mit Laserepilation und Blitzlampen zu sprechen, und er erzählte von einem Freund, der auf die Behandlung von zu starker Behaarung spezialisiert war und die Hypertrichose verursachende Genmutation erforscht hatte. Es gab nur fünfzig bekannte Fälle, und die Seltenheit der Krankheit war seiner Meinung nach interessant. Früher hatte man geglaubt, dass diejenigen, die daran erkrankten, übernatürliche Kräfte besaßen, weshalb man sie entführte.

Grigorij ist es gelungen, eine Frau, die unter Hypertrichose litt, zu heilen. Ich habe diese Frau selbst gesehen, mit eigenen Augen. Sie war eine Kundin von Lamberts Klinik. Ihre Haare sind jetzt normal und ihr Kind kam gesund auf die Welt.

Meine liebe Norma, es gibt so viele Dinge, über die wir hätten reden sollen. Ich habe sie nicht zur Sprache gebracht, weil ich ja doch keine Antworten gehabt hätte. Auf diesen Videos habe ich versucht, dir alles zu erzählen, was du wissen musst. Sollte etwas schiefgehen, wird dir Eva helfen, die Aufnahmen zu finden, und dann musst du sofort zum Flughafen Helsinki-Vantaa aufbrechen und die erste Maschine nehmen, egal wohin, und von dort nach Bangkok weiterfliegen. Dann wird alles bereit und bezahlt sein. Ich werde dir später noch die Kontaktpersonen und die genauen Verbindungsdaten mitteilen. Ich habe dir auch Papiere auf einen anderen Namen besorgt. Marion kennt Leute, über die man einen Pass bekommt. Vielleicht bin ich unnötig nervös, aber Lambert hat überall seine treuen Hunde. Wir sind zu vielen Menschen begegnet. Einer von ihnen wird über kurz oder lang reden. Allein Lasse und Kristian sind gute Beispiele dafür, wie Patientendaten durchsickern können, und dass alles käuflich ist. Besonders Kristian gegenüber bin ich argwöhnisch. Ich fürchte, dass seine Nerven nicht stark genug sind und er Lambert alles verrät, nur um seine eigene Haut zu retten, oder weil er sich einbildet, dass er für die Enthüllung Geld bekommt, oder dass Lambert ihm gar die Schulden erlässt.

Helenas Fall und Evas Schicksal haben mich davon überzeugt, dass wir nie sicher sein können, wie deine Haare reagieren werden. Ich wäre bereit gewesen, meinen Plan zu verwerfen, wenn sie sich bedrohlich benommen hätten. Aber sie haben alles, was ich getan habe, akzeptiert, Norma.

Mehr als vor der unkontrollierbaren Reaktion deiner Haare habe ich Angst vor etwas anderem, vor etwas, dem keine Frau widerstehen kann: vor den Verführungen des Herzens. Früher oder später wirst du jemanden kennenlernen, von dem du mehr willst als kurzfristige Gesellschaft. Irgendwann wird dein Herz brechen, so wie es bei deinen Vorgängerinnen gebrochen ist. Darum ist all das notwendig. Ich vertraue deinem Verstand, aber nicht deinem Herzen.

ELF

Die Thailänder benutzen lieber vietnamesische Frauen oder welche aus Myanmar oder Taiwan. Es geht nicht nur um den Preis, sondern um die Kulturunterschiede. Die Thailänder achten ihre eigenen Frauen mehr. Mir kommt es so vor, als gelte das auch für alle anderen. Es ist leichter, jemanden zu benutzen, der nicht so ist wie man selbst. Das solltest du dir merken.

Die neuen Broschüren der Agentur *Die Quelle* waren auf dem ganzen Tisch verteilt. Alla überprüfte die russische Version, Marion die finnische und die schwedische. *Die Quelle* stand für Qualität, nicht für dubiose Kurpfuscherei, es durfte sich kein einziger Fehler einschleichen. Für die Broschüren war das teuerste Papier ausgesucht worden, der Grafiker hatte ein Vermögen gekostet, aber das Resultat war entsprechend. Alvar konzentrierte sich auf die Überprüfung der Videos, auf denen die Leihmütter vorgestellt wurden, auch sie erstklassig. Zwischendurch blickten alle auf die Wanduhr. Lambert hatte einige Stunden zuvor angerufen und angeordnet, Champagner kalt zu stellen, es gebe Grund zum Feiern.

Gute Nachrichten zurückzuhalten und wie ein Zirkusdirektor die Spannung zu steigern, war eine von Lamberts Gewohnheiten. Wie auch die Art, die Tür aufzureißen, als er endlich eintraf, und ein paar Schritte im Takt des aktuellen Sommerhits zu machen. Er summte. Er pfiff. Er griff nach den neuen Broschüren, tänzelte blätternd durch den Raum und gab sein Placet, indem er Alvar das Haar zerwuschelte. Leihmütter und Kunden würden das Material in ihrer Muttersprache bekommen. Das weckte Vertrauen.

»Bald werden wir die auch auf Vietnamesisch drucken müssen«, meinte Lambert. »Die Regierung des Landes ist im Begriff, ihre Haltung zur Leihmutterschaft zu ändern. Der stellvertretende Ministerpräsident hat bereits schöne Statements über den Traum vom Muttersein abgegeben, auf das alle Frauen ein Recht hätten. Stellt euch vor, wie lange es dauert, sich einen anständigen Zopf wachsen zu lassen! Eine Schwangerschaft dauert dagegen nur neun Monate. Und die Mädchen sind gesund und natürlich.«

Lambert hörte auf zu tänzeln, schaltete das Radio aus und ließ Stille einkehren. Marion spürte ein kaltes Zwicken, die Haut auf der Stirn prickelte, wie wenn man aus der Sauna direkt in die Kälte hinausging. Alvar schaute sie an und schüttelte unmerklich den Kopf. Auch er wusste nicht, worum es ging.

»Dimi hat angerufen. Das Haar ist untersucht worden.«

Lambert schlug mit der Hand auf den Couchtisch und schnaubte. Die auf einem Tablett bereitstehenden Champagnergläser klirrten.

»Sauber, extrem sauber, keinerlei Überreste. Dimi hat sich sogar gefragt, ob es möglicherweise doch unter Laborbedingungen hergestellt wurde.«

»Ist die Sauberkeit der einzige Grund für diese Überlegung?«, fragte Alvar.

»Nein, sondern die DNA.« Lambert schlug die Hände zusammen. »Die Proben sind drei Gebinden entnommen worden, drei verschiedenen Partien. Die DNA ist bei allen dieselbe. Das ist nur möglich, wenn die Haare von einem einzigen lebenden Wesen stammen, von ein und demselben Menschen. Ich glaube, dass jemand eine preisgünstige Methode erfunden hat, um schnell menschenähnliches Haar zu produzieren, und Anitas Kooperationspartner sind bei diesem Projekt dabei.«

Marion begriff, dass Anita gelogen hatte. Ihre obskure

Verwandte klapperte keine ukrainischen Dörfer ab, um Zöpfe einzusammeln. Das Haar musste aus einem topmodernen Labor stammen, dessen Besitzer über Kapital und viele Mitarbeiter verfügte. Einer von ihnen würde reden, einer redete immer. Lambert würden diesen Einen finden und anschließend den Produzenten ausfindig machen.

»Dimi sucht gerade nach Korrelationen und bestellt dafür Proben aus der ganzen Welt. Irgendwann werden wir auf die Quelle stoßen«, sagte Lambert. »Aber schneller geht es über die Kleine. Kommt der Fall überhaupt voran?«

»Wir wissen trotzdem noch nicht, wer das alles geplant hat, wer die Kamera hat, für wen Anita die Beweise sammelte und was damit gemacht werden sollte«, bremste Alvar. »Die Kleine muss bald die Schulden abbezahlen. Wie sollte sie das anders tun als durch die Preisgabe ihrer Informationen?«

»Mein Junge ist schon immer ein Spielverderber gewesen«, seufzte Lambert. »Presst die Informationen aus ihr heraus!«

Marion blieb am Tisch sitzen, als die anderen hinausgingen. Nachdem die Rede auf die Kleine gekommen war, hatte Alvar ihren Blick gemieden, so wie er es im Fall von Albiino getan hatte. Auch damals hatte Marion Papiertaschentücher zerpflückt und die Schnipsel mit den Fingern zu Häufchen zusammengefügt. Lambert hatte seinerzeit am Calvados, der zum Kaffee gereicht wurde, geschnuppert wie an einem erlesenen Parfum und sein Bedauern darüber zum Ausdruck gebracht, dass man in diese Situation geraten war. Sein Mitgefühl gelte den jungen Liebenden, aber der Betrug dieser Göre könne nicht einfach übergangen werden. Nach Reijos Bootsunfall habe man das Mädchen in die Familie aufgenommen, es unterstützt, ihm Arbeit gegeben und Lambert habe es wie seine eigene Tochter behandelt. Und was war der Lohn? Ganz besonders hatte das Miststück Alvar betrogen, seine Freundlichkeit missbraucht. Albiinos Habgier sei bereits auf den ersten Metern zu beobachten gewesen, hatte sich Lambert erinnert und allen den Moment ins Gedächtnis gerufen, in dem Albiino den Koffer mit Dollars in kleinen Scheinen gesehen hatte und unbedingt anfassen wollte. Nur mal kurz. Speichel sei ihr aus dem Mundwinkel gelaufen. Dieser habe auf dem Lipgloss der Unterlippe Blasen gebildet, und darin habe der Keim ihrer Dummheit gelegen. Sie habe geglaubt, man könne Lambert übers Ohr hauen, ohne erwischt zu werden.

Auf dem Wohnzimmerregal hatte ein Bild gestanden, auf dem Lambert und Reijo Ross mit ihren Kindern posierten: Marion, Alvar und der Nachwuchs von Reijos neuer Familie, Albiino und ihr Bruder. Nach jenem Abend war das Bild verschwunden, Alvar hatte als Entschädigung die Villa und ein neues Auto bekommen. Er schien um Albiino nicht mehr zu trauern als Marion um Bergman. Mit Albiino hatte man gut feiern können, Bergman bot einen Weg fort von zu Hause, eine Zwischenstation, an der Marion sich vorgestellt hatte, auf den Beginn ihres eigenen Lebens zu warten. Später hatte sie begriffen, dass ein solcher Beginn nicht kommen würde. Keine Liebe, keine eigene Familie, nichts und niemand eigenes, nur Lambert würde kommen, aus allen Richtungen, so oder so. Aber damit sollte jetzt Schluss sein. Die Entschlossenheit löste die Starre in ihren Gliedern. Allem Anschein nach hatte die Kleine gar keine Vereinbarung mit dem Klan geschlossen. Vielleicht hatte sie sich mit Alvar nur getroffen, um sich nach Anitas letztem Tag zu erkundigen, so wie sie es auch bei Marion getan hatte, mit diesen blöden Geschichten über Helenas Stimmen. Marion würde nun doch richtig handeln und versuchen, das Dummerchen noch zu retten. Dann würde es ihr nicht wie Albiino im Kopf herumspuken.

Alvars Finger trommelten an der Ampel aufs Lenkrad, auch danach noch, von Kreuzung zu Kreuzung, im Kreisel und beim Spurwechsel. Ein unergründlicher Gesichtsausdruck, kein Wort auf der gesamten Fahrt vom Großhandel zum Salon. Sie näherten sich Kallio, Marion wechselte die Sender, professionell muntere Reklamestimmen, Sommerwetter, Sommerhochzeiten.

»Kann das wirklich stimmen? Das, was Lambert über die DNA der Haare gesagt hat?«, fragte Marion.

Alvar schaltete nun auch das Radio aus.

»Bist du genervt, oder was?«, fragte Marion. »Pass auf, ich habe mich um den Salon zu kümmern. Wenn die Kleine in Urlaub fährt, müsst ihr mir einen Ersatz schicken.«

»Letztes Mal habe ich dir Anita gebracht. Das ging nicht besonders gut. Rede mit Alla.«

Alvar starrte über das Lenkrad hinweg nach vorn, mit lockeren Handgelenken, aber steifem Kiefer, und Marion wünschte, wünschte sich so sehr, dass er ihr wenigstens ein kleines Stück entgegenkommen würde. Als Anita und sie angefangen hatten, den großen Knall zu planen, hatte Marion großtuerisch angekündigt, die ganze Bande in den Knast zu bringen. Später hatte sie ihre Meinung geändert und beschlossen, ihren Bruder vor der Lawine nach dem Knall zu retten. Anita hatte vorgeschlagen, Alvar vorab zu warnen. Nicht viel früher, aber doch ein bisschen. Marion dürfe nichts tun, was sie später vielleicht bereute. Dennoch brauchte sie einen Grund, um ihren Bruder zu retten.

»Norma ist nicht wie die anderen, sie hat nichts getan«, sagte Marion. »Man könnte sie laufen lassen. Mir verzeiht Lambert nichts, dir schon.«

Alvar lachte auf.

»Das glaubst du nur.«

»Du weißt, wie man bei ihm an den richtigen Fäden zieht.«

»Du würdest das auch können, wenn du dir ein bisschen Mühe geben würdest.«

»Das würde nichts nützen. Lambert sieht immer Helena in mir.«

»Das bildest du dir ein. Lambert sieht in dir nur eine Idiotin, die alles gefährdet und die Anitas Lügen geglaubt hat. Du ist für diesen Job nicht geeignet.«

Marion fing an zu schluchzen. Alvar reichte ihr ein Taschentuch.

»Weißt du, wo Albiino jetzt ist?«

»Keine Ahnung.«

»Hast du nicht versucht, es herauszufinden?«, fragte Marion.

»Warum hätte ich das tun sollen? Was zerbrichst du dir darüber den Kopf? Du konntest sie doch nicht einmal leiden.«

»Ich will bei dem Kundengespräch nicht dabei sein.«

Bei Albiino war nach der Entscheidung alles schnell gegangen, innerhalb von zwei Tagen. Alla hatte viele Dinge gleichzeitig erledigen müssen: Zusätzlich zu den Problemen, die Albiino verursacht hatte, war es in Maracaibo zu

Lieferstörungen gekommen. Venezuela nahm alle Russischen an, die Alla lieferte, aber der Raub von Frauenhaar vor Ort hatte zu verstärkten Kontrollen geführt, zumal manche Unglückseligen auch noch versucht hatten, zwischen den Haaren Kokain zu schmuggeln. Es wurden mehr Bestechungsgelder nötig. Und in Mexiko wurden Leihmütter gebraucht.

Alla hatte beschlossen, all das auf einer Reise zu klären. Sie hatte drei Flugtickets nach Bogotá gebucht sowie Anschlussflüge nach Cancun, ebenfalls für drei. Albiino hatte sich über den Urlaub und den Swimmingpool gefreut. Sie hatte sich eingebildet, ihren Traum zu leben, und sich zwei neue Bikinis gekauft. Ihr Liebhaber hatte Geld, und sie würde nur mit einer Margarita in der Hand am Pool liegen.

Schon nach zwei Wochen hatte Lambert einem amerikanischen Kunden die potenzielle Leihmutter präsentiert. Dass auf dem Bildschirm Albiino zu sehen war, hatte Marion völlig überrascht. Die Haare waren ordentlich gemacht, die künstlichen Nägel entfernt, die Wimpern hatte man gelassen. Die Bräune, die sie sich an den Pools von Cartagena geholt hatte, glich das Zucken im Gesicht, das von den Drogen kam und das man nicht mit Puder vertuschen konnte, ein bisschen aus. Lambert hatte gesagt, das Mädchen sei wegen der Kamera aufgeregt gewesen. Albiino war als Finnin präsentiert worden, die nach Mexiko gegangen war und nach der Scheidung von einem Einheimischen nun finanzielle Unterstützung für den Beginn eines neuen Lebens brauchte. In einer Ecke des Bildschirms hatte das Logo von Planet Hospital geflimmert. Lambert hatte hervorgehoben, was für ein Glück der Amerikaner hatte: Solche Fräuleins waren schwer zu finden, das Kind würde hübsch werden und höchstwahrscheinlich blaue Augen haben.

»Warum musstet ihr euch bei Albiino für die schlechteste Variante entscheiden?«, fragte Marion. »Ausgerechnet für diesen Mann. Kannst du diesmal einen besseren suchen? Anita zuliebe.«

Die meisten Paare waren perfekte Eltern. Bei Albiino hatte man allerdings einen Vertreter des anderen Extrems ausgesucht. Lambert war es völlig egal gewesen, als der künftige Vater am Telefon erklärt hatte, es wäre besser, wenn seine Frau keine Leihmutter mehr zu Gesicht bekäme. Die Eizellen seien nicht ihre, sie könne ihre Mutterschaft später in Zweifel ziehen, falls sie die Leihmutter kennenlerne. Dann hatte er noch gefragt, ob natürliche Befruchtung den Preis senke, und das war tatsächlich der Fall.

»Das Paar, das nach einem Kommentar zu Haiti von der Adoption Abstand genommen hat. Erinnerst du dich? Die beiden waren bei einer Vorlesung zum Thema Adoption, und der Referent sagte, nach der Katastrophe von Haiti sei die Lage günstig gewesen, aber solche Naturkatastrophen seien selten, es stünden magere Zeiten bevor. Das Paar war geschockt. Du erinnerst dich an die beiden.«

»Die Leihmutter ist bereits ausgesucht.«

»Sagt eben, sie sei krank geworden.«

»Zu riskant. Das Paar will die Leihmutter sehen und richtig kennenlernen.«

»Bis dahin hat Norma kapiert, was ihre Möglichkeiten sind. Du stellst ihr die Alternativen vor. Sie wird es schon verstehen.«

»Würde dich das beruhigen? Würde dich diese Regelung glücklich machen?«

»Ja, das würde sie.«

»Bei Albiino hat dich nichts gestört. Warum liegst du mir jetzt damit in den Ohren?«

Marion spürte noch immer, wie Alla sie angestoßen hatte, als sie Norma im Park unter Übelkeit leiden sah. Es war ihr nicht gelungen, Anita zu retten, und sie würde auch Anitas Tochter nicht retten können, sie würde ihr lediglich etwas bessere Umstände verschaffen, wenigstens das. Dann würde sie weggehen, egal wohin, und vierundzwanzig Stunden vor dem großen Knall würde sie Alvar warnen. Falls er sein Versprechen hielt.

Lasse wog die Ukrainischen in der Hand und machte eine abwinkende Handbewegung in Richtung der auf der Couch verstreuten Kleider. Er konnte sich nicht entscheiden, was er für die Pride-Parade anziehen sollte. Vielleicht sollte er als Mutter aller Blondinen gehen, als Marilyn.

»Durch die Demokratisierung des Blondseins und der Entenlippen schätze ich Marilyn mehr als je zuvor«, sagte er und goss Marion Kaffee nach. »Oder wie wäre es mit Angelina Jolie? Dann wäre ich zur Abwechslung mal brünett. Angelinas Mastektomie war eine große Sache. Lambert hat sich bestimmt die Hände gerieben.«

Lambert hatte sich nicht mit einer so beherrschten Reaktion begnügt. Die Nachricht hatte ihn dazu veranlasst, Alla vom Stuhl zu reißen und mit ihr zu tanzen. Ein Superstar, der sich wegen eines erblichen Krebsgens die Brüste entfernen ließ, belebte das Geschäft enorm, und die Mitarbeiter der Agentur wurden angewiesen, jeden berühmten Fall in Erinnerung zu rufen, in dem es um genetische Vorbelastung ging. Schlagzeilen über Hollywood-Stars, die sich wegen Alzheimer- oder Schizophrenie-Prädisposition auf Leihmutterschaft stützten, wurden fieberhaft erwartet.

»Das Geschäft lief heiß, als Nicole Kidman ihr Kind über eine Leihmutter bekam.«

»Und Sarah Jessica Parker. Lambert wird noch einmal so ein großer Name sein wie Sarah Jessicas Agent. Aber Schätzchen, sag mir doch, was dich bedrückt. Sorgen sind nicht gut für die Haut einer Frau.«

»Hat irgendjemand irgendetwas gefragt?«

»Nach dieser Dose hier?«

Lasse stellte eine Kassette aus Metall auf den Tisch. Marion verstaute sie in der Handtasche. Sie würde besser schlafen, wenn sie sich mitten in der Nacht vergewissern konnte, wo die Kassette war, und sich keine Sorgen machen musste, wenn Lasse nicht sofort auf ihre SMS antwortete.

»Irgendwer, nach irgendwas.«

»Nein, niemand, nach nichts.«

Marion musterte Lasses Gesichtsausdruck. Er glaubte immer noch, er habe auf Marions Reserve für schlechte Zeiten aufgepasst, die sie seiner Obhut übergeben hatte, weil sie ihrer Verschwendungssucht oft nicht widerstehen konnte. Anita und Marion hatten die Kassette an einem sicheren Ort aufbewahren wollen, wo der Klan nicht als Erstes suchen würde. Von allen Mitarbeitern der Firma war Lasse der einzige, dessen Motivation nicht finanzieller Natur war. Darum vertrauten ihm alle. Trotzdem meldete sich leiser Zweifel. Wenn Lasse herausfände, was sie und Anita getrieben hatten, konnte es sein, dass er sie verpfiff. Er wollte die Agentur nicht gefährden. Nach dem großen Knall würde kein Männerpaar aus Lasses Bekanntenkreis mehr ein Kind bekommen, und Lasses Freund, der mithilfe der Klinik in Bangkok Vater werden sollte, würde nie ein Familienticket für den Zug kaufen und nie ein Familienzimmer im Hotel buchen. Ihr Traum von einer Familie war in dem Moment in sich zusammengefallen, in dem Lasse Marion die Metallkassette übergeben hatte. Sie könnten schon damit anfangen, Elton Johns Familienporträts von der Wand zu reißen, weil sie es bald nicht mehr ertragen würden, sie anzuschauen, und sie würden auch keine Berichte mehr darüber lesen wollen, dass er wieder Familienzuwachs aus dem zarten Schoß einer Leihmutter bekommen hatte. Marion merkte, dass ihre Augen erneut brannten. Blütenstaub, mehr nicht. In der Klinik in Thailand hielten sich derzeit zehn schwangere Mädchen auf, in Georgien fünf, in der Ukraine acht.

»Muss ich mir wegen irgendetwas Sorgen machen?«, fragte Lasse.

»Nein. Lambert ist einfach paranoid. Er macht alles kompliziert.«

Marion fiel auf, dass zwei Telefone auf dem Tisch lagen, Lasses eigenes und ein Prepaid-Handy, das er für die Agentur benutzte. Wenn die Zeit gekommen war, würde sie Lasse eine SMS schicken, dass er das Agentur-Handy sofort vernichten müsse. Lasse hatte keine Schwierigkeiten verdient, man sollte ihn schützen, aber zugleich musste man ihn ruhigstellen. Marion begriff, dass sie selbst vollkommen gelassen war. Sie hatte keine kalten Hände und griff auch nicht instinktiv nach der Tasche, in der sie ihr Projekttelefon aufbewahrt hatte.

»Hat Anita Lambert bestohlen?«, fragte Lasse. »Ich wusste nicht, dass sie in finanziellen Schwierigkeiten steckte.«

»Ich auch nicht.«

»Aber deswegen vor die U-Bahn…«

»Lambert verzeiht so etwas nicht. Die Summe war beträchtlich. Verwandte von Anita waren in Schwierigkeiten geraten.«

Marion verstummte. Sie wollte Lasse nicht anlügen.

»Der Mann hat es in sich.«

»Das kann man wohl sagen.«

»Wenn du bloß nicht erwischt wirst. So wie Anita«, sagte Lasse. »Nein, erzähl mir nichts mehr. Ich will es nicht wissen. Und das ist jetzt wohl der Abschied.«

Marions Kinn zitterte. Daran hatte sie nicht gedacht.

Lasse warf das Marilyn-Kleid auf den Stuhl und umarmte sie.

»Du hast einen Neuanfang verdient«, sagte er. »Nimm ihn dir und leg los!«

ZWÖLF

Es gibt so viele von den Mädchen. Ich weiß nicht, was mit ihnen nach dem großen Knall geschieht. Wenn ich es herauszögere, gewinne ich nichts, das Geschäft lässt nicht nach, es wird keine Flaute geben, keinen Moment, in dem kein einziges Mädchen betroffen wäre. Eva sagte, ich solle mir darüber nicht den Kopf zerbrechen. Alles hat seinen Preis.

Die Erkenntnis schlug ein wie ein weißer Blitz, und Norma stoppte das Video. Im Bild sah man die Tasche der neuen Kamera ihrer Mutter, aber auch einen Koffer, in den die Mutter etwas hineinwarf. Die erste Digitalkamera, die sie sich gekauft hatte. Die war Taschen- und Hoteldieben nicht mehr gut genug, darum begab sie sich nie ohne diese Kamera auf Reisen. Ihre Videos hatte sie aber mit dem neuen Apparat, der jetzt im Regal lag, aufgenommen.

Norma sah sich noch einmal die letzten Mitteilungen ihrer Mutter an. Kein Wort über eine unterwegs verschwundene Kamera. Sie schrieb Margit eine SMS und fragte danach. Die Antwort kam umgehend. Margit hatte die alte kleine rosa Kamera nicht gesehen und auch nicht an sich genommen. Norma holte den Rollkoffer ihrer Mutter und ging erneut den Inhalt durch. Badeanzug, Baumwollröcke, Sonnencreme. Leinenjacke. Die Mitbringsel für Norma: ein neues seidenes Wickelkleid und Zitronengrassalbe. Die Mutter hatte sie ihr an dem Abend geben wollen, der nie gekommen war. Noch mehr Seide. Keine Kamera.

In dem Hotel, in dem ihre Mutter gewohnt hatte, sagte man, sie habe nichts liegen lassen. Vom Flughafen Bangkok erhielt Norma die gleiche Antwort. Am Flughafen Helsinki-Vantaa wurde das Gespräch an den Finnair-

Schalter durchgestellt. Norma beschrieb das Gerät, nannte zwei Tage, an denen es hätte verloren gehen können, das Abreise- und das Ankunftsdatum, am Riemchen ein kleines Flitterding, auf dem Medaillon die Regina Cordium von Rossetti, das Hochzeitsporträt von Elizabeth Siddal.

Norma verhörte sich nicht. Die Kamera lag am Finnair-Schalter. Die Mitarbeiterin dort hatte zufällig Dienst gehabt, als sie abgegeben worden war. Jemand hatte gesehen, wie sie einer Frau heruntergefallen war, aber die Gruppe hatte sich so rasch in Bewegung gesetzt, dass er sie nicht mehr erreichen konnte.

Norma goss sich eine Nährstoffmischung in die Tasse, schluckte sie und schnitt sich etwas von ihren Haaren ab. Sie mischte die Haarschnipsel mit Tabak und drehte sich eine Zigarette. Nachdem sie sie langsam geraucht hatte, warf sie einen Blick auf Evas Bild neben dem Notebook und bestellte ein Taxi zum Flughafen.

Als das Windspiel klimperte, vergrößerten sich die Schweißflecken auf Marions weißer Bluse. Alvar holte sie zu einem Kundentermin ab, und wie immer wurden die Anzeichen der durchwachten Nacht stärker. Der Bananendutt, den sie sich mithilfe eines Duttkissens gemacht hatte, konnte die ungewaschene Kopfhaut nicht verbergen, das ranzige Fett darauf.

»Fertig?«

»Natürlich.«

Zum wiederholten Male ging Marion ins Bad, um Glanz auf ihre Frisur zu sprühen. Sie zog es in die Länge. Sie wollte nicht gehen. Alles in ihr wehrte sich dagegen. Norma betrachtete sie inzwischen mit anderen Augen. Sie hatte verschiedene Dinge falsch interpretiert, weil sie nicht gewusst hatte, wonach sie suchen sollte. Die Selbstgedrehten halfen, da hatte Anita recht gehabt. Ohne sie wären ihre Haarwurzeln nicht so ruhig, ihre Gedanken nicht so klar.

Sobald sie allein war, zog Norma Marions Autoschlüssel hervor, die sie aus deren Handtasche stibitzt hatte, als Marion ihr Make-up vervollständigt hatte. Sollte sie die Schlüssel vermissen, würde sie glauben, sie habe sie vor Nervosität vergessen, wie auch das Puderpapier und den Lippenstift auf dem Waschbeckenrand, die sie sonst immer bei sich hatte. Norma schnappte sich Handbesen, Schaufel und Mini-Staubsauger, für den Fall, dass sich jemand über ihr Vorhaben wundern sollte, und machte sich daran, Marions Auto zu durchsuchen.

Im Kofferraum fand sie einen Rollkoffer im Boardcase-Format. Norma schob ihn in einen Müllsack und trug diesen ins Hinterzimmer des Salons. Die Aufkleber von verschiedenen Reisen waren abgerissen worden, und der Koffer enthielt nicht viel mehr als ein paar Hotel- und Reisebroschüren aus Kiew, Tiflis und Bangkok, einen Kamm und einen Stoß Broschüren der Agentur Die Quelle, deren Überschriften sich von Sprache zu Sprache wiederholten. Die Agentur hatte ihren Sitz in Kiew, Filialen gab es in Bangkok, Mexiko, in Polen und Sankt Petersburg. Norma schlug die finnische Broschüre auf und überflog die Präsentation der Personen, die sich Fachleute in Sachen Leihmutterschaft nannten. Die Leiterin der Agentur erzählte, sie habe die Idee zur Gründung des Unternehmens bekommen, nachdem sie das Gleiche durchgemacht habe wie ihre Kunden. Erst mithilfe einer Leihmutter habe sie das Glück der Mutterschaft erfahren dürfen, und nun habe sie zwei Kinder. Auch das Personal der Kliniken, mit denen zusammengearbeitet wurde, versicherte, aufgrund persönlicher Erfahrungen die Probleme ihrer Kunden zu verstehen. Auf den letzten Seiten wurden die Kundenchefs und Koordinatoren, die medizinischen Leiter sowie die für die Leihmütter und Spenderinnen zuständigen Bereichsleiter und Kontaktpersonen aufgelistet. Juristische Kompetenz und alles, was mit Reisedokumenten und der Nationalität des Kindes zu tun hatte, gehörte mit zum Paket. Über dem Foto auf der Rückseite, das eine Familienidylle zeigte, stand: »Träume werden wahr.« Nirgendwo gab es einen direkten Hinweis auf die Lamberts oder auf sonst etwas Dubioses.

Norma ging in den Hinterhof, um eine Selbstgedrehte zu rauchen, und machte sich an die Arbeit. Der Koffer war noch nie gesaugt oder gewaschen worden. Er war ein Schatz. Das erste Haar, das sich darin fand, war mit hoher Wahrscheinlichkeit ein vietnamesisches. Garantiert von einer Frau in anderen Umständen, einer jungen, gut mit Vitaminen versorgten. Eine Chemikalie störte, Norma erkannte sie nicht. Schwangerschaftshaare sollten frühlingshaft heiter sein, aber an diesem hier war etwas, das dem ähnelte, was die Vietnamesinnen aus dem Nagelstudio hatten, und der Stresspegel lag höher als sonst bei schwangeren Frauen. Das nächste Haar ragte zwischen Hotelbroschüren hervor und gehörte einer nordeuropäischen Frau mit Low-Carb-Diät, die kein Kinderglück zu haben schien. Frauen mit dem polyzistischen Ovarialsyndrom hatte sie schon vor langer Zeit am zu starken Härchenwuchs zu identifizieren gelernt. Und obwohl man die Krankheit mit Medikamenten unter Kontrolle halten konnte, war sie am dritten Haar deutlich zu erkennen, ebenso wie der Konsum von Clomifentabletten. Der Zustand der dritten und vierten Frau erinnerte an die Wechseljahre. Die Fünfte nahm Hypophysenhormone, reifen Käse und Biowein zu sich. Bei der Sechsten war zumindest Clomifen auszumachen und bei der Siebten wieder Hypophysenhormone. Alle über dreißig, zwei über fünfzig. Die Dritte und die Vierte könnten ihren Alkoholkonsum einschränken, die Sechste war eine Anorektikerin mit Laktoseintoleranz, die unter einem Mangel an Magnesium und anderen Spurenelementen litt. Insgesamt sieben Frauen und im Haar von jeder Spuren einer Kinderwunschbehandlung. Norma fand auch ein paar Haare von Männern. Eines gehörte Alvar, die anderen zwei unbekannten Nordeuropäern. Der Lebensstandard der Männer war ebenso hoch wie der der Frauen, die Ernährung die gleiche. Und in dem Moment schlug sie zu, die starke Geruchserinnerung: die Handtasche, deren Futter Norma bei der Suche nach einer letzten Nachricht ihrer Mutter aufgerissen hatte. Das skandinavische Haar, das im Reißverschluss klemmte. Keine Chance, Kinder zu bekommen, viel Grapefruitsaft, zu viel Aspirin, klassische Hausmittel gegen Kinderlosigkeit.

Der Rollkoffer gehörte keinem Haarhändler. Die Haare waren keine Verlängerungen, sie waren nicht von Silikon und Chemikalien ruiniert. Früher hatte Norma gedacht, Marions fast tägliche Termine hätten mit Haar-Agenten zu tun, mit dem offenkundig weiten Netz, das Alla geschaffen hatte. Mit den nigerianischen Zopfflechterinnen scherzte Marion jedoch entspannt und zum Großhändler fuhr sie leichten Herzens. Norma griff nun auch noch nach dem Kamm, den sie im Koffer gefunden hatte. Er bewies das Gleiche: Die Termine, zu denen Marion mit diesem Koffer aufgebrochen war, hatten sie beunruhigt.

Norma knallte den Kofferdeckel zu. Obwohl die Proben aus einer großen Zeitspanne stammten, war kein Irrtum möglich. Auch nicht, was Marions Beteiligung an den Machenschaften des Klans betraf. Alles ein Pack.

Bis zum Eintreffen der Kundin dauerte es noch eine Viertelstunde. Norma legte den Koffer in den Kofferraum und warf noch einen Blick auf die Jacken, die im Auto hingen – sie steckten noch in der Folie der Reinigung und hatten nichts Interessantes zu bieten –, ging wieder hinein und legte die Autoschlüssel auf den Boden, unter den Tisch, wo Marion normalerweise ihre Handtasche abstellte.

Die Kundin mit den verfilzten Haaren war eine von denen, die von einer Hollywoodkarriere träumten. Finnland war für sie muffig und beklemmend. Aus irgendeinem Grund war sich jede von ihnen sicher, dass sich ihnen in Amerika eine Karriere eröffnete, wenn sie nur die grundsätzlichen Dinge hinbekämen: die Zähne weiß, die Haare lang, dicht und elastisch. Auch dieses Püppchen hier war zu klein für den Catwalk, aber davon überzeugt, in einem Job erfolgreich sein zu können, in dem die Körperlänge keine Rolle spielte: als Unterwäschemodell. Mit dem von ihrer Oma geerbten Geld hatte sie sich bereits Dreieinhalb-Deziliter-Silikonimplantate besorgt, zusammen mit ihrer Mutter, in Tallinn.

An diesem Tag war ihr Geschwätz noch schwerer zu ertragen als sonst. In Normas Ohren lief eine kurze Aufnahme von Mutters rosa Kamera ab. »After the baby I go to America. America after the baby.« Das asiatische Mädchen auf einer anderen Aufnahme wirkte schwach und konnte so gut wie kein Englisch. Der Raum sah nach einem Krankenzimmer aus, das Mädchen trug Krankenhausbekleidung, es war hochschwanger und auf einer Seite mit Handschellen ans Bett gekettet. Anita zeigte ihr Fotos und hielt diese dann auch in die Kamera. Norma erkannte nur zwei der Männer auf den Fotos, Alvar und Lambert. »Have you seen any of these men here? Have you been talking to anyone of these men?« Das Mädchen nickte bei Lamberts Bild und spuckte darauf.

Die Aufnahmen auf Anitas Urlaubskamera und das flüchtige Erscheinen Allas auf dem Video von Kristians

Witwe bewiesen, dass das Gewerbe von Lamberts Klan nicht zu den Geschichten gehörte, die man als Helenas Irrengerede abtun konnte. Sich einzumischen war jedoch eine Torheit. Das konnte sich Norma nicht leisten.

Norma löschte auf dem Computer ihrer Mutter alle Videos, die Anspielungen auf Haare, auf die Glätteisen von Harlem und auf Evas besonders starke Haarnetze enthielten. Sie löschte das Video, auf dem ihre Mutter sie aufforderte, nach Bangkok zu fliegen, falls etwas passieren sollte. Sie löschte sämtliche Erwähnungen Grigorijs. Was über Helenas Akzent gesagt wurde, stimmte, das konnte man nicht löschen, und die meisten Sequenzen, in denen auch Helena vorkam, ließ sie unangetastet. Die Selbstgedrehte in Helenas Hand sah unverdächtig aus, auch die durfte bleiben, ebenso die Pfeife, die Helena überall mit hinzunehmen schien. Die Szenen, in denen Helena zu stark Finglisch redete, wanderten in den Papierkorb, ebenso jene, in denen der Wahnsinn oder die medikamentenbedingte Mattheit in Helenas Augen aufblitzte. Es blieb nicht viel übrig, aber es reichte.

Norma sah noch einmal das Material durch, das im Computer blieb, und dämpfte dann mit einer Schmerztablette das hartnäckige Dröhnen in ihrem Kopf. Zwischendurch scrollte sie den Flugplan von Helsinki-Vantaa herunter, wobei sie horchte, ob sich etwas im Treppenhaus tat. Die Klingel blieb stumm, man hörte nur die Stimmen der Nachbarn auf der Treppe. Dennoch rechnete sie damit, dass jeden Moment jemand auf der Schwelle stand. Das

Brotmesser steckte in der Jackentasche, ein zweites in der Handtasche. Sie hatten eine beruhigende Wirkung, wie auch die Selbstgedrehten aus ihren Haaren. Sie lösten keine Visionen aus, und sie hörte auch keine Stimmen. Sie wusste nicht, ob sie das gern hätte. Wenn sie den Mund aufmachte, kam ihre eigene Stimme aus der Kehle, nicht Evas höhere mit dem amerikanischen Akzent. Die Verrücktheit Helenas und ihrer Mutter hatte sie nicht angesteckt.

Von der Urlaubskamera entfernte sie nichts, sondern kopierte den Inhalt auf zwei USB-Sticks. Den einen versteckte sie im BH, den anderen im Koffer. Dieser war bereits gepackt. Einige Bündel, die beste Schere, Evas Fotos in einem Kuvert. Norma wollte ihr Gesicht jetzt nicht sehen.

Sie war fast fertig. Koffer. Videos. Urlaubskamera.

Marion hoffte, vor dem Abendessen noch kurz für sich sein zu können. Sie brauchte nur diesen Moment und einen Schluck aus der Bar im Saunabereich. Norma hatte mitgeteilt, sich eine Sommergrippe geholt zu haben, weshalb Marion die letzten Kundinnen vor Mittsommer übernehmen musste. Nun war sie müde. Sie wäre am liebsten zu Hause geblieben, hätte die Feiertage über geschlafen, aber alles musste normal wirken, der Klan durfte keinen Verdacht schöpfen. Darum wusch sie Allas Kopfhaut mit sicheren Bewegungen, drehte energisch das Wasser ab und griff zum Föhn. Sie würde handeln, wenn Alla und Lambert aus Hanoi zurückkamen und sich wieder auf finnischem Boden befanden. Bis dahin hatte sie genug Zeit, ihre eigenen Angelegenheiten zu regeln und im besten Fall die Kleine vom Nutzen ihres Plans zu überzeugen.

Sie wollte gerade den Stecker in die Dose stecken, da drehte sich Alla zu ihr um.

»Ich muss dich das jetzt mal fragen. Hast du ähnliche Symptome wie Helena damals?«

Die Frage kam aus heiterem Himmel. Alla hatte nie zuvor über Helena gesprochen.

»Versteh mich nicht falsch. Wir haben alle fürchterlichen Stress, und der kann nun mal psychische Erkrankungen auslösen.«

Marion umklammerte den Föhn so fest, dass das Plastikgehäuse knackte wie das Eis auf einem See, und für einen flüchtigen Moment sah sie sich nach der Feile auf dem Tisch greifen und damit auf Alla einstechen. Doch sie war nicht Helena, und sie benahm sich nicht wie Helena.

»Max erträgt die Vorstellung nicht, dass du in die Geschlossene kommen könntest.«

Das war eine Drohung. Marion kannte die Methoden der Lamberts, anderen Angst zu machen, sie wirkten auf sie wie eine Elektroimpulswaffe. Man wollte, dass sie glaubte, Lambert würde es schaffen, sie in die Psychiatrie zu bringen. Nicht in Finnland, aber anderswo. Das könnte ihr Urlaub sein.

»Zum Glück hast du keine Kinder. Wer weiß, was aus denen geworden wäre«, seufzte Alla und griff nach dem Japan-Führer. Ein Bild mit Kirschblüten leuchtete auf. »Ich muss jedes Mal an dich denken, wenn eine Kundin zu uns kommt, die Angst vor einer erblichen Schizophrenie hat. Aber reden wir nicht mehr davon. Ich habe die Gespräche mit Unno, der Bevollmächtigten von Shiguto, fortgesetzt. Sie ist ein bisschen seltsam, findet auch Max. Alvar wettet, dass wir wegen des Paars bald Interpol auf dem Hals haben. Andererseits ist Shiguto der neunzehntreichste Mann in Japan.«

Marions Hände waren klamm geworden, sie bekam den Stecker nicht in die Dose, ein ums andere Mal versuchte sie es und hörte Alla aufstehen und das Buch auf den Tisch werfen. Alla nahm ihr den Stecker aus der Hand und steckte ihn in die Dose. Ihre von Hyaluronsäure aufgequollenen Lippen zerschmolzen zu einem freundlichen Lächeln.

»Shiguto besitzt eine hervorragende Immobilie für werdende Mütter, ein Zuhause, eine Residenz, wie immer man sie auch nennen möchte, dort sind Kindermädchen angestellt, sodass sich die Kleine nicht einmal ums Windelwechseln zu kümmern braucht. Auch Geld steht in Aussicht, an die fünfhundert Dollar für jeden Schwangerschaftsmonat, und volle Verpflegung. Die Kleine wird behandelt wie alle anderen auch. Lambert hat versprochen, die Schulden um diese Summe zu reduzieren.«

»Und nach Shiguto?«, fragte Marion.

»Shiguto wird möglicherweise weitermachen wollen, er wünscht sich eine Großfamilie. Aber das sehen wir dann. Unno gefiel jedenfalls das Foto der Kleinen.«

Diese Neuigkeit hatte Alla vorbereitet gehabt. Der Klan hatte seine Entscheidung getroffen, Alvar sein Versprechen nicht gehalten. Die Kleine hatte keine Sommergrippe, sondern stand unter der Aufsicht von Lamberts Kötern. Vielleicht an demselben Ort, an dem Anita gewesen war. Marion würde sie nie finden. Sie spürte ein Stechen in der Lunge wie bei starker Kälte. Die Augen juckten, und sie rieb sich die Lider, bis Alla ihr Handgelenk festhielt.

»Max findet, dass wir dich vernachlässigt haben. Wie wäre es, wenn wir gemeinsam in Urlaub fahren, nachdem das alles hier vorbei ist? Oder wenn du uns nach Hanoi begleitest?«

Marion hatte den Geschmack von Blut im Mund. Sie konnte nicht mehr warten. Sie musste vor der Hanoi-Reise handeln, sofort nachdem Mittsommer überstanden war. Der große Knall mochte Alvar mit sich reißen, aber sie würde schon am Sonntag die Nachricht an Lasse schicken, dass es Zeit wäre, sich unsichtbar zu machen und das Handy der Agentur loszuwerden.

Der Wagen sollte in einer Viertelstunde kommen, Norma stand zu früh auf der Straße. Im Lauf des Tages hatte sich die Stadt Familie für Familie, Paar für Paar geleert. Der Mann, der über die Straße lief, war garantiert auf dem Weg zum Alko, bevor dieser zumachte. Auch ein Stadtteil wie Kallio verödete an Mittsommer, sogar die chinesischen Restaurants verriegelten ihre Türen. Wenn alles gut ging, würde Norma schon Anfang der Woche irgendwohin fliegen können, wo es so viele Immigranten aus allen Ecken der Welt gab, dass unmöglich das ganze Land gleichzeitig an einem Tag ins Feiertagskoma fallen konnte. Ihre Mutter hatte die Angewohnheit gehabt, für sich und Norma über die Feiertage eine Auslandsreise an einen Ort zu buchen, wo die Einsamkeit sich nicht wie ein Stein im Bauch anfühlte und wo immer ein Geschäft oder ein Lokal geöffnet hatte. Norma konnte sich nicht erinnern, wann sie das letzte Mal an Mittsommer zu Hause gewesen war.

Sie warf einen Blick auf das Foto in ihrer Handtasche. Eva sah zufrieden aus, die gespitzten Lippen waren einen Spaltbreit geöffnet, als wollte sie etwas sagen. Norma ließ die Tasche wieder zuschnappen. Sie wusste jetzt alles Nötige, und dennoch pochte da etwas im Hinterkopf, aus dem sie nicht schlau wurde. Sie kannte den Grund für den idiotischen Plan ihrer Mutter und verstand den Verkauf der Haare. Ihre Mutter hatte erwischt werden müssen und war deshalb vor die U-Bahn gesprungen. Gegen die Profis des Klans war sie nicht angekommen. Sie hatte gewusst, dass sie den Klauen dieser Bande nie entrinnen würde.

»Ich habe nicht die geringste Absicht, nach Bangkok zu fliegen.«

Die Worte rutschten ihr einfach heraus. Norma blickte sich um. Die Nachbarn luden Bierkästen und Grillkohle ins Auto. Niemand hatte bemerkt, dass sie Selbstgespräche führte. Sie probierte noch einmal ihre Stimme aus. Es war immer noch ihre, nicht die von Eva. Dann blickte sie erneut in die Handtasche. Evas runde Augen schauten sie an, wie man ein albernes Mädchen anschaut. Als wollte sie sagen, dass niemand so närrisch sein kann, einen Buschdoktor an einem herummachen zu lassen, ganz gleich, was die Mutter davon denkt.

Die Zeit verging langsam. Norma traute sich nicht, eine dritte Zigarette zu rauchen, obwohl sie Lust dazu hatte. Sie wollte der Sache nicht weiter auf den Grund gehen, sie wollte sie hinter sich lassen. Die Hitze ließ die Beine anschwellen, und das unruhige Hin- und Hertrippeln scheuerte an den Zehen wie die belastenden Gedanken an den Gehirnwindungen. Sie sah auf die Uhr, zehn vor acht, schaute erneut und begriff, was sie vergessen hatte. Sie rannte zur U-Bahn-Station, eilte auf den dank Mittsommer menschenleeren Bahnsteig und blieb vor der Bank stehen, von der aus ihre Mutter aufs Gleis gesprungen war. Es war dieselbe Bank, vor der sie selbst jeden Tag auf dem Weg zur Arbeit stehen geblieben war, um zehn vor acht. Nach den Gesprächen über die bevorstehenden Entlassungen hatte sie sich immer mehr verspätet, und am letzten Morgen im Leben ihrer Mutter war sie bei ihrer Zufallsbekanntschaft nicht vom Wecker aufgewacht. Sonst wartete sie immer an derselben Stelle auf die U-Bahn, weil der Waggon, der an dieser Stelle hielt, in der Station Ostzentrum seine Türen genau vor der Rolltreppe öffnete. Ihre Mutter hätte ihr an jenem Morgen begegnen können. Hatte sie womöglich vorgehabt, ihr dann alles zu erzählen? Warum nicht ein andermal? Warum hatte sie nicht zum Telefon gegriffen? Hatte sie versucht, Norma zu Hause anzutreffen, hatte sie an der Tür geläutet? Hätte Norma alles verhindern können, wenn sie in jener Nacht, an jenem Morgen in ihrem eigenen Bett gelegen hätte, oder wenn sie zur rechten Zeit in der U-Bahn-Station gewesen wäre? Warum versuchte sie noch immer einen Sinn in den verzerrten Überlegungen ihrer Mutter zu entdecken? Hatte sie nicht gerade erst entschieden, all das hinter sich zu lassen?

Norma wühlte das Feuerzeug aus der Handtasche. Als die U-Bahn in die Station geschossen kam, warf sie das Foto aufs Gleis und konnte noch kurz das Lächeln auf Evas Lippen sehen, bevor die Flamme das Gesicht auf dem Foto versengte.

Norma setzte sich auf die Bank, um sich von dem Schrecken zu erholen. Das Aufflackern hatte nur einen Moment gedauert, die Brandmelder waren nicht angegangen. Aber die Flamme hatte eine Haarsträhne an der Schläfe erfasst, man roch es noch immer deutlich. Die Männer vom Sicherheitsdienst, die auf den Bahnsteig gekommen waren, beäugten sie aus der Entfernung. Sie band sich den Turban, mit dem sie das Feuer erstickt hatte, neu und versuchte einen möglichst normalen Eindruck zu machen. Das Hirngespinst war noch immer lebendig. In der Flamme hatte sie ein Lächeln gesehen, das ausgesehen hatte wie das auf einem Foto von einem sonnigen Tag. Die Wangen ihrer Mutter hatten im Licht geleuchtet, die Haut hatte nach Zitrone gerochen, und ihre Umrisse waren mit der Mandarinenfarbe der Wandverkleidung in der U-Bahn-Station verschmolzen. Norma hatte sie keuchen gehört wie nach einem Lauf. Ihre Mutter hatte verschnauft und gesagt, sie habe es gerade noch geschafft, sie habe gewusst, dass sie Norma hier antreffen würde. Sie hätten keine Zeit mehr, sie müssten weg, und zwar sofort. Man hörte schon das Geräusch der ankommenden U-Bahn, die Leute bewegten sich näher an die Bahnsteigkante, und es fiel der Mutter immer schwerer, ihr Lächeln beizubehalten, das Lächeln, mit dem Mütter ihre erschrockenen Kinder beruhigen, und sie blickte auf die Uhr an der Anzeigetafel. Der Luftstrom ergriff die Haare, und die Mutter war gar nicht allein, die in der Luft flatternden Locken gehörten Eva, Eva stand neben ihr, mit Mutters Handtasche über der Schulter und in einer Bluse, die wie die Bluse ihrer Mutter aussah, und beide schauten Norma an, als wollten sie sich vergewissern, dass sie es verstanden hatte, dass sie nicht länger zögerte, und dann stürzte mitten aus der Menschenmenge jemand auf sie zu, und Mutter atmete wieder schneller, und Eva ließ die Schuhe fallen und sagte zu Mutter, sie müssten jetzt rennen, sie würden es nur schaffen, wenn sie nicht in die Falle gerieten, davon hing alles ab, und Mutter verlor genau in dem Moment, in dem die U-Bahn einfuhr, das Gleichgewicht – ein Aufprall, die Bremsen, ein Schrei und Evas erstarrte Hand in der Luft. Evas Seufzer: Was für ein Unglück. Aber du wirst immer mich haben. Wir haben uns, und ich werde dich immer retten.

Norma hatte den Verdacht, einen Fehler zu machen, als sie in den Wagen stieg. Ihr Gehirn versuchte ihr das bevorstehende Gespräch leichter zu machen, sie davon zu überzeugen, dass sie sich nicht auf dem Weg zu Verhandlungen mit jemandem befand, der für den Mord an ihrer Mutter verantwortlich war. Das Hirngespinst ergab jedoch einen Sinn, es passte zur verrückten Welt ihrer Mutter. Eva hatte ihre Mutter auf die Gleise gestoßen. Eva, die gerade zu ihr gesprochen hatte.

Der Fahrer antwortete nicht, als Norma fragte, wohin sie fuhren. Norma lehnte sich zurück und versuchte sich zu beruhigen. Vielleicht war die Qualmerei auch für sie nichts. Eva zufolge war es mit Helena einfacher gewesen als mit Anita, die einen stärkeren Willen besessen und nicht mehr auf Eva gehört hatte, obwohl diese ihr erzählt hatte, Grigorij sei ein Schwindler und die angeblich von Hypertrichose geheilte Frau nie eine wie sie gewesen. Anita hatte mit aller Gewalt glauben wollen, dass Grigorij der Richtige war. Sie war sicher gewesen, dass ihre Zeit ablief und man sie bald erwischen würde. Sie hatte verzweifelt gewollt, dass sie recht behielt.

Marion stützte sich auf den Einkaufswagen. Die Handtasche lag auf den Bierkästen, die Metallkassette befand sich in der Tasche. Sie hatte sie ständig bei sich. Marion schob den Wagen an, sammelte weiter nach Allas Einkaufsliste Sachen ein und steuerte zwischen den Tiefkühlwannen hindurch das Milchregal an. Die Kinderpuddings waren die gleichen, die Alvar als kleiner Junge im Laden um die Ecke geklaut hatte. In diesem Moment war Alvar wahrscheinlich damit beschäftigt, Informationen aus dem Mädchen herauszuholen, und wenn er damit Erfolg hätte, würde er eine ordentliche Belohnung erhalten. Andernfalls würde er nicht auf die Familienfeier verzichten, sondern die Köter die schmutzige Arbeit machen lassen.

Die Gänge im Supermarkt quollen über von beliebten Mittsommerprodukten, Grillkohle, Würstchen, frischem Dill. Die Warenberge, die andere Kunden vor sich herschoben, kollidierten mit Marions Wagen, Kleinkinder liefen ihr in den Weg. Die Familien bildeten dichte, eng zusammenspielende Einheiten, in denen ein Elternteil die Kinder hütete und das andere in der Schlange stand. Diejenigen, die allein unterwegs waren, folgten der Einkaufsliste, die der Ehepartner geschrieben hatte, und riefen zwischendurch zu Hause an, um genauere Anweisungen entgegenzunehmen. Auch Marion würde bald einen Anruf erhalten. Nicht von ihrem Mann, sondern von Alla, die endlich ihren Lachs einsalzen und ihren Heringskaviar machen wollte. Marion hatte zu lange getrödelt und hätte es am liebsten noch länger getan, aber sie musste noch eine Weile ihre Rolle weiterspielen. Sie würde es schaffen, auch wenn Alla, die auf ihre Lebensmittel wartete, inzwischen vielleicht dazu gekommen war, Alvar ein Mittel aus Russland zu besorgen. Oder Alvar entschied sich für Amobarbital, damit keine allzu harten Maßnahmen nötig wären. Immerhin sollte das Gesicht in verkäuflichem Zustand bleiben. Das Scopolamin hatte Anita dazu gebracht, über Helenas Stimmen zu plaudern wie über echte Personen, weshalb sie das diesmal kaum benutzen würden. Sogar Lambert hatte Anitas Geschwätz auf sich beruhen lassen, auch das, in dem sie von Marion gesprochen hatte. Und das war Marions Glück gewesen.

An der Fischtheke wartete wieder eine glückliche Familie vor ihr: Der Junge rannte umher und stieß gegen Marions Wagen, worauf die Handtasche von den Bierkästen fiel und die Metallkassette klimperte. Marion wandte den Blick ab. Sie hätte schreien können, als sie am Flughafen gesehen hatte, wie Lambert Anita mitnahm. Sie hätte sofort die Kassette holen und damit zum nächsten Polizeirevier rennen können. Sie hätte den ganzen Klan auffliegen lassen können, und die Polizei hätte Anita noch lebendig aufgefunden. Aber dann hätten die Behörden wissen wollen, woher die Informationen stammten, und man hätte sie als Zeugin vernehmen wollen. Dann hätte der Klan sie aus dem Spiel genommen, bevor der Fall vor Gericht gekommen wäre, und das würde auch jetzt passieren, wenn sie den Einkaufswagen stehen lassen und mit der Metallkassette zur Polizei rennen würde.

Marion ließ sich ihren Lachs und ihren Rogen geben und stellte sich an der Fleischtheke an. Sie würde sich nicht für Norma opfern. Der Klan sollte erst auffliegen, wenn die Feiertage vorbei waren. Dann verkehrte die Post wieder und Marion wäre bereits in Sicherheit.

Während sie nach Bittermandelessenz suchte, fiel ihr Blick auf die Reihe mit den Mandeltüten. Die Kleine hatte ständig Nüsse und Kerne mit sich herumgeschleppt und daran gepickt wie ein Vogel. Albiino hatte auf die gleiche Weise angefangen in ihrem Kopf herumzuspuken, mit Erinnerungen. Die Baumfrösche hatten mit ihrem Tinnitus begonnen, als Alla nach der Kolumbienreise Margaritas machte und das Eis in den Mixer kippte. Marion schüttelte den Kopf. Das war eine andere Geschichte. Sie hatte alles versucht, das musste reichen. Normas Schicksal würde sie nicht wie Albiinos ewig plagen. Auch Anitas Fall belastete sie nicht, bei ihr hatte sie getan, was sie konnte, sie hatte versucht, Anita zu retten.

Das Plätschern der Wellen und der wacklige Steg waren wie in den Sommern der Kindheit, aber die Stimmung war es nicht. Norma schwankte auf den Planken. In der Ferne glitt die Tallinn-Fähre voller müder Gastarbeiter und Touristen beim Ausflugsbier dahin. Man sah die Wohnklötze der Begüterten im Stadtteil Kulosaari am Horizont. Segelboote. Die Hochhäuser von Merihaka, die Kirche von Kallio. Morgen würden diejenigen, die in der Stadt geblieben waren, auf die Insel Suomenlinna fahren, und Helsinki würde sich endgültig in eine Geisterstadt verwandeln.

»Mittsommerpläne?«, fragte Alvar.

»Nein. Ich mache mir nichts aus Feiertagen.«

»Ich mir auch nicht.«

Norma konzentrierte sich auf ihr Ziel, darauf, dass sie auch das nächste Mittsommer noch erlebte. Sie machte den Mund auf, um zur Sache zu kommen, führte aber das Glas an die Lippen und nahm einen kleinen Schluck, damit die Ration länger vorhielt. Nachdem sie das Glas geleert hatte, würde sie ihren Vorschlag machen. Sie zögerte, obwohl die Seeluft und der Wind ihre Haare beruhigten und obwohl ihr die Welt wie frisch gestrichen vorkam, die Felsen wie gerade erst geformt. Das hartnäckige Pochen im Hinterkopf, das eingesetzt hatte, als sie sich darangemacht hatte, die Videos auszuwählen, war vorbei und der vom Treffpunkt ausgelöste Schreck hatte sich gelegt. Es war herrlich, dass es hier keine Menschen gab, und Alvars Gelassenheit beruhigte sie. Er hatte vor der Ufersauna auf sie gewartet und eine Flasche Wein aufgemacht, die nun halb leer war.

»Sollte Helena einmal aus der Klinik herauskommen, wäre das hier ein gutes Zuhause für sie«, sagte Alvar. »In der Villa Helena könnte sie sich einbilden, eine Starsängerin im Ruhestand zu sein.«

Norma waren die Überwachungskameras und der hohe Zaun um das Gebäude herum aufgefallen. Ein sicheres Zuhause für Helena. Sie hatte nicht mit einer teuer restaurierten Villa mitten in einer Gegend mit altmodischen, verzierten Holzhäusern gerechnet. Alvar wirkte nicht wie einer, der Restaurierungsratgeber und traditionelle Farbgebung studierte.

»Perfekt. Das hier ist perfekt«, sagte Norma.

»Perfekt für Menschen, die keine Menschen mögen. Für solche wie dich.«

Als das Auto am Waldrand angehalten hatte, war Norma sicher gewesen, das sei das Ende. Nervös hatte sie gedacht, dass es vielleicht doch am besten war, durch die Hand von Verbrechern zu sterben. Kriminelle wollten nicht, dass es um ihre Opfer herum vor Paparazzi und Polizisten wimmelte, und Norma wollte das auch nicht. Der Fahrer hatte sie zu einem Waldweg gebracht, dessen Nadelteppich sie an die Beerdigung ihrer Mutter erinnert hatte, und sie waren an einem spiegelblanken Teich vorbeigekommen. Kurz hatte sie überlegt, hineinzuspringen, ganz von sich aus, ohne Zwang.

»Willst du mehr über Helenas Wahnsinn hören, oder

gibt es für dieses Treffen einen anderen Grund?«, fragte Alvar.

Norma trank ihr Glas aus und richtete den Blick auf einen Steinschmätzer, der über einen Felsen hüpfte. Sie hatte dieses Gespräch in Gedanken sehr oft geübt. Sie war dem gewachsen.

»Oder vielleicht bist du gekommen, um dich zu verabschieden, bevor du dir einbildest, irgendwohin zu fahren?«

»Das verstehe ich nicht.«

»Du hast einen Abstecher zum Flughafen gemacht.«

Der Steinschmätzer verschwand, wie auch die Sätze, die sich Norma zur Eröffnung der Verhandlungen zurechtgelegt hatte. Alvar füllte noch einmal ihr Glas. Er benahm sich, als würden sie hier ganz normal eine Flasche Wein am Ufer trinken. Vielleicht war es für ihn sogar normal. Vielleicht wurden vor seiner Sauna ständig solche Gespräche geführt. Norma war sich nicht einmal sicher, ob sie irritiert war, weil einer von Alvars Mitarbeitern sie im Auge behielt.

»Beruhige dich. Reden wir weiter«, sagte Alvar.

»Und selbst wenn ich dort gewesen bin? Zum Beispiel, um meine Zukunft zu planen. Ich will ein neues Leben. Ein Pass, eine Identität, die Freiheit wegzugehen.«

»Verschwinden ist teuer.«

»Kann es gelingen?«

»Na klar. Aber was bekomme ich dafür?«

»Anitas Kamera und Videos.«

»Videos?«

»Solche, die du gern sehen würdest.«

»Und die Ukrainischen?«

Norma schüttelte den Kopf.

»Lambert wird nicht zustimmen.«

»Ich mache keine Geschäfte mit Lambert.«

»Über solche Dinge entscheide ich nicht allein.«

»Diesmal wirst du es tun wollen.«

»Also gut. Aber nur, wenn die Videos etwas enthalten, das wertvoll genug ist.«

»Das ist es.«

»Dann haben wir eine Abmachung.«

Alvar stieß mit Norma an. Norma atmete tief durch. Bis hierhin war sie immerhin gekommen, sie würde es schaffen, sie würde das nächste Mittsommerfest anderswo verbringen, und um sich dessen sicher sein zu können, musste sie eine Garantie haben. Sie trat hinter Alvar und drückte ihre Nase an seine Schläfe. Er fuhr zusammen.

»Wiederhole, was wir vereinbart haben«, bat sie ihn.

Alvar biss sich auf die Unterlippe.

»Ich habe bei Menschen eine gute Intuition«, fuhr Norma fort.

»Jemand könnte das für sonderbar halten.«

»Sicher. Aber spielt das eine Rolle? Wiederhole es!«

Jemma kam zu ihnen, Alvar befahl ihm, zu bleiben, wo er war. Norma roch Vetiver, sie roch Nikotin, Tannin, Schwefel, aber keine Lüge bei keinem einzigen Wort, als Alvar wiederholte, was sie vereinbart hatten, und so ließ sie den Schlüssel in seine Handfläche fallen. Für alle Fälle hatte sie die Urlaubskamera ihrer Mutter und die Videos in das Dachbodenabteil Nummer 12 gebracht.

»Ich schicke jemanden, die Sachen zu holen. Du bleibst so lange hier. Hast du Hunger?«

Der Hund sprang auf, als Norma versuchte, den Kopf zu heben, und kam näher. Sofort wich der Schlaf aus ihren Augen. Sie schlummerte nie an fremden Orten ein, die Haare weckten sie immer. Der Hund begriff ihre Not und legte den Kopf schief. Sie war nicht fähig, von der Couch aufzustehen. Die Haare hatten sich an den Peddigrohrbeinen des Möbelstücks verknotet wie schläfrige Schlingpflanzen.

»Brauchst du Hilfe?«

Alvar saß auf der Verandatreppe und rauchte.

»Wie spät ist es?«

»Bald Mitternacht.«

Norma tastete nach ihrem Haar. Vor zwei Stunden hatte sie es im Bad geschnitten und den Wuchs noch nicht bemerkt. Die Farbe der Spitzen sah im blauen Licht der Mückenlampe fremd aus. Sie war nicht entdeckt worden, sondern hing nur mit den Locken am Peddigrohr fest, und das war noch kein Grund zur Panik. Erst jetzt erinnerte sie sich, dass Alvar inzwischen alles wusste. Er war verschwunden, um sich Anitas Urlaubskamera und die Videos anzusehen, sobald er sie in die Hände bekommen hatte, und das war bereits mehrere Stunden her. In der Zwischenzeit hatte Norma ihre Haare kürzen, ein bisschen übers Grundstück spazieren und schlafen können.

Alvar hatte sich jedoch nicht verändert. Er sah aus wie zuvor, und sein Pulsschlag war der gleiche, als er zu Norma kam und fragte, ob sie die Schere wolle. Das Vetiver roch exakt wie sonst, bei der Temperatur der Kopfhaut gab es keine Veränderung. Er roch nicht nach einem Mann, der gerade vom Betrug seiner Schwester erfahren hat.

»Befinden sich in deinem Koffer Handys oder sonst etwas, wovon ich wissen sollte?«

Alvar reichte Norma die Schere.

»Was?«

»Benutzt du noch andere Handys als das, das dort auf dem Tisch liegt?«

»Bedeutet diese Frage, dass unsere Abmachung in Kraft tritt?«

»Selbstverständlich. Warum sollte sie das nicht?«

Norma schickte sich an, die Haare vom Peddigrohr zu lösen, sie schnitt eine Biene, die sich darin verfangen hatte, heraus und verscheuchte sie. Sie verstand nicht. Alvars Gelassenheit war ihr ein Rätsel. Gerade hatte er sich die bedeutsamen Monologe ihrer Mutter im Garten von Niuvanniemi angesehen. Das musste ihn doch irgendwie beeindruckt haben.

»Es tut mir leid, dass Anita Helena gefilmt hat«, sagte Norma.

»Helena macht das nichts aus.«

»Gerade deshalb hätte sie es nicht tun sollen.«

Alvar setzte sich in den Sessel gegenüber und beugte sich nach vorn, um Jemma zu kraulen.

»Schreib eine Liste der Kleider, die du brauchst. Ein neuer Koffer wartet im Flur. Du wirst heute noch verschwinden.«

Alvar nahm Normas Handy an sich und gab ihr stattdessen eines mit Prepaid-Anschluss.

»Ich rufe dich an, wenn alles so weit ist. Du wirst nach Vuosaari gebracht. Das Apartment befindet sich dort, da hast du deine Ruhe. Wenn du etwas brauchst, schick eine SMS an die Nummer, die in diesem Telefon gespeichert ist. Geh nicht nach draußen, mach niemandem die Tür auf, setze dich mit niemandem in Verbindung. Der Rest hängt von dir ab. Pass, Kredit- und Bankkarte bringe ich dir. Außerdem wird dir etwas Geld aufs Konto überwiesen.«

»Ich will kein Geld.«

Alvar packte sie am Kinn. Seine Hand war warm, die Haut trocken.

»Hast du verstanden? Du wirst nie mehr nach Hause zurückkehren.«

Als Alvar zum ersten Mal ihr Gesicht berührt hatte, hatte Norma im Hinterhof des Salons gesessen und ihre Augen waren umhergeirrt. Sie hatte es vermieden, ihn anzuschauen, der Asphalt unter ihren Füßen hatte scheinbar gekocht, und sie hatte befürchtet, an Alvar Helenas Wahnsinn zu erkennen. Jetzt hörte sie ihren Atem und die Schläge ihres Herzens und die Vögel und die Meereswellen und ihr Blick blieb fest. Alvar lockerte den Griff, und im selben Moment schoss Norma der Gedanke durch den Kopf, dass sie sich immer daran erinnern würde, wie das Vetiver auf Alvars Haut roch, und wahrscheinlich würde sie irgendwann einem Mann verfallen, dessen Duft sie daran erinnerte.

»Wer wird dich vermissen?«

»Niemand.«

Alvar ließ sie los und machte eine neue Flasche Wein auf. Der Korken ploppte, der Wein floss ins Glas, und Norma hatte Lust auf eine Selbstgedrehte, die das Echo des Gedankens von eben vertreiben würde, aber sie wagte es nicht, den Tabak hervorzuholen, ebenso wenig wie sie es wagte, sich den Turban, der zu Boden gefallen war, wieder um den Kopf zu schlingen. Das würde seltsam wirken, obwohl es sie nervös machte, mit offenem Haar neben Alvar zu sitzen.

»Es gibt immer jemanden, der dich vermisst. Teile ihm mit, dass du zu einer spontanen Fernreise aufbrichst, dass das anstrengende Jahr seinen Tribut gezollt hat, und sag, dass du noch nicht weißt, wann du zurückkommst. Oder ich kann die Nachricht schreiben«, schlug Alvar vor.

»Ist das so seltsam, dass es niemanden gibt?«

»Ja. Was schreiben wir? Wem? Allen, deren Nummern du gespeichert hast?«

»Niemand wird sich wundern, wenn ...«

Alvar setzte sich neben Norma. Das Handydisplay leuchtete im Dämmerlicht wie der Mond. Die Chemikalien der Mückenlampe verursachten ein leichtes Schwindelgefühl. Die Sinne funktionierten normal, und Norma merkte, dass sich ihre Haare in Richtung Alvar bogen, bald seine Hand umschlangen, wie um ihn zu trösten, und sie nahm Trauer wahr. Das musste mit Marion zu tun haben. Keine Wut, kein Hass, nur Trauer. Alvar hatte seine Schwester verloren.

Er hielt Norma die Mitteilung hin, die er geschrieben hatte. »Happy Midsummer! Morgen werde ich zu einem Trip durch Asien aufbrechen! Was ich jetzt brauche, ist eine Pause. Wir sehen uns in zwei Monaten!«

»Klingt das genug nach dir?«

Norma nickte, und die Nachricht zischte an alle ab, außer an Marion. Sie erinnerte sich an die letzte SMS ihrer

Mutter. Vielleicht hatte sie die gar nicht selbst geschrieben, sondern ein anderer. Jemand, der gedacht hatte, die Tochter würde sich wundern, wenn sie nach dem Urlaub nichts von ihrer Mutter hörte.

»Fragen?«

Es war die letzte Gelegenheit, danach zu fragen, wie ihre Mutter entdeckt worden war, aber Norma fragte nicht, nicht nach ihrer Mutter, nicht nach den Mädchen von den Aufnahmen der Urlaubskamera, nicht danach, was mit Marion passieren würde. Sie wollte es nicht wissen, sie wusste schon zu viel.

Alvars Handy meldete sich lautlos. Auf dem Tisch blinkte Marions Name grün auf.

»Du hättest zu Marion gehen und mit ihr weitermachen können. Sie hätte dich bestimmt als Partnerin für ihren neuen Laden genommen«, sagte Alvar.

»Marion ist schon einmal gescheitert.«

»Rate mal, wie viele unserer Ärzte irgendwann verhaftet worden sind? Viele. Sie sind alle noch immer als Ärzte tätig. Der Plan war von Anfang an zum Scheitern verurteilt. Männer wie Lambert werden nie erwischt, die anderen schon.«

Normas Handy klingelte. Margit. Alvar schaltete das Handy aus. Es war Zeit.

Marion betrachtete die Männer, die über Lamberts Grundstück stiefelten, und nahm eine entspannte Haltung im Gartenstuhl ein. Die Köter schienen ihr keinerlei Aufmerksamkeit zu schenken. Als Lambert und Alla die ohnmächtig gewordene Ljuba zum Arzt gebracht hatten, war Marion zurückgelassen worden, um auf die Kinder aufzupassen, die auf dem Rasen spielten. Hätte der Klan sie in Verdacht, hätte dieser Vorfall ein Teil der Intrige sein können, mit der man sie im Auge behalten wollte, aber Ljuba war keine so gute Schauspielerin. Marion schaute den voranschreitenden Mittsommerfeierlichkeiten zu wie einem ungeduldig erwarteten Schauspiel, wie den Kulissen einer Idylle, die zerstört wurde, und es ärgerte sie nicht mehr, dass ihr Bruder sich nicht am Handy meldete und alle sie anlogen. Sie würde die letzten Atemzüge von Allas und Lamberts Bilderbuchleben sehen, die letzte gemeinsame Mahlzeit der Familie, die sich immer wieder um den Hals fiel, die letzten Spiele mit den Kindern im Garten, und im besten Fall würde sie die letzten Gespräche darüber hören, dass Lambert bald der König eines Embryoimperiums sein würde.

Diesmal käme er nicht dazu, seinen Tresor zu leeren und die Festplatte seines Computers zu löschen, und Alla hätte keine Zeit, die Sachen der Kinder zu packen. Marion würde Allas Gesicht nicht sehen, wenn die Polizei käme, sie konnte es sich aber vorstellen. Nachdem Anita entdeckt worden war, war Marion zu den Lamberts gerannt, um Klarheit über den Fall zu erhalten, und die Alla, die sie dort angetroffen hatte, war sehenswert gewesen. Die Wimperntusche hatte sich in Wellen in den Augenfältchen gesammelt, ihre Wangen hatten rote Streifen gehabt und ihre Stimme war die eines in die Falle geratenen Wildtiers gewesen. Ein Koffer war bereits voller Kinderkleider gewesen, darauf hatten in Minigrip-Beutel verpackte Dollars und Pässe gelegen. Das Kratzen des Nagels am Koffer war das einer Löwin gewesen, die Haare hatten wie eine Mähne geweht, und Marion hatte gedacht, dass ihr und Alvars Leben eine andere Richtung genommen hätte, wenn Helena so wie Alla gewesen wäre. Oder wenn sie selbst wie Alla gewesen wäre. Dann hätte ihr Mutterinstinkt ihr gesagt, dass Helenas Verhältnis zu kleinen Kindern nicht gesund war. Alla hätte sich an das eine Mal erinnert, als Helena versucht hatte, am Bahnhof ein Kleinkind direkt aus dem Kinderwagen zu entführen. Alla hätte Helena nie ein Baby anvertraut, und wenn diese es sich selbst genommen hätte, wäre Alla rechtzeitig bei ihr gewesen, bevor Helena den Balkon betreten hätte. Marion hingegen war zur Salzsäule erstarrt. Aber das war Vergangenheit, sie hatte zu kämpfen gelernt.

Allein für Ljuba fand sie es schade. Ljuba würde nach Sankt Petersburg zurückkehren müssen und in der Klinik ein Dickerchen zur Welt bringen, das wahrscheinlich in ein Waisenhaus abgeschoben werden und das vielleicht jemand kaufen würde. Alla würde dafür allerdings kein Geld sehen, und man würde Ljuba keinen Fötus von Eltern einsetzen, die Alla ausgesucht hatte. Das wäre trotzdem nur eine Komplikation, eine andere Klinik würde die Kleine bestimmt nehmen. Ljuba war jung und gesund, sie würde ihr Happy End bekommen und es nach Amerika schaffen.

Marion nahm ihr Handy und sah sich die Flüge nach Frankfurt an. Bis Dienstag müsste alles normal laufen. Am Wochenende ging keine Post, sie konnte die Kuverts erst am Montag abschicken. Am Dienstag kämen sie an, und dann wäre sie schon unterwegs.

Ein dünnes Zwitschern weckte sie auf. Ein kleiner Vogel, unmittelbar vor dem Fenster, vielleicht auf der Dachrinne. Das Zwitschern enthielt die Farbe des anbrechenden Morgens, aber das hereinströmende Licht war das des Nachmittags. Norma öffnete blinzelnd die Augen, sie war erneut eingeschlafen. Die Decke sah fremd aus, die Laken fühlten sich fremd an, die Haut, die mit dem Stoff in Berührung kam, war nackt. Bis in den unteren Rücken hinein war das Knacken zu spüren, als sie versuchte, den Kopf zu heben, und sie begriff, dass sie verloren war. Das Ende der Welt war gekommen, und es lag in Alvars Blick. Er stützte sich auf den Nachttisch, und er sah Norma an, als sehe er sie zum ersten Mal.

»Du musst los«, sagte er. »Ich habe schon einmal versucht, dich zu wecken.«

Seine Stimme kam von weit weg, Normas Ohren waren zu, die Nase verstopft, das Haar, das sich auf dem Fußboden wellte, rankte sich an der Kommode hoch, spross am Fußende des Bettes hervor und wogte um sie herum wie Seegras. Es hatte keinerlei Alarm geschlagen, so wie auch am Vortag nicht, als sie gedacht hatte, Alvar nie mehr zu sehen und in zwei Wochen schon anderswo zu sein, in ihrem neuen Leben als neuer Mensch, warum also nicht, dieses eine Mal … Alvars Hände in ihrem Nacken hatten sich zärtlich angefühlt, der Kuss war ihr bis ins Herz gedrungen, und ihre Haare hatten gedrückt und gestoßen und sich um Alvars Arme geschlungen, obwohl sie wissen mussten, was passierte, und jetzt wussten sie es, und sie wussten, in welcher Branche diese Menschen tätig waren. Sie wussten, dass die Hörner von Nashörnern hunderttausend Euro pro Kilo kosteten, Elfenbein nur tausend und dass vom Dodo-Vogel nichts mehr übrig war. Potenzmittel, Heilung bei HIV. Sie kannten eine Million Verfahren, mystisches Haar zu verwenden, unzählige Methoden, eine Frau zu gebrauchen, die sie trug. Sie konnte nicht verstehen, was passiert war.

»Du hättest mich warnen können«, sagte Alvar.

»Das ist das erste Mal.«

»Das erste Mal?«

»Nein, ich meine, dass es wächst, aber nicht so. Nicht auf diese Weise. Niemals.«

Alvar nahm die Schere vom Tisch.

»Sie werden dich immer jagen, meine kleine Ukrainerin.«

Das Wohnzimmer im Erdgeschoss war ein einziges Durcheinander von verschobenen Möbeln, Erde und Pflanzen. Norma lehnte sich an den Türrahmen und starrte auf die Verwüstung. Das Glas der Tischuhr war kaputt, der gusseiserne Schirmständer umgekippt, ebenso die Blumenbank mit dem Bogenhanf und dem Zimmerhafer, Erde und Blumentopfscherben überall auf dem Fußboden. Auf der Couch lagen Haarbündel, und an ihnen war eine fremde Nuance zu erkennen, eine liebesrote. Daneben lag die Schere. Alvar hatte das Haar geschnitten, und es hatte sich nicht gewehrt. Es hatte Alvar nicht angegriffen oder sich gesträubt. Es hatte Norma nicht geweckt, und sie wusste nicht, ob das mit Alvar zu tun hatte, mit dem Rauchen oder mit beidem. Eva hätte sie warnen können, anstatt nur Anspielungen zu machen.

»Du scheinst dich nicht zu erinnern.«

»Es tut mir leid.«

»Dafür besteht kein Grund.«

Norma schlang Alvars Morgenmantel enger um sich, sie bekam eine Gänsehaut, ihr war schwindlig, und sie wartete noch immer darauf, dass die Haare anfingen zu fauchen, weil sie begriffen hatten, dass der Albtraum begann, dass sie sich an ihre Aufgabe erinnerten, an ihre Pflicht, an ihr Bestes, wenn nicht an Normas. Aber nichts geschah. Die Haare schnurrten neben Alvar, an den Rippen, die die eines streunenden Hundes waren, sie drückten Norma zu Alvar hin, zogen ihren Kopf in seine Achsel, und sie hörte seinen Herzschlag, spürte die etwas erhöhte Körpertemperatur, den leicht erhöhten Cortisolspiegel, etwas mehr Adrenalin als normal, sonst nichts. Norma war nicht in der Lage, Angst zu empfinden. Vielleicht kam das von Alvars Kunst, unausgeglichene Frauen zu beruhigen. Alvar war es gewohnt, Probleme und problematische Menschen aus dem Weg zu räumen, und die Art, mit der er Hindernisse und überraschende Entwicklungen anging, hatte etwas Blendendes an sich. Niemand hatte je einen solchen Einfluss auf Norma gehabt. Sie würde es nie wagen, ihn zu fragen, was passiert war und wie.

Sie stand auf und drückte die Nase auf Alvars Haaransatz.

»Dadurch erfahre ich alles.«

»Durch deine Nase?«

»Durch deine Haare. Meine Nase ist überempfindlich für Haare.«

»Bin ich jetzt koscher?«

»Koscher oder ein guter Schauspieler«, sagte Norma. »Du müsstest erschrocken oder erschüttert sein, das wäre normal. Psychopathen, Narzissten und Amateurschauspieler reagieren anders als andere Menschen. Du bist keiner von ihnen.«

»Ich habe zuerst geglaubt, dass du tot bist. Dann, dass ich verrückt werde. Hilft das?«

»Ein bisschen.«

»Marion hatte das auch, alle Kinder von verrückten Eltern haben das. Wir suchen Zeichen und wir zweifeln ständig an unserem eigenen Kopf. So kann man nicht leben. Darum habe ich beschlossen, es zu beenden.«

»Wie?«

»Durch Willen und Vernunft.«

Alvar hatte geglaubt zu halluzinieren, als Normas Haare immer weiterwuchsen, nachdem sie auf dem Teppich zusammengebrochen war. Mit Willen und Vernunft hatte er sich eingeredet, dass es sich um etwas anderes handeln musste. Er hatte Proben von alten Rohbündeln, und die passten zu Normas Haar. Alle Absonderlichkeiten, die mit den von Anita gelieferten Ukrainischen zu tun hatten, fügten sich jetzt zu einem Bild.

»Außerdem hat Anita von deinen Haaren gesprochen.«

»Wann?«

»Als sie erwischt wurde. Was sie redete, war nur so wirr, dass es niemand glaubte. Nicht einmal Lambert. Man hielt es für die Fantasien einer Irren.«

Norma setzte sich auf die Treppe, um auf die Panik zu warten. Die müsste jetzt kommen. Die Haare müssten mit ihrem Stoßen und Drücken aufhören, sie müssten auf Alvars Worte reagieren, obwohl Norma keine Lüge erkennen konnte.

»Lambert hat Anita am Flughafen geschnappt. Sie war gerade nach Finnland zurückgekehrt, und man gab ihr Mittel, die Menschen zum Reden bringen. Nichts sonst, sie sind nicht schädlich.«

»Nichts sonst? Soll das eine Rechtfertigung sein? Meine Mutter hat immer zu dir gehalten, sie hat täglich an dich gedacht, sie hat sich eingebildet, verantwortlich für das zu sein, was euch passiert ist, und du hast sie sterben lassen!«

»Sie ist selbst gesprungen. Sie ist geflohen und dann gesprungen.«

»Und du konntest nichts tun?«

»Nein. Es lag nicht in meiner Macht.«

»Du hättest sie gehen lassen können.«

»Anita wollte mich in den Knast bringen.«

Spätestens jetzt war die Zeit für die Wut gekommen. Norma hielt sich am Geländer fest und wartete.

Nichts geschah.

Das Auto würde in einer Stunde kommen, Normas neuer Koffer stand auf der Schwelle, im Bad warteten ein neues Kleid und neue Schuhe. Sie zügelte ihre Lust, nach dem rohen Steak im Kühlschrank zu greifen, riskierte es aber, eine Selbstgedrehte aus der Zigarettenschachtel zu ziehen, um einen klaren Kopf zu bekommen. Sie würde Alvar nie wiedersehen. Das hatte sie schon gestern gewusst, sie hatte es gewusst, als sie sich auszog, und sie wusste es jetzt, und dieses Wissen war unerträglich geworden, auch wenn es notwendig war. Falls Alvar nicht versuchen sollte, Nutzen aus ihren Haaren zu ziehen, handelte es sich nur um einen Moment unfassbarer Schwäche von ihr. Sie würde sich schon davon erholen. Norma musste wegen der Lamberts gehen, und jetzt auch wegen Alvar.

»Wenn du etwas zum Schlafen oder für was auch immer brauchst, schick mir eine SMS. Fang nicht an, selbst etwas zu suchen«, sagte Alvar. »Versprichst du mir, in der Wohnung zu bleiben?«

»Wirst du es Lambert erzählen?«

»Ich werde meinen Teil der Abmachung einhalten. Immer. Anita ist jedoch ein großes Risiko eingegangen, als sie anfing, deine Haare zu verkaufen. Lambert hat Kunden, die für ein Kind mit deinen Genen jede Summe bezahlen würden. Ist deine DNA je untersucht worden? Kommen alle Haare von dir oder gibt es noch mehr von euch?«

»Es gibt keine anderen. Aber ich will darüber nicht sprechen.«

»Ich muss es wissen, kleine Ukrainerin. Du musst mir helfen, dich verschwinden zu lassen. Hör zu, Anita wählte die Gleise, weil sie wusste, dass Lambert sie wieder schnappen würde, und dann würde sie reden. Sie hätte über dich geredet, und über kurz oder lang hätte Lambert ihr geglaubt.«

Alvar hielt Normas Kopf. Normas Nase war inzwischen aufgegangen. Sie war klar, sie funktionierte, und jetzt hatte sie Vertrauen.

Alla überlegte vor dem Spiegel, wie gut die Oberteile und die Röcke und Hosen zusammenpassten. Nach Hanoi kam auch ihre Glückstasche mit, eine Birkin aus Schlangenleder, die sie bei einer Luxusauktion ersteigert hatte.

»Ich mag diesen stellvertretenden vietnamesischen Gesundheitsminister, solche Männer bräuchte man mehr in der Politik«, sagte Lambert. »Der Vergleich mit dem Stillen war richtig gut.«

Lambert zeigte Marion die Neuigkeit auf seinem Handy. Dem Minister zufolge war Leihmutterschaft mit dem Stillen durch eine Amme vergleichbar. Wenn Frauen, die nicht stillen konnten, anderen erlaubt hatten, ihr Kind zu stillen, warum sollte eine, die gebären konnte, es nicht anstelle einer anderen tun, die es nicht kann? Die Fruchtbarkeit in Vietnam war radikal gesunken, die Kundenzahl der Kinderwunschkliniken hatte sich innerhalb von zehn Jahren vervielfacht, die Medien berichteten von illegalen Gebärmuttervermietungen in Hanoi. Marion ließ das Handy auf den Tisch fallen, sie konnte sich nicht konzentrieren.

»Alvar hat sich an Mittsommer überhaupt nicht blicken lassen«, merkte sie an.

»Er hat eine Romanze laufen«, sagte Lambert und zwinkerte. »Gönnen wir dem Jungen ein bisschen Urlaub. Er hat ihn sich verdient.«

»Wir konzentrieren uns auf Vietnam«, fuhr Alla fort. »Mach dir schon mal über deine Reisegarderobe Gedanken! Du wirst uns beim Termin mit dem Gesundheitsminister begleiten.«

»So machst du dir die Branche ein bisschen zu eigen«, sagte Lambert. »Wir treffen uns mit allen alten Partnern und denken über eine Strategie nach. Das Potenzial ist da. Wenn Ehemänner bereit sind, die Haare ihrer Frauen für zwanzig Dollar zu verkaufen, für welchen Preis geben sie dann die Gebärmutter her? Viel wird es nicht sein.«

Lambert warf seinen Panamahut auf die Couch. Das schwarze Hutband weckte die Baumfrösche auf. »Eigne dir die Branche an.« Marion hatte das vor der Kolumbien-Reise selbst zu Albiino gesagt. Wahrscheinlich hatte Norma geredet, daher Lamberts gute Laune, aber warum nicht, der Klan käme nicht mehr dazu, mit den Informationen des Mädchens etwas anzufangen.

»Welcher Meinung bist du, Marion? Über Vietnam.«

Marion fuhr zusammen.

»Du hast den Artikel nicht zu Ende gelesen«, bemerkte Lambert.

Marion griff nach dem Handy und richtete den Blick aufs Display.

»Raffiniert, dass der Minister sich darauf konzentriert, über die Not der örtlichen Paare zu reden«, meinte Alla. »So wird die Vorstellung von reichen Ausländern, die vietnamesische Frauen missbrauchen, vermieden.«

Lambert blickte bereits weit in die Zukunft. Wegen des Haarhandels hatte er einen Vorsprung, jahrelange Erfahrung und Beziehungen, er würde der König des vietnamesischen Embryoimperiums sein. Danach des japanischen. Marion würde sich ewig an dieses Lächeln erinnern, an die erweiterten Poren auf den Nasenflügeln, an die Augenbrauen, die mit dem Alter buschig geworden waren, und an die Hand, die die Eiswürfel im Glas klingeln ließ wie ein Kolonialherr die Dienerglocke. Marion würde nie erfahren, ob die Entscheidung über ihren Urlaub getroffen worden war, weil Lambert die Wahrheit kannte oder weil man sie einfach für ein Risiko hielt. Sie würde nicht erfahren, ob Alvar weg war, weil er daran nicht beteiligt sein wollte oder weil er wegen des Mädchens und dessen Informationen alle Hände voll zu tun hatte. Alvar hätte Lambert in dieser Phase Vater genannt, hätte es geschafft, ihm Erinnerungsbilder aus der Kindheit ins Gedächtnis zu rufen, aber Marion brauchte nicht mehr zu kriechen. Sie würde dieses Duo heute zum letzten Mal sehen. Die allerletzte Begegnung von Vater und Tochter war ein Moment, in dem beide einen Plan hatten, wie sie den anderen loswerden konnten, und beide taten alles dafür, um ihr Vorhaben voranzutreiben. Diesmal würde Marion gewinnen.

»Es ist einfach Tatsache, dass wir aus Nigeria weggehen«, sagte Lambert. »Die Wasserflaschenfabrik war ein Fehler, das gebe ich zu. Wir verkaufen sie und vergessen das Ganze. Die schwarzen Bälger kann man hier sowieso nicht verkaufen, und was zum Teufel fangen wir mit den nigerianischen Ritualmorden und den Potenzmitteljungfrauen an? Nichts. Die Vietnamesen sind immerhin zivilisierte Menschen. Aber jetzt wird gepackt, Marion!«

Ljuba war noch immer im Krankenhaus, und Marion machte in der Küche Brote für die Kinder, als sie Alvars Auto vorfahren hörte. Alvar ging direkt in den Garten, wo Lambert mit dem Hut im Gesicht seinen Mittsommerkater ausschlief. Marion legte das Brot auf den Tisch und schaute hinaus, die Gartenschaukel schwang leer hin und her. Lambert war aufgesprungen, Alla hatte die Sonnenbrille abgenommen. Durch das offene Fenster war das Gespräch deutlich zu hören.

»Es ist sicher. Das Ukrainische kommt aus Dnipropetrowsk«, sagte Alvar. »Die Familie, von der Anita sprach, wohnt dort. Sie haben Reibereien mit den Behörden. Die Probleme haben irgendwie mit den Geschäften von Oleksandr Janukowitsch zu tun.«

Lambert ging auf dem Rasen hin und her. Schlaffheit und Alkoholdunst waren im Nu verflogen.

»Dnipropetrowsk.« Er ließe sich den Namen auf der Zunge zergehen und drehte den Hut in der Hand.

Marion schüttelte die Baumfrösche ab. In zwei Tagen würde sie sie nie mehr hören müssen. Alvar war wieder Lamberts Goldjunge. Und diesmal vielleicht auch ihrer. Sie würde nicht nach Frankfurt fliegen, sondern nach Dnipropetrowsk. Sie würde die Ukrainischen finden, da war sie sich sicher. Sobald Alla und Lambert aus dem Weg geräumt wären, hätte sie Zeit, jeden Stein in der Stadt umzudrehen.

»Waffen, Atomwaffen, Rüstungsindustrie«, sagte Alla. »Die Mafia ist hauptsächlich an der Verteilung von Staatseigentum interessiert. Von dort kommen viele Politiker, auch die Tymoschenko mit ihren Zöpfen hat ihre Karriere dort begonnen. Da drüben werden die Angelegenheiten so geregelt.«

Alla formte ihre Hand zur Pistole und krümmte den Zeigefinger.

»Wir haben gute Beziehungen dort. Ich hätte davon erfahren müssen.«

Lambert legte die Fingerspitzen aneinander und nickte.

»Das ist seltsam. Haben wir einen heimlichen Konkurrenten in Dnipropetrowsk? Warum kommt es mir so vor, als würde noch ein Teilchen fehlen?«

»Norma weiß nur, dass die Haare von dort kommen«, sagte Alvar. »Sie holt die Sendungen am Busbahnhof ab, und das Geld läuft über das Konto eines weiblichen Strohmanns. Wir schicken ein paar Jungs los, die Frau zu suchen, auf deren Namen das Konto eingerichtet worden ist. Norma glaubt, dass Anitas Unfall mit diesen Zusammenhängen zu tun hat und dass die Vermittlerin eine ist, die in die eigene Tasche wirtschaftet. Ich glaube, dass es sich bei der Person um eine handelt, die es auf unser Revier abgesehen hat. Wir können Kontakt zu den Geschäftsleuten in Dnipropetrowsk aufnehmen und versuchen, einen Vertrag zustande zu bringen. Wir machen ihnen deutlich, dass sie ohne uns nicht aktiv sein können und dass nach unseren Regeln gespielt wird. Die Lamberts lassen sich nicht aus dem Weg räumen.«

Die Stimme des Bruders klang normal, aber etwas war

anders. Marion kam nur nicht darauf, was. Sie konnte die Pupillen ihres Bruders nicht sehen. Die Stimme war jedoch klar, und den Gebärden fehlte das Ruckartige.

»Ich schicke euch jetzt die Adresse in Dnipropetrowsk, die ich von Norma bekommen habe«, sagte Alvar und tippte etwas auf seinem Handy.

»Nachdem wir in Hanoi gewesen sind, werden wir hinfahren«, entschied Lambert. »Erledigen wir zuerst die Versteigerung der Kleinen. Alla soll zusehen, dass das Flittchen was hermacht. Shiguta kann Blondinen nicht widerstehen. Oder brauchen wir mehr Zeit? Ihr Gesicht ist doch in Ordnung?«

»Sollten wir sie schon jetzt aus dem Land schaffen?«, fragte Alla.

»Vielleicht nicht sofort«, widersprach Alvar.

»Also doch nicht in Ordnung. Na, dann warten wir ein bisschen ab.«

Der Bruder war ein effektives, produktives, perfektes Klanmitglied. Sie hatten keine Gemeinsamkeiten mehr, und er würde nie verraten, wo er Norma versteckt hielt. Genau in dem Moment wusste Marion, wie ihr Salon heißen würde:

Thelma und Louise.

Marion schob der Frau über den Tisch hinweg eine dezente Mappe zu, die Ultraschallaufnahmen und Informationen über das Fortschreiten der Schwangerschaft enthielt. Alvar hatte ihr das Treffen mit der Down-Frau überlassen. Marion hatte erraten, dass Alvar es nicht ertragen würde, sie jetzt zu sehen. Er hatte Angst, dass sie ihn wegen des Mädchens ausfragte.

»Ich kann doch nicht so viel Pech haben, dass sich das Gleiche noch einmal wiederholt«, sagte die Frau.

»Natürlich nicht.«

Marion tätschelte ihr überzeugend den Arm, flötete die übliche Litanei und fragte sich dabei, was die Frau tun würde, wenn sie am Frühstückstisch etwas über die Geschäfte von Lamberts Klan lesen müsste. Die Presse würde bei ihr anrufen, und am Arbeitsplatz würde getuschelt und überlegt werden, wie man sie auf legale Weise loswerden könnte. Die Nachbarn hörten auf, sie zu grüßen. Bald würde das ganze Land wissen wollen, was mit dem ersten Kind passiert war. Die Schlagzeilen würden auf Waisenhäuser tippen, und wenn es richtig gut liefe, würde der Verdacht auf Organhandel aufkommen. Vom Aufenthaltsort des Kindes hatte Marion keine Vorstellung, aber wesentlich war, dass die USB-Sticks, die in der Metallkassette aufbewahrt wurden, die Aufnahme eines Gesprächs enthielten, aus dem die Abscheu der Frau gegenüber dem Down-Baby hervorging.

Marion lächelte, sie lächelte immer mehr, und ihr Lächeln bewegte sich bereits mit den Tragflächen eines Flugzeugs. Sie würde weggehen, sie würde nach Dnipropetrowsk fliegen und die Ukrainischen finden. Vogue. Harper's Bazaar. Cosmopolitan. Die Titelblätter von Haarmagazinen, Frisuren bei den Pariser Modewochen! Die nächste Generation von Supermodels! Nicki Minajs Perückenmeister Terrence Davidson würde Stammkunde von ihr sein und Ursula Stephen Haare bei ihr bestellen, die an Rihannas Kopf versiegelt würden. Madonna wäre eine Selbstverständlichkeit. Wie viele Abende hatten Anita und sie damit verbracht, ihre künftigen Eroberungen zu planen, in Frauenzeitschriften zu blättern, und jetzt war es so weit. Sie war doch imstande gewesen, alles selbst zu Ende zu führen. Ohne Anita, ohne Partnerin. Die Konten waren bereits leer geräumt, und sie bereute es nicht mehr, das übrig gebliebene Geld nicht Norma gegeben zu haben. Sie würde damit ohnehin nichts mehr anfangen können. Die Kleine brauchte nichts mehr.

Die Metallkassette sollte gemeinsam geöffnet werden. Sie hatten die Absicht gehabt, die darin enthaltenen USB-Sticks in Kuverts zu packen und an Marions Geburtstag zu verschicken, am vierten August. Das Datum war schon vor der Thailand-Reise festgelegt worden. Es hätte der Anfang ihres neuen Lebens sein sollen. Marion machte eine Flasche Sekt auf und füllte zwei Gläser.

Die eierschalenweißen Kuverts warteten auf dem Tisch. Sie hatte bereits Briefmarken aufgeklebt und fing nun an, die Adressen zu schreiben. Die eine war die des Zentralen Kriminalamts, die andere die eines Aktivisten, der auf Leaks spezialisiert war. Das dritte sollte an eine Redaktion gehen, aber sie wusste noch nicht, an welche. Anita war auf die Gleise gesprungen, bevor sie darüber entschieden hatten. Ein Boulevardblatt oder eine Qualitätszeitung wie *Helsingin Sanomat*? Ein politisches Magazin wie *Suomen Kuvalehti* oder die Tageszeitung *Aamulehti*? Vielleicht ein dänisches Blatt? Oder ein schwedisches? Sie hatten es mit finnischen Suchergebnissen versucht und festgestellt, dass schon Babyfabrik ein unbekanntes Wort war und darüber nur in Anführungszeichen geschrieben wurde. Ein paar von den Razzien auf Babyfarmen in Nigeria und Thailand wurden als Spaltenfüller erwähnt, ohne auch nur die Frage zu streifen, wie viele Finnen sich ein Kind in diesen Ländern geholt hatten. Die Dänen und die Schweden griffen schon mit mehr Eifer nach solchen Meldungen.

Marion beschloss, auf Nummer sicher zu gehen. Ein Kuvert würde sie an *Expressen* in Schweden schicken und ein zweites an eine dänische Tageszeitung. In Kiew würde sie sich weitere USB-Sticks besorgen, sie würde weitere Kopien erstellen und sie in alle Länder verteilen, in denen die Agentur aktiv war. Bald würde Geschäftsführer Lambert das Gesicht des Gebärmuttertourismus sein.

Als alles fertig war und sie den Koffer gepackt hatte, läutete es an der Tür. Durch den Spion sah sie Alvar, der nicht aufhörte zu läuten, bis sie aufmachte. Sie machte sich keine Sorgen. Die Kuverts und den Koffer hatte sie im Schrank verstaut, nichts in der Wohnung verriet ihre Absicht, und sie fing an, detailliert über ihr Treffen mit der Down-Frau zu berichten. Ihr Bruder sagte nichts. Marion setzte ihre Schilderung fort, bis Alvars Schweigen dafür sorgte, dass sich die bekannte Starre in den Gliedern ausbreitete und Marions Worte undeutlich wurden.

»Bist du endlich fertig? Du hast doch nicht im Ernst geglaubt, dass dein Plan aufgehen würde?«

Zwei von Alvars Männern kamen herein und fingen an, Marions Wohnung Regal für Regal zu durchsuchen. Ihr Leben wurde Schachtel für Schachtel auf den Kopf gestellt, die Matratze wurde aufgeschlitzt, die Federn wurden aus den Kissen geschüttelt, aus den Taschen regnete es Münzen, Glas zersplitterte auf den Klinkern, geöffnete Mehl- und Zuckertüten sorgten für weißen Reif in der Küche, und Marion klebte an der Wand wie eine Zunge bei Minusgraden an einem Metallgeländer und sah, wie Puder den Badezimmerspiegel überzog, weil die Männer Dosen und Gläser aufmachten und den Inhalt auskippten. Alvar saß vor ihr und sah sich die Kuverts an, die im Koffer gewesen waren, schob die USB-Sticks ins Notebook und ließ die Aufnahmen laufen.

»Du kannst gehen.«

Marion verstand ihn nicht.

»Du hast zehn Stunden Vorsprung. Ich werde das hier morgen früh Lambert aushändigen.«

Einer der Männer brachte Alvar Marions Tickets nach Kiew. Alvar warf einen Blick darauf und ließ sie dann auf den Boden fallen.

»Geh, wohin du willst.«

Marion löste sich von der Wand und hob die Tickets auf.

»Passt auf, dass sie nichts mitnimmt«, sagte Alvar zu dem Mann. »Nur Pass, Handy und Kreditkarte, sonst nichts. Bring sie zum Flughafen und durchsuche noch einmal Taschen und Haare!«

Auf dem Bildschirm des Notebooks weinte ein mexikanisches Mädchen über eine gewaltsam durchgeführte Abtreibung im siebten Monat. Alvar sprang zum nächsten Video und zum nächsten Weinen und von da zum nächsten Mädchen, das erzählte, es habe als Lohn einen neuen Pass und eine Fahrt über die Grenze bekommen.

Marion wischte die herangeschwebten Kissenfedern von den Kleidern und machte einen zweiten und dritten Schritt auf den Flur zu.

»Ich habe dir die Adresse in Dnipropetrowsk geschickt«, sagte Alvar, als Marion schon an der Tür stand. »Du solltest nicht hingehen, aber du wirst es trotzdem tun.«

EPILOG

Das Wetter hatte die Eisauswahl an der Raststätte zusammengeschrumpft. Norma stand dennoch vor der Gefriertruhe und ließ den Deckel offen, bis die Hitzezunge auf ihrem Rücken etwas nachließ. An der Theke warf sie einen Blick auf die Schlagzeilen. Hitzetode, Gewitter und Silikonbrüste, Scheidungen und Hochzeiten.

»Darf es noch etwas für die Dame sein?«

Es dauerte eine Weile, bis Norma begriff, dass die Verkäuferin, die einen schwächlichen Ventilator in ihre Richtung gedreht hatte, sie meinte, und lächelte. Nein danke. Das war alles. Für zwei, Kaffee für zwei. Wasser für zwei, eines mit, eines ohne. Zigaretten für zwei, mit und ohne Menthol. Alles für zwei und aus dem Haustierregal Schweinsohren für den Hund.

Als sie herauskam, trat Jemma auf dem Asphalt von einer Pfote auf die andere. Das Lächeln von Alvar, der neben dem Auto eine rauchte, verursachte ein angenehmes Kribbeln im Bauch, und während sie über den Parkplatz ging, stellte sich Norma vor, eine normale Frau zu sein, die mit ihrem Geliebten in Urlaub fuhr. Der Kombi, der hinter ihnen parkte, unterbrach die Vorstellung abrupt. Eine plötzliche Übelkeit zwang Norma, auf den Beifahrersitz zu klettern und eine Tablette gegen Reiseübelkeit aus der Packung zu fummeln. Das hatte mit der Frau zu tun, die dem Kombi entstiegen war und sich die Beine vertrat, während ihr Mann mit den Kindern in der Raststätte verschwand.

»Die Frau da ist schwer krank.«

Sie schwieg und drehte die Klimaanlage voll auf. Alvar war eingestiegen und schob seine Hand hinter ihren Rücken. Die Julihitze brachte ihren Kopf zum Schmelzen. Oder sie musste Alvar dafür die Schuld geben. Wasser für zwei, Bier für zwei, Kaffee für zwei, Doppelzimmer – ihr hungriges Herz war bereit, alles zu verraten.

»Sie wird den nächsten Sommer nicht erleben«, sagte Norma.

Die Kinder kamen angerannt und zeigten ihre Saftpackungen her, aber die Frau konzentrierte sich darauf, mit ihrem Mann zu streiten. Sie wollte jetzt tanken, der Mann nicht, und die Frau wollte wissen, ob er tatsächlich vorhabe, das billigste Benzin Finnlands zu suchen, oder ob sie versuchen sollten, ohne zu tanken bis nach Hause zu kommen, um dann jenseits der Grenze noch billiger zu tanken. Die Kinder würden sich daran erinnern, dass der letzte Sommer ihrer Mutter eine einzige Zankerei gewesen war, und sie würden die früher oder später auftauchende Stiefmutter hassen.

»Erinnerst du dich an die Hitzewelle 2010? Ich glaube, da war ich den ganzen Sommer betrunken. In der Hitze wird alles stärker. Der Tod, der Alkohol, die Lust. Der Winter ist besser für mich.«

Norma hielt sich intuitiv die Hand vor den Mund und warf einen Blick auf Alvar. Er schaute nicht auf die Familie, sondern auf Norma.

»Du riechst an deinen Haaren Krankheiten, wie?«
»Ich bilde mir das nicht ein.«

»Du solltest niemandem davon erzählen, mein Kätzchen.«

Bei Alvar klang alles normal. Norma stellte fest, dass sie die Pillen offen liegen gelassen hatte und davon erzählte, wie sie als Kind an der Kasse im Supermarkt das Schwarz erkannt und darüber geschwiegen hatte, so wie sie jetzt die Familie betrachtete, die bald die Mutter verlieren würde, und verstummte. Sie könnte Einfluss nehmen. Die Frau könnte geheilt werden, wenn sie rechtzeitig zum Arzt ginge. Norma könnte aussteigen und es ihr sagen.

»Du gehst nicht hin«, sagte Alvar.

»Du scherst dich um nichts.«

Alvar zuckte mit den Schultern. »Ich schere mich selektiv.«

Sie sahen dem Familienstreit mit den Kaffeebechern in der Hand wie von der Tribüne aus zu. Alvar würde Norma nie dafür verurteilen, dass sie nicht zu der Frau gerannt war und sie zum Arzt geschickt hatte, er würde nicht ständig sagen, wie viel Gutes Norma tun könnte. Sie dürfte in aller Ruhe an den Menschen vorbeigehen, an denen sie das Unausweichliche erkannte, und auch all jene übergehen, deren Probleme durch eine andere Ernährung behoben werden könnten. Bei Alvar durfte sie gleichgültig sein, ohne Schuldgefühle zu haben, und das war eine Erleichterung. Früher hatte sie ständig befürchtet, in eine Situation zu geraten, in der sie ihrem Begleiter oder dessen Angehörigen Krankheiten, Mangelerscheinungen, Symptome anmerkte. So war es manchmal gekommen, dann hatte sie geschwiegen, und es war jedes Mal gleich schwer gewesen.

Der Naakka-Teich war noch genauso, wie ihn Norma in Erinnerung gehabt hatte. Ihr letzter Besuch lag mehr als zehn Jahre zurück, es gab mehr Seerosen und Schilf, das Ufer war seit Jahrzehnten nicht ausgebaggert worden. Dennoch konnte man in dem Teich schwimmen. Nachdem Alvar und der Hund ins Wasser gesprungen waren, probierte es Norma noch einmal mit dem Autoradio, aber es kam nur Unsinn. Nichts von einem in der Ukraine tot aufgefundenen finnischen Geschäftsmann, seiner Frau oder Tochter oder von einer Schießerei, an der Finnen beteiligt gewesen waren. Das Radio schaltete sich von selbst aus, vielleicht wegen des näher kommenden Gewitters, und Norma ging zum Teich und zog eine Selbstgedrehte hervor. Die dämpfte die zwischenzeitlich haltlos ausbrechende Angst. Falls Lambert doch überlebt hatte, oder Alla, wären sie ihr bald auf den Fersen. Ihnen beiden. Eva hatte Norma ermutigt, Alvar zu vertrauen, er war ein Mann, der solche Dinge zu regeln wusste.

Norma drückte die Selbstgedrehte aus, als Jemma ans Ufer kam und sich schüttelte und Alvar dem Hund folgte.

»Lambert kommt nicht zurück«, sagte Alvar. »Du hast wieder diesen Gesichtsausdruck.«

»Du hast die Leiche nicht gesehen.«

»Ich verlasse mich auf meine Männer.«

»Und wenn Lambert ihnen mehr zahlt als du?«

»So läuft das nicht.«

»Wie dann?«

Alvar ließ das Handtuch fallen und fing an, sich anzuziehen. Norma verstand, dass dies kein Gespräch war, das man fortsetzen sollte. Alvar würde sowieso nicht alles sagen. Norma wollte jedoch in der Lage sein, auch allein zu schlafen, sie wollte sich nicht jedes Mal Sorgen machen, wenn Alvar aus dem Blickfeld verschwand, wollte nicht ständig auf Sirenen horchen, bei Polizeiautos zusammenzucken, von denen sie zufällig überholt wurden. Die Gewissheit, dass man Alvar festnehmen würde, versetzte ihr Herz immer wieder in Aufruhr, und es beruhigte sich nicht, ehe sie die vertrauten Rippen eines streunenden Hundes unter den Fingern spürte.

»Ich muss wissen, wie es passiert ist.«

»Besser, du weißt es nicht.«

»Ich muss es wissen!«

»Was glaubst du, wie Lambert auf Anitas Videos reagieren würde?«

»Er würde Marion umbringen wollen.«

»Genau. Mein Kätzchen weiß also schon alles Wesentliche.«

Dass Alvars Plan aufging, schien immer noch so unwahrscheinlich wie damals, als er erzählt hatte, Anitas Videos Lambert übergeben zu haben. Norma war erschrocken, Alvar hatte sie beruhigt. Lambert und Alla waren schon auf dem Weg nach Dnipropetrowsk gewesen, wohin Marion etwas früher aufgebrochen war. Alvar hatte alle drei zur gleichen Zeit an denselben Ort gehetzt. Daraus konnte nur folgen, dass sie sich gegenseitig umbringen würden.

»Aber wenn Marion die Files vor ihrer Abreise irgendjemandem geschickt hat?«

»Dann säßen wir jetzt wohl kaum hier.«

»Ich halte es nicht aus, wenn du ins Gefängnis kommst.«

»Niemand kommt ins Gefängnis.«

»Bestimmt nicht?«

Alvar nahm sie in den Arm und kitzelte sie trotz ihres Widerstands, bis die Sorge für einen Moment im Lachen erstarb. Alvar hatte seine Männer nach Dnipropetrowsk geschickt, um die Spuren zu beseitigen, und Norma hatte damit gerechnet, dass Alvar eine Nachricht oder eine Mitteilung bekäme, die ihm Sorgen bereiten, ihn schockieren oder erleichtern würde. Aber nichts dergleichen geschah. Nichts deutete darauf hin, dass Alvars Plan schiefgegangen war oder dass Grund zur Flucht bestand. Alvar hatte sich des gesamten Imperiums bemächtigt, gerade so, als hätte es Lambert und Alla nie gegeben, als hätte es schon immer ihm gehört, und Norma war sich sicher, dass Alvar die Machtübernahme schon länger geplant hatte. Er hatte nur auf die passende Gelegenheit gewartet.

Das Naakka-Haus war wie früher, außer dass in der Küche hauptsächlich Tassen ohne Henkel standen und die Bodendielen nicht nur an den vertrauten, sondern auch an neuen Stellen knarrten. Alvar machte Feuer im Herd, und Norma betrachtete sein Rückgrat, das sich unter dem Hemd abzeichnete, und war sich nicht sicher, warum sie hier war und nicht in dem Land, in das sie ihrer Vorstellung nach hatte gehen wollen, nachdem sie den neuen Pass erhalten hatte. Er befand sich immer noch in ihrer Tasche, so wie die Bankkarten, die Alvar ihr in der Woche nach Mittsommer gegeben hatte, als er vor der Tür von Normas Versteck gestanden und gesagt hatte, Lambert und Alla seien in Dnipropetrowsk in einen Unfall verwickelt gewesen.

Nachdem er ihr den Pass überreicht hatte, hatte Alvar gefragt, ob er sie gleich zum Flughafen bringen solle oder ob sie Lust hätte, vorher mit ihm essen zu gehen. Sie hatte sich für das Essen entschieden. In der Nacht hatte sie neben Alvar geschlafen, dessen leichten Schlaf gehört, äußerste Vorsicht walten lassen und sich zurückgehalten. Darum hatten die Haare ihr Verwildern nicht wiederholt, auch wenn sie beim nächsten Mal wieder verrückt spielen würden, das wusste sie. Aber nicht jetzt, noch nicht. Vielleicht aber doch, bevor dieses Spiel zu Ende ging. Einmal oder zweimal. Eine Weile würde sie sich noch vorstellen, eine normale Frau im Urlaub mit ihrem Geliebten zu sein. Auch Eva fand, dass sie nach den Schwierigkeiten, die Anita verursacht hatte, etwas Ruhe und Ablenkung gebrauchen konnte.

Der Herd qualmte, Alvar richtete sich auf, und Norma öffnete das Fenster für die Biene, die mit ihnen hereingekommen war und jetzt an der Decke summte. Sie wussten beide zu viel voneinander, und früher oder später würden sie sich daran erinnern. Sie begriff, dass die Information über ihre DNA bestimmt schon andere Leute erreicht hatte. Jemand von außerhalb des Klans könnte irgendwann hinter ihr her sein, jemand, um den sie sich nicht zu scheren brauchte, wenn sie mithilfe des neuen Passes anderswo wäre. Eines Tages würde sie ihrer Mutter verzeihen, und dann hätte sie genug davon, einer Verrücktheit die Schuld zu geben, die sie selbst verursacht hatte. Sie wollte Eva oder Alvar die Schuld geben und fragte sich, ob Alvar Anitas Schicksal hätte verhindern können und ob er es getan hätte, wenn er es gekonnt hätte. Aber diesen Augenblick, diesen Augenblick noch wollte sie ihre Fantasie ausleben. Solange sie sich nicht vollkommen sicher sein konnte, dass Lambert und Alla tot waren, befand sie sich nicht in Sicherheit – nicht ohne den Mann, der wusste, wie man mit solchen Menschen umging. So drückte er es gern aus, und sie wusste nicht, ob er sich selbst belog oder nicht.

Morgen würde Norma Helena treffen, der es in letzter Zeit schlechter ging und die ständig nach Anita fragte. Alvar war zunächst gegen den Besuch gewesen. Norma hatte jedoch nicht nachgegeben, und sie glaubte, dass er sich am Ende doch freute, dass sie Helena besuchen wollte.

Eva wartete voller Begeisterung auf die Begegnung. Es gab so viel zu reden, und Helena würde alles erzählen, auch wo man nach den Nachkommen von Evas Tochter suchen sollte. Eva hatte Sehnsucht nach ihnen, und Helena vermisste bereits ihre Pfeifchen.

Handelnde Hauptpersonen

Norma Ross, 30 Jahre alt

Anita Ross, Normas Mutter

Elli Naakka, Normas Großmutter

Eva, Normas verstorbene Urgroßmutter, war verheiratet mit Juhani Naakka

Max Lambert, besitzt Haarverlängerungssalon

Alla, russische Frau von Max Lambert

Helena (die verrückte Helena), Freundin von Anita, Exfrau von Max Lambert und Mutter von Marion und Alvar

Marion, Tochter von Max und Helena, leitet den Haarverlängerungssalon

Alvar, Sohn von Max und Helena

Margit, Tante von Norma, Anitas Schwester

Reijo Ross, Normas Vater

Elizabeth Strout

Mit Blick aufs Meer

Roman

352 Seiten, btb 74203
Aus dem Amerikanischen von Sabine Roth

Ausgezeichnet mit dem Pulitzerpreis

In Crosby, einer kleinen Stadt an der Küste von Maine,
ist nicht viel los. Doch sieht man genauer hin, ist
jeder Mensch eine Geschichte und Crosby die ganze Welt.
Die amerikanische Bestsellerautorin fügt diese Geschichten
mit liebevoller Ironie und feinem Gespür für
Zwischenmenschliches zu einem unvergesslichen Roman.

»Warmherzig, anrührend, lebensklug.«
Frankfurter Allgemeine Zeitung

»Dieses Buch ist ein Schatz!«
Freundin

btb